LE MEILLEUR EST À VENIR

ÉGALEMENT CHEZ POCKET

L'HOMME DE LEUR VIE
LA MAISON DES ARAVIS
UN MARIAGE D'AMOUR
UN ÉTÉ DE CANICULE
RENDEZ-VOUS À KERLOC'H
OBJET DE TOUTES LES CONVOITISES
L'INCONNUE DE PEYROLLES
UN CADEAU INESPÉRÉ
LES BOIS DE BATTANDIÈRE
UNE NOUVELLE VIE
NOM DE JEUNE FILLE
SANS REGRETS
MANO A MANO
D'ESPOIR ET DE PROMESSE
LES SIRÈNES DE SAINT-MALO
SERMENT D'AUTOMNE
DANS LE SILENCE DE L'AUBE
COMME UN FRÈRE
LA FOSSE AUX LIONS – BM BLUES
UN SOUPÇON D'INTERDIT
LA PROMESSE DE L'OCÉAN
L'HÉRITIER DES BEAULIEU
LA CAMARGUAISE
AU NOM DU PÈRE
FACE À LA MER
LE CHOIX DES AUTRES
HORS SAISON
QUELQU'UN DE BIEN
LE MEILLEUR EST À VENIR

Les diptyques

LE SECRET DE CLARA *
L'HÉRITAGE DE CLARA **

LES ANNÉES PASSION *
LE CHOIX D'UNE FEMME LIBRE **

UNE PASSION FAUVE *
BERILL OU
LA PASSION EN HÉRITAGE **

LES VENDANGES DE JUILLET *
& JUILLET EN HIVER **
(en un seul volume)

LE TESTAMENT D'ARIANE *
DANS LES PAS D'ARIANE **

D'EAU ET DE FEU *
À FEU ET À SANG **

GRAN PARADISO *
SI LOIN, SI PROCHES **

Françoise Bourdin
présente
GALOP D'ESSAI

FRANÇOISE BOURDIN

LE MEILLEUR EST À VENIR

belfond

MIXTE
Papier issu de
sources responsables
FSC® C003309

L'éditeur de cet ouvrage s'engage dans une démarche
de certification FSC® qui contribue à la préservation
des forêts pour les générations futures.

Pour en savoir plus :
www.editis.com/engagement-rse/

ISBN : 978-2-266-31675-0
Dépôt légal : mai 2022

À ma petite-fille Marguerite, si jolie, si vive et si déterminée, dont le sourire éblouissant m'émeut lorsqu'elle arrive à P. M. en criant : « Mutti ! »

Que l'avenir lui réserve tous les bonheurs, moi je lui donne tout mon amour.

1

Margaux recula pour observer d'un œil critique l'imposant tableau abstrait qu'elle venait d'accrocher. À condition de lui installer un éclairage adéquat, il serait parfait entre ces deux fenêtres.

— Le café est prêt ! cria Axel depuis la cuisine.

Quittant le salon, elle traversa une autre pièce qui n'était pas encore meublée et rejoignit son mari.

— J'ai trouvé le grille-pain, je nous fais des toasts, annonça-t-il.

— Les enfants dorment ?

— Je suppose.

Ils étaient arrivés le vendredi, précédant de peu le camion de déménagement, et avaient espéré que le week-end suffirait pour vider les cartons, mais hélas non. Si les meubles avaient presque tous trouvé leur place grâce à un soigneux repérage effectué en juin, les objets, les livres et la vaisselle s'empilaient en désordre un peu partout.

— Je n'aurais pas cru que ce serait aussi difficile, soupira-t-elle.

— Et exténuant.

Elle lui jeta un coup d'œil pour estimer son humeur. Leur entente était encore fragile, des heurts pouvaient survenir au détour d'une phrase. Pour cette raison, elle ne voulait pas lui faire part des doutes qui l'avaient assaillie en se réveillant, la veille, dans cette chambre inconnue et vieillotte où tant de choses étaient à refaire. Mais maintenant, ils auraient tout le temps nécessaire pour réorganiser la maison, en prendre pleinement possession, et tenter de retrouver dans ce nouveau lieu leur ancienne complicité.

— Je te sers ? proposa-t-il, tendant la cafetière fumante au-dessus d'un mug.

Il ne s'était pas encore douché, avait les cheveux en bataille et les traits tirés. Pourtant il restait séduisant, la quarantaine lui allait bien, et depuis leur arrivée son regard brillait d'une lueur d'excitation. Désignant des taches d'humidité autour d'une fenêtre, il déclara qu'il allait s'attaquer sans tarder à la rénovation de la cuisine, qui était grande et dotée d'une cheminée en état de marche.

— Ce sera la pièce de vie avant qu'on puisse s'occuper des autres. Les Engoulevents n'ont été ni habités ni chauffés depuis bien longtemps et je suis même étonné que ce ne soit pas plus dégradé !

Son enthousiasme ne faiblissait pas alors qu'elle-même se sentait découragée. Deux mois plus tôt, lors de la première visite des enfants, organisée pour les préparer au changement, Axel avait expliqué que le manoir s'appelait ainsi à cause d'un de ses lointains ancêtres féru d'ornithologie. Margaux s'était demandé s'il venait d'inventer l'anecdote ou si elle était vraie. Leur fils, Rodolphe, avait aussitôt voulu savoir à quoi ressemblait un engoulevent, et d'après la description fournie par Axel, ce n'était pas un très bel oiseau. En revanche, son cri nocturne si particulier ressemblait à un ronronnement sonore et rapide qui pouvait s'entendre à près d'un kilomètre. « Comme un Solex ! » avait précisé Axel.

Un chahut au-dessus de leurs têtes leur fit comprendre que les enfants étaient réveillés et se chamaillaient déjà. Avoir choisi le mois d'août pour déménager n'était sans doute pas une bonne idée, contrairement à ce qu'ils avaient cru.

— Ils ne nous seront d'aucune aide, j'en ai peur, regretta Margaux.

Mais elle avait moins de travail au cœur de l'été et elle s'était imaginé qu'à cette saison ils pourraient vivre toutes fenêtres ouvertes durant quelques semaines et ainsi chasser l'odeur de renfermé. De plus, les enfants auraient tout le temps de se familiariser avec le manoir et ses alentours avant de découvrir leur nouveau collège. Enfin et surtout, mais elle ne l'avait pas dit, la présence de Rodolphe et d'Angélique servirait de dérivatif, lui évitant un tête-à-tête crispé et parfois houleux avec Axel.

Car il n'était pas encore remis. D'ailleurs, elle non plus. Le coup de canif qu'elle avait donné dans le contrat de leur mariage cicatrisait mal. Levant les yeux vers l'extérieur, elle observa la course des nuages poussés par un fort vent venu de la mer. S'il se mettait à pleuvoir, les enfants n'allaient pas pouvoir jouer dehors.

— Maman, on a pensé à acheter du lait ?

Angélique venait d'entrer, aussi ébouriffée que son père et serrant contre elle les pans de sa robe de chambre rose.

— Quand tu dis « on », à qui penses-tu ? s'enquit Axel avec un clin d'œil.

La veille, avant que la supérette la plus proche ne ferme, il était allé faire un gros ravitaillement pour parer au plus pressé.

— Il y a du lait, du beurre et même de la confiture. Tu ne mourras pas de faim, ma puce.

— Pas de cornflakes ? s'indigna Rodolphe en les rejoignant.

— Dépêchez-vous de grandir pour qu'on vous envoie faire les courses vous-mêmes, râla Margaux.

Elle se reprocha aussitôt sa remarque. Mais elle était agacée de devoir toujours sourire et apaiser les tensions. Et puis se sentir coupable en permanence n'arrangeait rien. De nouveau, elle tourna son regard vers la fenêtre. Une petite pluie fine commençait à tomber, achevant de la démoraliser.

— J'ai un message, signala Axel qui tenait son téléphone. Viviane et Maurice nous invitent à dîner !

— C'est très gentil de leur part, se força-t-elle à dire.

Encore un paramètre à prendre en compte. La tante et l'oncle de son mari, qui l'avaient en partie élevé et qui habitaient à quelques kilomètres, allaient-ils se révéler une aide ou une contrainte ? Axel éprouvait à leur égard un mélange d'amour et de reconnaissance qui constituait pour lui une raison supplémentaire de se sentir bien ici.

Elle se leva, marmonnant qu'elle avait du travail, et quitta la cuisine, son mug à la main. La pièce où elle avait choisi d'installer son bureau se trouvait à l'autre bout du rez-de-chaussée. Deux fenêtres en angle, une cheminée de pierre blanche et des boiseries en assez bon état l'avaient séduite, mais avec ce temps gris et pluvieux elle ne lui trouvait plus le même charme. Elle considéra la table ultramoderne sur laquelle elle avait passé tant d'heures depuis quelques années, découvrant qu'elle jurait dans ce décor.

Après avoir bu deux gorgées de café, tiède comme elle l'aimait, elle s'assit et ouvrit son ordinateur. Se concentrer allait lui demander un gros effort, mais son client attendait les images en trois dimensions qu'elle s'était engagée à lui envoyer rapidement. Ce joli chantier de réhabilitation mobilisait toutes ses capacités de designer, elle qui savait transformer un lieu, aménager l'espace et créer une ambiance. Elle s'attachait à toujours trouver des solutions innovantes, que ce soit pour des commerces, des bureaux ou des habitations, et elle avait appris à gérer les différents corps de métier afin de livrer ses réalisations clés en main. À présent, elle allait devoir prospecter une nouvelle clientèle. Son champ d'investigation pouvait s'étendre soit vers Caen, soit vers Rennes. Se retrouver ici, au bord de la mer et face aux îles anglo-normandes, était un défi qu'elle devait relever. Elle pouvait même envisager de se faire connaître de clients anglais, la liste de ses réalisations lui fournissant une bonne carte de visite.

Pour l'heure, la priorité était de gagner de l'argent. Leurs économies allaient être englouties dans les travaux urgents du manoir. Quant à une belle rénovation, il allait falloir attendre. Les livres d'Axel ne rapportaient pas grand-chose, ce dont il était douloureusement conscient, et son projet de faire un gîte dans les dépendances demanderait aussi un investissement, même s'il se chargeait lui-même de nettoyer et de repeindre.

Elle se leva, impatiente tout à coup. Ils avaient choisi la solution des Engoulevents d'un commun accord, persuadés l'un et l'autre qu'un nouveau départ dans un cadre différent pourrait sauver leur couple et ainsi éviter l'éclatement de la famille qu'ils avaient construite. Mais n'était-ce pas un leurre ? Où qu'on aille, n'emportait-on pas ses problèmes dans ses valises ? Néanmoins, bien avant la crise qu'ils venaient de traverser, ils avaient souvent évoqué la possibilité de quitter la capitale et le stress qu'elle générait au quotidien.

Depuis qu'elle le connaissait, Axel parlait avec nostalgie de ce manoir qu'il connaissait mal mais qui le fascinait. Ses grands-parents étaient morts là, après avoir vécu chichement entre des murs qu'ils ne pouvaient plus entretenir. Leurs deux enfants, Viviane et Henri, en avaient hérité. Mais Viviane, qui venait de se marier avec Maurice, refusait d'habiter la bâtisse et avait cédé sa part à son frère Henri. Celui-ci, jeune ingénieur désargenté, avait eu la chance d'épouser Lucile, une fille de bonne famille, et il l'avait suivie à Paris où elle possédait un appartement. Ils ne passaient que de très rares week-ends au manoir dont Lucile disait qu'il était « battu par les vents et dénué de tout confort ». Finalement, elle l'avait vidé de ses meubles au prétexte qu'ils s'abîmaient et en avait vendu la plupart, le rendant ainsi inhabitable. Après la naissance d'Axel, le couple avait commencé à multiplier les querelles et les bouderies. Dans ces moments-là, ils expédiaient Axel chez sa tante Viviane où il passait aussi toutes ses vacances scolaires. Poussé par la curiosité, le petit garçon allait volontiers se balader devant le manoir, et s'introduisait en cachette dans le jardin en friche où il jouait à se faire peur. Le soir venu, il demandait à sa tante de lui raconter ses souvenirs de famille, en particulier ceux de son enfance, lorsqu'elle vivait encore aux Engoulevents.

Devenu grand, Axel s'était passionné pour l'histoire, ce qui l'avait amené à entreprendre des études puis à obtenir un master. Ne se destinant pas à l'enseignement, il s'était mis à écrire des livres sur les grandes figures de la Renaissance. Hélas le succès se faisait attendre.

Ses parents, Lucile et Henri, lors d'une énième dispute en voiture, finirent par avoir un terrible accident. Tandis que Lucile était tuée sur le coup, Henri, grièvement blessé, avait été hospitalisé en urgence. Durant les quelques jours de son agonie, Axel était resté à son chevet et lui avait tenu la main. Dans ses derniers propos cohérents, Henri avait évoqué le manoir dont il était resté secrètement nostalgique. Après son décès, Axel en avait hérité ainsi que de l'appartement de sa mère. Pour payer les droits de succession, il avait choisi de vendre l'appartement et de conserver Les Engoulevents. Une décision qui pouvait sembler absurde mais qu'il n'avait jamais regrettée, fidèle à ses souvenirs de gamin et à la mémoire de son père.

Lorsqu'il avait rencontré Margaux, il était tombé instantanément amoureux d'elle. Elle avait un passé très différent du sien, venant d'une famille un peu bohème. Ses parents tenaient une brocante dans le quartier du Marais et elle avait grandi au milieu d'objets insolites. Très tôt, elle s'était intéressée à la décoration et aux ambiances. Elle passait de longues heures dans les musées, courait les expositions et à la fin de ses études elle avait obtenu un diplôme supérieur d'arts appliqués. Ensuite, elle s'était lancée dans une carrière de designer dont les débuts avaient été facilités par quelques-uns des nombreux clients de ses parents qui lui avaient donné sa chance. En revanche, son frère aîné, Sacha, d'un naturel moins entreprenant et plutôt paresseux, avait changé trois fois d'orientation avant d'abandonner définitivement les études. Il avait été barman parce qu'il aimait la fête et la nuit, avait ensuite travaillé dans des clubs de vacances pour être au soleil et draguer des filles puis s'était finalement associé avec un ami qui montait une petite agence immobilière, mais rien ne semblait le retenir longtemps.

Pour Margaux, qui vivait très librement sa jeunesse, la rencontre avec Axel avait marqué un tournant. Certaine d'avoir trouvé celui avec qui elle pourrait s'engager au long cours, elle n'avait pas tardé à songer au mariage. Ils avaient loué un appartement où ils s'étaient installés ensemble pour vivre leur belle histoire d'amour. Elle gagnait mieux sa vie que lui, mais l'argent n'avait jamais été un problème entre eux. Les noces avaient eu lieu, puis Rodolphe était né, ensuite Angélique, et tout semblait aller pour le mieux. Sauf qu'à chaque livre publié, Axel éprouvait une déception, ne rencontrant toujours pas le succès espéré. Ces échecs finissaient par le rendre taciturne. Il s'obstinait à écrire et s'enfermait des jours entiers. Margaux, de son côté, rencontrait beaucoup de gens et s'épanouissait dans son métier. Le contraste entre elle toujours joyeuse et lui souvent morose s'accentuait peu à peu.

Quelques années plus tard, Margaux était tombée sous le charme d'un de ses clients. Il s'appelait

Gabriel, était un peu plus âgé qu'elle et dirigeait deux théâtres parisiens. Venant d'acquérir un vaste loft dans le quartier des Batignolles, il souhaitait qu'elle le réaménage entièrement. Ils avaient passé beaucoup de temps penchés sur les plans qu'elle proposait et après chacun de leurs rendez-vous ils avaient pris l'habitude de déjeuner ensemble pour continuer à discuter. Très vite, leurs conversations étaient devenues plus personnelles et les repas avaient duré de plus en plus longtemps. Margaux voyait venir le danger, pourtant elle n'avait pas vraiment lutté contre son attirance pour cet homme gai qui la faisait rire et savait l'écouter. Une fois les travaux du loft quasiment achevés, Gabriel avait commencé à le meubler, réclamant toujours l'aide de Margaux pour la décoration. Et un beau jour, tout naturellement, ils s'étaient embrassés.

Avec le recul, Margaux savait qu'elle aurait pu – qu'elle aurait dû – s'arrêter là, ne pas aller au-delà d'un flirt, tirer un trait sur cette relation. Mais elle n'en avait pas eu le courage, découvrant trop tard qu'elle était tombée amoureuse. Ce qui, paradoxalement, ne l'empêchait pas d'aimer encore Axel. Durant quelques mois, elle s'était sentie partagée entre deux hommes. Si elle avait été célibataire, sans doute aurait-elle fait sa vie avec Gabriel, mais elle avait un mari et deux enfants. Elle s'était surprise à songer au divorce, de plus en plus déchirée. Quand elle passait une journée lumineuse en compagnie de Gabriel, retrouver Axel le soir la faisait rougir de honte et la rendait très malheureuse. Elle avait traversé une période compliquée, assaillie de doutes et de questions sans réponses. Gabriel insistait pour l'avoir toute à lui, supportant mal de la savoir avec un autre homme, tandis qu'Axel commençait à se demander pourquoi sa femme rentrait de plus en plus tard et pleurait pour un rien.

Un soir, alors qu'elle était dans la salle de bains, son portable oublié sur leur lit avait affiché l'icône d'un nouveau texto. Axel n'avait hésité qu'une seconde avant de poser son doigt dessus pour le lire. Quand il avait découvert une rangée de cœurs suivie d'un G majuscule, un gouffre s'était ouvert sous ses pieds. Et lorsque Margaux était revenue, il lui avait lancé d'une voix hachée par l'émotion : « Tu as un message d'amour de ton client ! » Il savait qu'elle travaillait avec Gabriel Maréchal, dont elle lui avait parlé au début du chantier mais dont elle ne disait plus un mot depuis des semaines. Elle aurait pu nier, se défendre, trouver une explication, devinant qu'Axel préférerait n'importe quelle version à la vérité, mais elle avait choisi d'avouer. Assise au bord du lit, elle avait tout raconté.

La moitié de la nuit, ils avaient pleuré dans les bras l'un de l'autre, terrifiés à l'idée de se perdre. Chaque fois qu'ils évoquaient une possible séparation, ils fondaient de nouveau en larmes. Margaux avait donc une liaison, elle avait trahi Axel, elle tenait évidemment le mauvais rôle. Axel, mari trompé, victime, était sous le choc de la révélation mais déjà conscient du danger qui les guettait tous deux. Se quitter ? Tout casser ? Malgré la sourde colère qui le gagnait, il était soulagé qu'elle en rejette l'éventualité. Il finit par demander des détails qu'en réalité il ne voulait pas connaître.

À cinq heures du matin, attablés face à face dans la cuisine devant leurs cafés, ils avaient marqué une pause pour réfléchir en silence. Puis Axel avait soudain brutalement proposé d'« enterrer cette sale histoire ». Si l'expression était maladroite, elle offrait néanmoins une sorte d'armistice, à défaut d'oubli. Était-ce parce qu'il se sentait coupable lui aussi ? Morose depuis des mois, de plus en plus frustré de ne pas réussir sa carrière d'écrivain, peut-être n'avait-il pas été un bon compagnon de route. Non seulement Margaux assurait par son travail l'essentiel de leurs revenus mais elle gérait les enfants ainsi que la plupart des tâches. Il découvrait, un peu tard, qu'il n'avait pas fait sa part. En conséquence, elle était allée chercher ailleurs des égards et une gaieté qu'elle ne trouvait plus avec lui. Depuis combien de temps ne l'avait-il pas emmenée au restaurant ? Lui faisait-il des compliments, la faisait-il rire, lui offrait-il des fleurs ? À tout cela il pouvait bien sûr remédier mais comment retrouver la confiance ? La complicité ?

Ils avaient décidé de s'en tenir là, tout en sachant qu'ils n'étaient pas quittes. Le soir même, ils s'étaient couchés chacun à un bout du lit, mais s'étaient réveillés étroitement enlacés et surpris de l'être. Quelque chose était cassé, mais le lien, bien qu'effiloché, ne s'était pas rompu.

Durant quelques semaines, ils s'étaient mutuellement considérés comme des convalescents, prenant garde à chaque mot prononcé. Sans rien dire, car elle ne voulait plus aborder le sujet, Margaux, la mort dans l'âme, avait rompu avec Gabriel. Le choix de sauver son couple lui coûtait cher, et à son tour elle était devenue sombre. Entre elle et son mari l'abcès était toujours là, douloureux et mal soigné, car ils n'avaient pas trouvé le bon traitement. Alors, un matin, l'idée d'opérer un vrai changement de vie avait germé. Prendre ensemble un nouveau départ, ailleurs, pour se reconstruire autrement après avoir tout bouleversé : le décor, les habitudes, le confort et le quotidien. L'évidence s'imposa d'elle-même : le vieux manoir des Engoulevents pouvait leur permettre de s'engager dans ce virage brutal. Perchée sur les hauteurs de Granville, face à la mer, cette bâtisse mystérieuse et abandonnée leur offrait la possibilité de réinventer leur existence. Un projet de couple, de famille, auquel se raccrocher pour redémarrer ensemble.

Axel pouvait écrire n'importe où et l'idée d'habiter enfin Les Engoulevents le galvanisait. Margaux, pour sa part, abandonnait la clientèle qu'elle s'était créée, Paris qu'elle adorait et… Gabriel. Mais n'était-ce pas à elle de faire ce sacrifice ? Elle aimait toujours Axel et voulait de toutes ses forces reconquérir leur bonheur perdu. La décision avait donc été prise, qui les avait conduits ici.

Émergeant de sa rêverie, elle prit conscience de la pluie qui ruisselait sur les vitres. Mais elle entendait des voix dehors, qui l'avaient sans doute sortie de sa torpeur. Elle se leva, s'étira avant de s'approcher d'une des fenêtres. Sur la pelouse en friche, Axel et les enfants se couraient après en riant, indifférents à l'averse. Une seconde, elle eut envie de se joindre à eux, mais elle devait d'abord finir son travail. À contrecœur, elle retourna s'asseoir devant son ordinateur.

*

— Si tu savais à quel point nous nous réjouissions en attendant votre arrivée, Maurice et moi ! Te savoir près de nous, avec ta petite famille… Et aux Engoulevents !

Viviane, âgée d'une soixantaine d'années, rondelette et avenante, serrait Axel dans ses bras sans pouvoir le lâcher.

— Vous savez, nous l'avons un peu élevé, dit-elle à Margaux.

Celle-ci hocha la tête, compréhensive mais un peu dépassée par ce débordement d'affection. Maurice, plus réservé, regardait les enfants qu'il n'avait vus qu'à trois ou quatre reprises lorsque Axel les emmenait pour une visite à sa tante et son oncle. La maison était modeste mais accueillante, chaleureuse, et un beau feu brûlait dans la cheminée.

— Vous n'avez pas de chance avec le temps, soupira Maurice. Le retour du soleil est prévu pour la fin de la semaine. À ce moment-là, la mer reprendra sa belle couleur émeraude, et vous pourrez la contempler de toutes les fenêtres du manoir ! Un apéritif, Margaux ? Viviane a prévu du champagne pour fêter votre installation, ça ira ? Les enfants, il y a du Coca ou du jus d'orange.

Il essayait de mettre Margaux à l'aise, maladroit mais touchant. Tout en remplissant les coupes, il s'adressa à Axel.

— Alors, ton projet de gîte ? Si tu as besoin d'un coup de main, n'hésite pas !

— Maurice sera ravi de t'aider, renchérit Viviane, depuis qu'il est à la retraite il s'ennuie. Mais dis-moi, qu'as-tu choisi comme bâtiment ? Haussecol ou Tournepierre ?

— Tournepierre est plus éloigné, ça garantira notre tranquillité.

— De quoi parlez-vous ? s'enquit Rodolphe avec curiosité.

— Les dépendances ont toutes un nom, lui expliqua Axel. Des noms d'oiseaux, évidemment, qui sont gravés sur des plaques de bois au-dessus des portes.

— Toujours l'ancêtre ornithologue ? demanda Margaux en riant.

— Ce devait être un passionné, estima Maurice. J'ai récupéré quelques très vieux livres là-dessus quand la mère d'Axel a tout bazardé, y compris le contenu de la bibliothèque…

Viviane hocha la tête en murmurant :

— Ma belle-sœur détestait Les Engoulevents.

Le ton de sa voix exprimait un peu de rancœur. Même si elle s'était toujours gardée de dire du mal d'elle devant Axel, elle n'avait pas apprécié cette femme trop autoritaire, hautaine et querelleuse. Elle avait vu son frère quitter Granville à regret, devinant qu'il n'y reviendrait pas souvent et, plus tard, assisté la mort dans l'âme à la vente de tout ce que le manoir contenait.

— Elle n'aurait pas pu en faire une résidence secondaire ? s'enquit Margaux.

— Elle préférait la Côte d'Azur, dit Axel.

Margaux savait qu'il gardait un souvenir mitigé de sa mère. Dans sa jeunesse, il avait été témoin de nombreuses disputes entre ses parents et avait vite compris qu'on l'expédiait chez Viviane et Maurice pour se débarrasser de lui.

— Je vous laisse profiter de la flambée, déclara Viviane avec un sourire d'excuse.

Margaux la suivit jusqu'à la cuisine, proposant son aide.

— Il n'y a pas grand-chose à faire. J'ai préparé des homards, nos pêcheurs les trouvent au large des îles Chausey.

— Axel en raffole.

— Je sais bien.

— C'est vrai que vous le connaissez quasiment mieux que moi ! s'exclama Margaux. Il m'a raconté tous les bons souvenirs qu'il garde de ses vacances chez vous.

— L'accueillir à la maison me faisait toujours plaisir.

— Comment était-il, enfant ?

— Adorable ! Un peu secret, assez indépendant mais très affectueux. Pour Maurice et moi, il était comme le fils que nous n'avons jamais pu avoir… On sentait qu'il avait besoin de tendresse et de sécurité. Sa mère n'était pas très aimante et Henri faisait tout ce qu'elle voulait.

— Il m'a souvent parlé de vous alors qu'il mentionne rarement ses parents. Je suppose que leur mort tragique l'a traumatisé.

— C'était si soudain… Mais ma belle-sœur conduisait comme une folle ! J'ai eu beaucoup de peine pour mon frère et je suis allée le voir à l'hôpital où il agonisait. Les médecins nous avaient prévenus qu'il ne s'en sortirait pas. Heureusement, Axel a pu accompagner son père durant ses derniers jours. Il a écouté ses confidences en lui tenant la main. Henri regrettait d'avoir abandonné Les Engoulevents et il voulait que son fils le sache.

— Du coup, Axel a gardé le manoir.

— Il a bien fait ! Toute l'histoire de la famille Saint-Sauveur est là, entre ces murs. Au moins six générations, vous vous rendez compte ? Vos enfants sont la septième… Ah, j'espère que vous vous y plairez, Margaux ! Vous avez sûrement des projets pour le restaurer et lui rendre un peu de son lustre d'antan ?

— Vous qui y avez vécu quand vous étiez jeune fille, à quoi ressemblait-il ? Parce que, aujourd'hui, c'est un peu comme une coquille vide.

Viviane se détourna de sa casserole pour scruter Margaux.

— Tout était déjà en piteux état, dit-elle lentement. Les peintures, les papiers peints, les portes qui grinçaient et les rideaux qui s'effilochaient. Mais les meubles étaient beaux, ils cachaient la misère. Notre père avait fait de mauvaises opérations en Bourse, il se disait ruiné. Il a pourtant fait refaire les toitures et il a même laissé un peu d'argent derrière lui, ce qui a permis à mon frère de racheter ma part. Mais Henri n'avait pas de quoi s'en occuper non plus et de toute façon sa femme ne le souhaitait pas, elle voulait qu'il le vende. Sur ce point-là au moins il n'a jamais cédé.

Margaux hocha la tête, réfléchissant à ce qu'elle venait d'entendre. Les hommes de la famille Saint-Sauveur, Axel comme son père et son grand-père, tenaient à ce manoir. Leur obstination avait fait qu'à présent Margaux se retrouvait parachutée dans un lieu qui lui semblait vaguement hostile parce qu'elle s'y sentait étrangère, n'ayant là aucun souvenir. Elle allait devoir s'en fabriquer.

« Si je n'avais pas rencontré Gabriel, je serais encore à Paris… C'est parce que j'ai failli détruire mon couple que nous avons décidé de chambouler notre existence. Chaque événement entraîne une kyrielle de conséquences. Le battement d'ailes d'un papillon peut provoquer un ouragan, c'est une théorie bien connue… »

— Quelque chose ne va pas, Margaux ?

Viviane l'observait toujours, avec un peu d'inquiétude cette fois.

— Non, non ! Je pensais seulement à ce que nous allions faire. La liste est longue, il faut que je la recompose par ordre de priorité. Mais comme vous le disiez, nous n'aurons pas à nous soucier des toitures, et heureusement car…

— La ruine vient du ciel !

Elles échangèrent un sourire puis Viviane décréta qu'il était temps de passer à table. Mais alors que Margaux allait quitter la cuisine, elle la retint un instant par le bras.

— J'ai une surprise pour vous. Pour Axel et pour vous. Prenez ce tabouret et mettez-le sous le placard du haut, là… Maintenant, montez dessus et ouvrez.

Intriguée, Margaux s'exécuta. Elle tira la porte et découvrit tout un service de vaisselle soigneusement empilé.

— Pendant que Maurice sauvait quelques livres, j'ai pris ce service et ma belle-sœur n'a rien osé me dire. Sauf que ce n'était pas pour moi, je pensais garder un beau souvenir de famille pour Axel. Il était gamin, ça ne pouvait pas l'intéresser mais j'attendais qu'il grandisse.

Et puis je dois avouer que j'ai fini par l'oublier ! Pour votre mariage on avait choisi quelque chose de plus léger à transporter jusqu'à Paris… D'ailleurs je ne vous connaissais pas bien et Axel m'avait prévenue que vous n'aimiez que les objets modernes. Alors ce vieux service… Il y a une ou deux assiettes ébréchées sinon il est en bon état et complet. Maintenant que vous êtes aux Engoulevents, il vous plaira peut-être ?

Margaux avait saisi une assiette plate et ses yeux brillaient de plaisir.

— C'est magnifique, Viviane ! Une belle porcelaine fine, superbement décorée. Les arabesques bleu et or sont remarquables. On l'emportera dès ce soir, d'accord ?

Son enthousiasme émut Viviane qui ne s'y attendait pas, persuadée que Margaux n'appréciait que le design avant-gardiste.

— Vous savez, ajouta Margaux, on peut vraiment mélanger le moderne et l'ancien, c'est souvent très réussi.

— Mon Dieu ! Ma sauce américaine va trop bouillir…

Tandis que Viviane s'activait devant sa casserole, Margaux repensa à sa table de travail en acier et en verre, qui lui avait paru totalement incongrue dans un décor de boiseries et de marbre. Tous les mélanges n'étaient pas réussis et elle avait le choix entre changer de pièce pour installer ailleurs son bureau ou bazarder sa table. Ce n'était au fond qu'un détail mais elle voulait se sentir bien pour travailler, ce qui l'aiderait à se sentir bien tout court aux Engoulevents. Et ça…

Elle prit la saucière que Viviane lui tendait et quitta la cuisine pour rejoindre les autres.

*

À quatre heures du matin, Axel ne dormait toujours pas. Il se leva en prenant garde de ne pas réveiller Margaux et descendit pieds nus. Une fois dans le hall, il alluma l'une des appliques en forme de torche que sa mère n'avait sans doute pas pensé à décrocher pour les vendre. Puis il se retourna pour considérer l'escalier de chêne recouvert d'une moquette rouge râpée et retenue à chaque marche par une barre de cuivre terni. Bien des années auparavant, ce hall avait dû avoir fière allure.

Après une hésitation, il décida d'aller se faire du café, persuadé qu'il ne pourrait pas se rendormir. Depuis son arrivée, il se sentait plein d'énergie, mais il savait bien qu'en se focalisant sur les tâches manuelles qui l'attendaient, il évitait de penser à Margaux, à sa trahison qui l'avait pris au dépourvu. Par naïveté ? Excès de confiance ? Ils s'aimaient tellement et si bien, du moins l'avait-il cru, que jamais il n'aurait pu imaginer leur couple en danger. Mais désormais il l'imaginait parfaitement.

Sans le moindre scrupule, il était allé sur Internet pour chercher une photo de ce Gabriel Maréchal, directeur de théâtre. Après en avoir trouvé une, il l'avait longuement examinée. Plutôt bel homme, et sûr de lui d'après son sourire charmeur. D'emblée, Axel l'avait bien entendu détesté. En le scrutant, il s'était représenté Margaux et une insupportable bouffée de jalousie l'avait submergé. Évidemment, il avait été aveugle, n'avait rien vu venir, si persuadé d'être aimé et que sa femme n'aurait jamais la tentation de s'intéresser à un autre. Quel idiot ! Tandis qu'il se désespérait bien égoïstement de ne pas trouver un lectorat à la hauteur de ses attentes et qu'à chaque échec il s'acharnait à écrire un nouveau livre, Margaux s'était laissé séduire ailleurs. L'attrait de la nouveauté après quinze ans de mariage ? Le vertige de l'interdit ? Et aujourd'hui, après avoir accepté de changer de vie, était-elle guérie de son coup de folie pour ce Gabriel Maréchal ? Elle affirmait avoir rompu mais devait-il la croire ? Tout ne s'usait-il pas irrémédiablement avec le poids des années ?

Pour sa part, il n'avait pas connu de tentation. En conséquence, il ne savait pas s'il y aurait résisté. Nombre d'hommes, mariés ou pas, cédaient à l'aventure d'un soir, à un désir passager qui la plupart du temps s'éteignait dès le lendemain. Pour une femme, et surtout pour la sienne, Axel était persuadé qu'il fallait nécessairement qu'il y ait des sentiments. Donc Margaux avait dû éprouver quelque chose de plus profond qu'une simple attirance. Y pensait-elle encore ? Avec remords ou avec regret ?

Dans la cuisine, pour accéder à la cafetière il dut écarter les piles du service de Limoges rapporté de chez Viviane. Que celle-ci ait eu l'idée de le lui conserver depuis bien des années était très touchant. La vaisselle retrouvait ainsi sa place aux Engoulevents, comme un signe du destin. Il songea qu'il allait manger dans des assiettes ayant servi à son père, à ses grands-parents et sans doute à d'autres ancêtres Saint-Sauveur. Margaux avait eu l'air de trouver ce service à son goût, ce qui l'avait réjoui. Elle faisait un effort pour que tout aille bien entre eux et il aurait aimé se sentir aussi déterminé qu'elle, mais il restait méfiant, blessé.

Margaux était la personne la plus importante de sa vie, encore plus importante que ses enfants, que pourtant il chérissait, plus importante même que ce succès d'écrivain qu'il ne trouvait pas. Et Margaux lui avait offert ce que sa mère avait refusé à son père : un retour aux Engoulevents. De plus, elle était la femme dont il restait profondément amoureux et qu'il désirait toujours, même si, chaque fois qu'il la tenait dans ses bras, l'image de Gabriel Maréchal s'imposait. Quand cesserait-il de penser à cet homme en faisant l'amour ?

Après un coup d'œil circulaire, il se demanda s'il valait mieux commencer par repeindre la cuisine ou par restaurer Tournepierre. En faire un gîte lui permettrait de gagner un peu d'argent et le bâtiment n'était pas trop abîmé. Il avait servi, bien des années auparavant, de maison de gardiens. Avec l'aide de son oncle Maurice, il devait pouvoir boucler le chantier en une ou deux semaines. Trop tard pour les vacanciers de l'été, mais Granville restait une destination touristique toute l'année. Maurice, qui avait pris sa retraite en vendant sa petite affaire de peinture, savait tout faire et avait conservé un peu de matériel, il serait donc un partenaire idéal pour les travaux à venir.

Axel avait souvent entendu son père s'étonner du choix de Viviane pour celui qu'il appelait un « sympathique artisan », tandis que sa mère, plus virulente, traitait son beau-frère de raté. Maurice ne venait certes pas du même milieu que les Saint-Sauveur, pourtant il avait fait le bonheur de Viviane envers et contre tous. Leur seul drame avait été l'impossibilité d'avoir un enfant, d'où leur profond attachement pour Axel. Celui-ci se souvenait d'avoir assisté, gamin, aux dix ans de mariage de son oncle et sa tante, une journée joyeuse dans leur petite maison pleine d'amis chaleureux, mais bien entendu ses parents avaient refusé l'invitation sous un prétexte quelconque, se contentant d'y envoyer Axel pour les représenter. Avec le recul, Axel déplorait la faiblesse de son père qui, pour ne pas provoquer de scène avec sa femme, avait négligé sa sœur alors qu'il l'aimait. Une lâcheté qu'il s'était reprochée, entre autres, avant de mourir.

Comme l'aube était encore loin, il décida d'aller déballer le carton contenant son ordinateur et son manuscrit en cours. Contrairement à Margaux, il n'avait pas encore choisi où installer son bureau. Peut-être au second, pour être sûr d'être tranquille. Il monta l'escalier sans bruit, prenant garde de ne pas accrocher l'une des barres de cuivre qui s'était descellée. Le deuxième étage ressemblait au premier, avec la même galerie desservant plusieurs pièces. Il choisit la plus proche de l'escalier, qui offrait deux fenêtres étroites. Malgré l'éclairage sinistre d'une ampoule qui pendait du plafond, il estima qu'il serait très bien là pour écrire. Il posa dans un coin l'ordinateur et le manuscrit, ce qui lui permit de constater que le plancher de chêne était en bon état, preuve de la qualité des matériaux employés lors de la construction du manoir. Les Saint-Sauveur de l'époque devaient être riches ! Cette idée le fit sourire, tant la situation avait changé au fil des générations.

Mais il ne voulait pas songer aux problèmes d'argent, un sujet qui le mettait toujours mal à l'aise. Au moins, aux Engoulevents, c'était lui qui offrait un toit à sa famille, supprimant ainsi le loyer exorbitant de leur appartement parisien que Margaux avait quasiment assumé à elle seule.

Il redescendit aussi silencieusement qu'il était monté et regagna la cuisine. Ici, il ne se sentirait pas inutile, vu le travail qui l'attendait ! Il passa l'heure suivante à lessiver l'intérieur des placards puis il y rangea la vaisselle apportée de Paris, tous les ustensiles et en dernier le service de Limoges. Le jour était levé depuis longtemps lorsqu'il se resservit enfin un café.

— On entre chez vous comme dans un moulin ! lança Maurice depuis le seuil.

La cuisine disposait d'une porte donnant sur l'arrière du manoir et Axel avait dû oublier de la verrouiller la veille.

— Tu es bien matinal, dit-il à son oncle en lui faisant signe de venir s'asseoir. Un petit café ? Qu'est-ce qui me vaut le plaisir de ta visite ?

— À moins que tu n'aies trop bu hier soir, tu devrais te souvenir que je t'ai proposé mon aide. J'ai apporté du matériel dans ma camionnette…

— Tu n'attends pas pour joindre le geste à la parole, toi ! Mais c'est parfait, puisque je suis debout, on va pouvoir décharger tout ça.

— En peignoir ?

Axel éclata de rire, soudain réjoui par la présence de Maurice. Avec un artisan qui connaissait bien son métier, les travaux seraient plus faciles.

— Je monte enfiler un jean et un pull, fais-toi un petit déjeuner en attendant.

— Tu crois que ta tante me laisse mourir de faim le matin ? En revanche, je vais prendre du café, il sent bon.

Une fois son neveu sorti, Maurice inspecta la cuisine et prit des mesures. La repeindre pourrait se faire en trois jours, mais pour le moment la petite famille avait besoin de s'installer tranquillement. Le plus pressé restait Tournepierre, Axel ayant expliqué qu'il souhaitait rentabiliser son futur gîte au plus vite. « Va l'aider ! » avait suggéré Viviane dès son réveil, or Maurice ne demandait pas mieux. Cependant il espérait que Margaux, qu'il connaissait mal, ne prendrait pas ombrage de le voir là à longueur de journée. Elle devait se sentir un peu perdue dans cet environnement nouveau pour elle, alors qu'Axel y était comme chez lui. Et d'ailleurs, vraiment *chez lui*. Prendre possession du manoir – et pas seulement en avoir les clés et l'acte de propriété – semblait le combler. Bien sûr, l'habiter enfin était sûrement un accomplissement après l'avoir tant regardé, enfant, depuis le jardin en friche. Mais pour Margaux, pour les enfants, n'était-ce pas un déracinement ? La vie à Granville n'avait rien à voir avec celle de Paris !

Lorsqu'ils sortirent tous deux, le soleil s'était levé dans un ciel sans nuages.

— Il va faire beau ! s'exclama Axel, ravi.

— Ce matin seulement : ça se gâte en début d'après-midi. Mais au bord de la mer on ne peut jamais être sûr de rien.

Maurice s'arrêta soudain au milieu de la grande pelouse couverte de hautes herbes et d'orties qui menait à Tournepierre.

— Faudrait nettoyer ça, soupira-t-il. Je n'ai qu'une petite tondeuse, suffisante pour mon jardin mais pas pour ce parc, tu devras louer des machines plus adaptées. Tu sais, je l'aurais volontiers entretenu, seulement je n'avais pas la clé de la grille et ta mère refusait qu'on mette les pieds ici. On ne lui a jamais dit que tu y allais en cachette ! Et c'était devenu une telle forêt vierge… Après le décès de tes parents, j'étais persuadé que tu vendrais.

— J'avais pourtant dit que je le gardais.

— On ne fait pas toujours ce qu'on veut. Et tu n'avais pas l'air de vouloir t'en occuper.

— Pas les moyens, Maurice. Je pouvais juste régler l'assurance, les taxes foncières et d'habitation. Or je ne voulais pas demander à Margaux de payer quoi que ce soit.

Maurice s'arrêta et considéra son neveu avec sa gentillesse habituelle.

— Tes bouquins ne marchent pas fort ?

La question était directe, presque brutale, mais Axel s'obligea à y répondre.

— J'espérais autre chose. Écrire un livre d'histoire demande beaucoup de temps, de travail, de recherches et de documentation pour apporter un nouvel éclairage sur un personnage célèbre. Et si tu prends un inconnu, ça n'intéresse personne ! Je publie un livre tous les deux ans, le dernier, une étude sur Henri II, s'est vendu à cinq mille exemplaires. Un résultat honorable mais qui ne suffit pas pour vivre.

Maurice médita ces paroles un moment avant de reprendre :

— Moi, je ne lis pas mais je sais que Viviane apprécie beaucoup tes livres. Il n'y a pas longtemps, elle m'a demandé pourquoi tu ne ferais pas un roman historique, à la manière d'Alexandre Dumas.

Axel éclata d'un rire un peu forcé.

— Il faudrait avoir autant de talent que lui ! Mais je retiens l'idée, elle n'est pas mauvaise, d'ailleurs il m'est arrivé d'y penser…

— Peut-être as-tu peur qu'on ne te prenne plus au sérieux dans le milieu des historiens ?

À défaut d'être très cultivé, Maurice avait du bon sens, et cette nouvelle question piqua Axel au vif. Bien sûr, il cherchait la considération et la reconnaissance de ses pairs, ce qu'il n'avait guère obtenu jusque-là. Mais il voulait aussi que cesse la distorsion entre les revenus de Margaux et les siens. Une situation qui n'avait pas posé de problème, même si elle était peu confortable, jusqu'à cette trahison de Margaux, séduite par un homme plus brillant et plus fortuné que lui. Depuis lors, l'argent était devenu pour lui un sujet sensible.

Voyant son embarras, Maurice n'ajouta rien et repartit en direction de Tournepierre.

*

— Alors, duchesse, bien installée dans ton château ?

— C'est un simple manoir et il n'est pas loin de la ruine, répondit Margaux.

Elle se redressa sur son oreiller, constatant à la fois qu'il faisait grand jour et qu'Axel n'était pas dans leur lit. L'appel de son frère la tirait d'un sommeil agité, plein de rêves étranges.

— J'ai hâte de voir ça, poursuivit Sacha d'une voix enjouée. Les parents pensent que tu as de la chance et que, du coup, tu vas racheter tout le stock de leur bazar !

Il avait toujours nommé ainsi, par dérision, le magasin de brocante et d'antiquités de leurs parents.

— Quel temps as-tu dans ta cambrousse, ma jolie ? Est-ce la peine que je me déplace jusqu'à ton nouveau chez-toi avec mon maillot de bain ?

— Tu t'invites déjà ? ironisa-t-elle, partagée entre le plaisir de le voir et l'exaspération qui arriverait forcément au bout de deux jours de cohabitation.

— Pas encore, mais avant la fin de l'été, compte sur moi. Je te laisse le temps de me préparer une belle chambre d'amis, d'accord ?

— Tu dormiras par terre, au milieu des toiles d'araignées.

— Charmant programme ! Je crois que je vais attendre un peu.

— Comment occupes-tu ton été ?

— Disons que je bricole. J'aimerais trouver une jolie fille pour siroter avec moi des mojitos, mais en août Paris est désert… Allez, je te quitte, ma belle, embrasse mes neveux et notre grand écrivain !

Margaux soupira en reposant son téléphone. L'humour très caustique de son frère l'amusait parfois, mais pas lorsqu'il s'exerçait aux dépens d'Axel. Elle ne l'avait pas davantage interrogé sur ses activités du moment, sachant d'expérience qu'il en aurait parlé s'il avait trouvé un travail. « Bricoler » ne voulait rien dire. Le projet d'agence immobilière de son copain n'avait pas abouti et depuis Sacha vivait de petits jobs et des subsides de leurs parents. Dommage pour un garçon intelligent dont la paresse tuait l'ambition. Évidemment, Angélique et Rodolphe, sous le charme de sa fantaisie et de son non-conformisme, adoraient leur oncle.

Par la fenêtre, Margaux aperçut la camionnette de Maurice garée loin en contrebas, à côté du bâtiment nommé Tournepierre. Comme prévu, il était venu prêter main-forte à Axel, qui allait donc troquer l'écriture pour du travail manuel. Sa détermination à rentabiliser la propriété d'une façon ou d'une autre était assez touchante. Et comme il terminait toujours ce qu'il commençait, le gîte ne tarderait sans doute pas à pouvoir accueillir des hôtes. En attendant, Margaux n'avait plus qu'à se débrouiller seule pour déballer les cartons, faire un peu de ménage, s'occuper des enfants et surtout finir son propre travail.

— Maman ! s'exclama Angélique en faisant irruption dans la chambre. On va voir la mer ? Où est la plage ?

Elle n'avait pas frappé et en d'autres temps elle aurait pu surprendre ses parents en plein câlin. Mais les étreintes matinales appartenaient au passé. Axel et Margaux se retrouvaient parfois enlacés au cœur de la nuit quand leurs doutes étaient atténués par la somnolence, l'obscurité et le silence. Dans ces instants-là seulement, leur amour semblait renaître, intact.

— J'ai beaucoup à faire, protesta faiblement Margaux.

— C'est les vacances ! s'indigna sa fille.

— Il y a plusieurs plages et je ne sais pas laquelle est la plus…

— On va demander à Maurice, sa voiture est là-bas, décréta Angélique.

Elle partit en courant, sans écouter la suite. Résignée, Margaux se mit en quête de son maillot de bain parmi les valises grandes ouvertes sur le vieux tapis.

*

Viviane était ravie que son mari soit parti, tout joyeux, aider Axel. Il aimait son neveu tout autant qu'elle, bien qu'il ne soit pas lui-même un Saint-Sauveur.

Saint-Sauveur ! Elle eut envie de rire car elle ne se sentait plus concernée par ce nom. Pour elle qui n'avait pas été très heureuse dans sa jeunesse, entre des parents trop âgés et un frère vite parti faire ses études ailleurs, Maurice avait représenté une bouffée d'air frais, une fenêtre ouverte sur un autre monde, une échappée belle hors des murs du manoir. Et jamais elle n'avait regretté son choix. Il n'était pas seulement un « brave homme », selon la formule méprisante de ses parents puis de sa belle-sœur, il était un homme de cœur. Lorsqu'elle avait appris, désespérée, qu'elle ne pouvait pas avoir d'enfants, il l'avait consolée, rassurée, entourée d'amour. Et durant quarante-cinq ans, il avait travaillé comme un fou pour lui assurer une bonne vie. Un jour de confidence, il s'était laissé aller à dire qu'elle devait trouver son existence bien médiocre auprès d'un simple artisan. Médiocre ? Non ! La médiocrité, elle l'avait connue aux Engoulevents, près d'un père tatillon et radin qui préférait faire refaire ses toitures que gâter ses enfants. Du coup, elle avait été contente de partir et d'investir la jolie petite maison que Maurice venait de faire construire. Un endroit clair et gai, facile à entretenir, où elle s'était sentie libérée. Sans hésiter, elle avait pris en main la comptabilité de la modeste entreprise de son mari, le secrétariat et l'agenda de ses chantiers. Pour la toute première fois, elle était utile, aimée, heureuse. Et à chacun des séjours d'Axel enfant, Maurice s'attachait davantage à son neveu, lui faisant ainsi oublier leur infertilité. Un sujet qu'ils n'abordaient plus puisqu'ils avaient décidé d'un commun accord qu'ils ne se lanceraient pas dans une course médicale incertaine et contraignante pour avoir à tout prix un bébé.

En découpant des tomates en tranches fines, elle repensa au dîner de la veille. La petite conversation avec Margaux dans la cuisine l'avait un peu rassurée. Jusque-là, elle s'était demandé si la femme d'Axel ne serait pas rebutée par l'état lamentable des Engoulevents. Elle avait assez entendu sa belle-sœur se plaindre pour espérer qu'aucune autre femme de la famille n'aurait la même attitude. Heureusement, Margaux n'était pas Lucile, elle semblait capable de s'adapter et de faire plaisir à son mari. Sans doute avait-elle consenti un sacrifice en acceptant de venir vivre à Granville, mais dans le couple fusionnel qu'elle formait avec Axel, le bonheur de l'un faisait le bonheur de l'autre.

Pourtant, Viviane avait cru déceler une petite ombre entre eux. Ils échangeaient moins de regards complices et moins de gestes tendres que lors de leurs quelques visites de ces dernières années. Elle espérait de tout cœur que ce soit une fausse impression, que ce qu'elle avait cru remarquer soit à mettre sur le compte de la fatigue du déménagement. Néanmoins, depuis plusieurs mois, quand Axel lui téléphonait, il évitait de parler de Margaux et répondait aux questions la concernant de manière évasive.

Toujours songeuse, elle cisela quelques feuilles de basilic sur les tomates, qu'elle arrosa de vinaigrette. Puisque Maurice allait passer beaucoup de temps avec Axel ces jours-ci, peut-être aurait-il droit à des confidences ? Elle sortit la plancha pour y faire griller les gambas qu'elle avait mises à mariner. Maurice aurait faim en rentrant mais elle savait qu'il serait content d'avoir repris les outils et les pinceaux. Redonner vie à Tournepierre était une bonne idée, elle s'en souvenait comme du logement des gardiens lorsqu'elle était une petite fille. Mais ensuite, ses parents n'avaient plus eu aucun personnel, ils étaient devenus aigris et la vie aux Engoulevents, sinistre. Au point qu'elle s'était promis de fuir cet endroit dès qu'elle le pourrait. Maurice lui avait offert la liberté et la joie de vivre dans un tout autre cadre, et même si personne de sa famille n'avait compris son choix, elle s'en félicitait chaque jour. Axel, Margaux et leurs enfants parviendraient-ils à faire revivre ce lieu plein de mauvais souvenirs pour elle ?

Elle entendit la camionnette de Maurice arriver et se dépêcha de sortir du four ses deux tartes. Une aux abricots pour son mari et une aux pommes caramélisées destinée à ses petits-neveux. Elle ne comptait pas l'apporter elle-même aux Engoulevents pour ne pas avoir l'air d'envahir Margaux, elle en chargerait Maurice. Car celui-ci, elle s'en doutait, repartirait là-bas dès qu'il aurait déjeuné. Tournepierre devait avoir besoin d'un sacré travail avant de devenir accueillant. Comme tout le reste de la propriété…

Maurice entra en coup de vent, vint l'embrasser dans le cou et se lava les mains en déclarant :

— C'est moins grave que je ne le croyais !

— Vous allez vous en sortir, tous les deux ?

— J'en suis certain. Axel n'est pas un manuel mais il est plein de bonne volonté et déterminé à boucler ce chantier au plus vite. En fait, il n'a pas oublié certains des trucs que je lui avais appris quand il était gamin.

— Et Margaux ?

— Je ne l'ai pas vue. Il était question qu'elle emmène les enfants à la plage. Et à mon avis, elle ne veut pas se mêler des travaux de Tournepierre.

— Pourquoi ? D'après ce que j'ai compris, dans son métier elle a l'habitude de diriger des chantiers.

— Sauf que là, c'est le projet exclusif de son mari.

— Pourtant, ils partagent tout, non ?

— Non…

Il faillit ajouter quelque chose mais préféra se taire et proposa de mettre le couvert.

*

Axel prit une douche rapide pour se débarrasser de la poussière de plâtre, puis il se confectionna un sandwich qu'il alla manger assis sur les marches du perron. Il se sentait fatigué d'avoir abattu des cloisons et débarrassé des gravats, mais cette dépense physique lui avait permis de se défouler. Angélique était venue demander à Maurice le chemin de la plage la plus proche et Margaux y était partie avec les enfants. Un louable effort de sa part, elle qui n'appréciait ni le sable ni l'eau froide. Pour elle, nager ne pouvait se faire que dans une piscine chauffée, et elle s'y rendait deux fois par semaine lorsqu'ils étaient encore à Paris. Mais cette habitude, ainsi que beaucoup d'autres, n'aurait plus cours ici. Tout était à revoir, à réinventer. Axel espérait qu'elle pourrait bien travailler dans son nouveau bureau, même si pour sa part il n'avait aucune envie d'aménager sérieusement le sien. Ni envie d'écrire, d'ailleurs, ce qui était plus grave. Il décida qu'il se donnait trois semaines avant de se replonger dans son manuscrit. Toute la documentation nécessaire était soigneusement emballée dans un carton qu'il n'avait pas encore monté. Pas plus que le petit bureau Louis XVI acheté chez les parents de Margaux huit ans plus tôt. Pour l'installer là-haut, il lui faudrait l'aide des enfants dans l'escalier mais il ne voulait pas trop les solliciter pour l'instant. Eux aussi avaient besoin de trouver leurs marques avant la rentrée scolaire au collège André-Malraux de Granville.

Il observa un vol d'oiseaux dont il ne connaissait pas le nom. Peut-être devrait-il jeter un coup d'œil aux vieux livres d'ornithologie sauvés par Maurice pour en apprendre davantage. L'alouette hausse-col, le tournepierre à collier… Ceux-là, en plus des engoulevents, avaient fasciné un de ses ancêtres. Mais ne serait-ce pas vouloir jouer au châtelain, à l'héritier Saint-Sauveur ? Il n'était pas venu pour ce genre de sottises, il était là pour sauver son couple. Si cette possibilité existait encore. Cent fois, il s'était demandé – mais il n'avait pas posé la question à Margaux – ce qui serait arrivé s'il n'avait pas regardé le fichu message avec les cœurs ! Margaux se serait-elle tue ? Aurait-elle continué à mentir et à mener une double vie ? L'aurait-elle finalement quitté pour l'autre ? En réalité, il ne voulait pas connaître la réponse. Et puis il avait proposé d'oublier l'affaire parce qu'il était terrorisé à l'idée d'une séparation. Résultat : ils n'en parlaient plus jamais. Le silence n'était peut-être pas la meilleure solution, mais rouvrir la plaie ne valait pas mieux. Margaux avait choisi de changer de vie pour le suivre ici, il s'agissait d'une preuve d'amour.

Amour pour lui ou pour les enfants ? Ne pas vouloir détruire sa famille ne signifiait pas forcément qu'elle avait oublié Gabriel… Et ce doute obsessionnel sapait le moral d'Axel. Jusque-là, il avait eu la certitude d'être le grand amour de sa femme, l'élu, l'unique, et cette idée lui avait donné confiance en lui malgré ses échecs professionnels. Aujourd'hui, il se sentait dévalorisé, mis en concurrence, ébranlé. Comment remonter la pente et reconquérir Margaux ?

Il fut tiré de ses sombres réflexions par un coup de klaxon. Maurice était en train de garer sa camionnette devant Tournepierre et Axel réalisa qu'il était resté longtemps assis sur les marches du perron. En se levant, il grimaça, les muscles douloureux. Une bonne fatigue physique allait au moins lui épargner, cette nuit, une interminable insomnie.

2

Le mois d'août était passé vite avec des journées chargées pour Margaux comme pour Axel. Mais ils n'avaient rien fait ensemble, hormis prendre leurs repas. Les enfants venaient d'entrer au collège, Angélique en cinquième, Rodolphe en quatrième. Leurs premiers contacts avec les professeurs et les élèves ayant été plutôt positifs, Margaux se sentait très soulagée car elle devait se rendre à Paris pour présenter à son client des plans qu'elle avait enfin terminés. Le reste de son temps avait été utilisé à vider les derniers cartons, à ranger tous les vêtements, à aménager sommairement les quelques pièces qu'ils habitaient. Pendant ce temps, Axel avait bouclé le chantier de Tournepierre avec Maurice et il courait les soldeurs de la région pour acheter quelques meubles et objets nécessaires pour les futurs locataires du gîte. Vingt fois, il avait failli demander son avis et son aide à Margaux, qui était la mieux à même d'optimiser l'espace, mais la voyant si occupée il n'avait pas voulu la déranger. Et puis, ce gîte était son projet, il tenait à l'achever seul.

Lorsqu'elle lui avait annoncé qu'elle s'absenterait deux jours, Axel s'était brusquement senti en danger. Évidemment, il savait qu'elle allait voir ce client pour lequel elle créait l'aménagement d'un hôtel, le contrat ayant été signé quatre mois plus tôt, mais à Paris il y avait aussi Gabriel. Axel ne voulait pas imaginer qu'elle en profiterait pour revoir cet homme, pourtant il ne pouvait s'empêcher d'y penser. Afin de ne rien gâcher de leur timide départ dans une nouvelle existence, il taisait ses doutes et faisait bonne figure, il était même allé jusqu'à dire à Margaux de prendre son temps.

Le mercredi matin, il la conduisit à la gare de Granville où elle avait un train à neuf heures.

— En principe, j'arriverai vers midi, le train est direct. J'ai réservé deux nuits à l'hôtel Istria qui est proche de la gare Montparnasse…

Ils étaient aussi empruntés l'un que l'autre, n'ayant pas l'habitude de se quitter.

— Je t'appelle ce soir, ajouta-t-elle en se penchant vers lui.

Sans doute était-elle consciente des réticences d'Axel, mais elle ne voulait surtout pas aborder le sujet.

— Prends soin des enfants et de toi !

Elle l'embrassa légèrement, au coin des lèvres, et se dépêcha de quitter la voiture. Comme ils avaient un quart d'heure d'avance, Axel s'étonna qu'elle soit si pressée. Mais peut-être ne voulait-elle pas s'attarder parce qu'ils surveillaient tellement leurs paroles qu'ils finissaient par ne plus rien se dire. Il se promit de régler le problème dès le retour de Margaux. À quoi bon rester sur leurs gardes ? Ils s'étaient trop éloignés l'un de l'autre en faisant tomber une chape de plomb sur l'aventure qui avait failli les séparer, à présent ils devaient tout mettre en œuvre pour rétablir le dialogue.

Il la vit se retourner avant d'entrer dans la gare et lui adresser un petit signe de la main en souriant. Ce sourire lui serra le cœur. Il l'aimait tant, la trouvait si belle dans sa robe d'été et son petit blouson en jean ! Aucune autre femme ne lui ferait jamais cet effet-là, il en avait la douloureuse certitude. Mais elle, qu'éprouvait-elle encore pour lui ? Un autre homme ayant su la séduire, peut-être trouvait-elle son mari bien terne ? Et peu attentionné, car il ne lui avait même pas proposé de porter son sac de voyage jusqu'au quai. Un oubli qui en disait long.

Contrarié, il démarra sur les chapeaux de roues pour rentrer aux Engoulevents. Il retrouva les enfants et Viviane en train de faire les fous à Tournepierre. Sa tante accrochait les rideaux qu'elle avait cousus elle-même, tandis qu'Angélique était vautrée sur le canapé du séjour. Rodolphe, pour sa part, testait l'électroménager de la cuisine.

— Celle-ci est plus moderne que la nôtre ! fit-il remarquer à son père.

Axel se contenta de lever les yeux au ciel, espérant qu'il s'agissait d'une plaisanterie. Mais en effet Tournepierre était devenu un gîte accueillant et Axel avait trouvé le temps, durant ses insomnies, de créer un site internet pour ses futurs clients, plus efficace que des petites annonces chez les commerçants.

— J'ai déjà deux réservations pour des week-ends en octobre, déclara-t-il à Viviane.

— Pourquoi on ne met pas ce truc chez nous ? s'enquit Angélique.

Elle brandissait une lampe assez banale, séduite par son abat-jour rouge.

— Repose-la, ma puce. Elle est censée créer une ambiance chaleureuse les soirs d'hiver.

— Tes clients seront gâtés ! Nous n'avons pas autant de chance, pour le moment c'est très vide à la maison…

Axel prit la réflexion de sa fille comme un reproche. Tout ce qui, dans leur appartement parisien, avait composé une belle décoration semblait éparpillé et incongru dans le manoir.

— Ta mère arrangera ça petit à petit, promit-il. Mais passer de quatre pièces à quatorze ne peut pas se faire en un jour.

Viviane descendait de son échelle, un peu essoufflée, et dans le dos d'Axel elle fit signe à Angélique de se taire.

— Aucun problème dans la cuisine ! annonça triomphalement Rodolphe.

— Encore heureux, tout est neuf, soupira Axel.

Il avait englouti la quasi-totalité de ses économies dans l'aménagement du gîte, dont il espérait tirer rapidement des revenus, mais pour assurer le quotidien de la famille il devrait s'en remettre à Margaux, comme d'habitude. Or cette situation lui pesait beaucoup plus depuis qu'ils étaient installés aux Engoulevents. À Paris, il y prêtait moins attention, persuadé qu'un de ses livres finirait par être un succès. Ils n'étaient alors ni riches ni pauvres et ne se posaient même pas la question. Ici, Axel se sentait responsable, peut-être parce qu'il était chez lui. S'il avait cru que ne plus avoir de loyer à payer améliorerait les choses, c'était parce qu'il n'avait pas voulu estimer le coût réel de la réfection du manoir.

Margaux, plus pragmatique que lui, avait dû l'imaginer et s'en inquiéter, mesurant sans doute au premier coup d'œil la profondeur du gouffre qui les attendait. Pourtant elle n'avait rien dit, persuadée elle aussi que ce changement de vie leur ouvrirait un autre horizon. S'étaient-ils fourvoyés tous deux en croyant qu'ils pourraient panser les blessures de leur couple en s'installant ailleurs ? Ici, dans ce manoir qui dominait la mer, dans ce jardin où il avait tant rêvé, dans cette ville où il avait passé une partie de son enfance, tout plaisait à Axel. Mais pour Margaux ?

— Vous n'avez pas de travail à faire, mes chéris ? lança-t-il aux enfants.

— C'est le début de l'année, expliqua Rodolphe, on n'a pas trop de devoirs pour l'instant. On peut aller à la plage avant le déjeuner ?

— Pas sans un adulte, et je n'ai pas le temps.

— Oh, papa, on n'est plus des bébés !

— On en a à peine fini avec les grandes marées et la mer reste dangereuse.

Voyant les mines boudeuses de ses deux adolescents, Axel transigea.

— J'irai avec vous à quatre heures. D'ici là, je vais vous charger d'une mission.

— Encore une corvée ? maugréa Angélique.

— Pas vraiment. Avant de venir ici, je crois que nous avions évoqué la possibilité d'avoir un chien…

— Waouh ! s'exclama la jeune fille en sautant sur ses pieds. On va prendre un chien ?

— Oui, mais pas tout de suite.

— Pourquoi ?

— Parce que le mur d'enceinte du jardin est écroulé à certains endroits. Vous ne voudriez pas que votre chien s'échappe et se fasse écraser ou se noie ? Donc, il va nous falloir réparer.

— Ce sera interminable !

— Pas du tout. Si on s'y met tous, et je pense que Maurice voudra bien nous aider encore une fois, ça ne prendra que quelques week-ends. Il doit y avoir des pierres au pied de chaque brèche. Dessinez donc un plan en prenant des mesures et des notes.

Ses enfants se consultèrent du regard et partirent en courant.

— As-tu inventé ça pour les occuper ? s'enquit Viviane.

— En fait, j'aimerais à la fois tenir ma promesse pour un chien, car ils en rêvent, et remettre ce mur en état.

— Tu crois que c'est urgent ?

— Bien sûr que non, mais cette réparation-là ne nous coûtera que quelques sacs de ciment. On ne peut pas en dire autant de tout ce qui reste à faire. Maintenant, si ça t'ennuie que Maurice me donne un coup de main, si tu penses qu'il est fatigué, je…

— Au contraire ! Avec tes travaux, il revit. Il a eu du mal à aborder le tournant de la retraite, j'avais l'impression qu'il s'ennuyait un peu à la maison. Tu comprends, c'est un manuel, il a besoin de faire des choses, et chez nous tout est impeccable parce qu'il y veille à longueur d'année.

Elle réfléchit quelques instants avant d'ajouter, avec un petit sourire amusé :

— Ton grand-père était ulcéré à l'idée que j'aille vivre dans ce qu'il appelait un cabanon, voire un préfabriqué. Mais c'était idiot, Maurice a construit une vraie maison bien solide, et je t'assure qu'être dans du neuf me rendait gaie après les courants d'air et la vétusté des Engoulevents.

— Tu ne l'as jamais aimé, ce manoir, n'est-ce pas ?

— Je ne dirais pas ça… Même si je n'avais plus aucune envie d'y vivre, je me suis aperçue que j'avais malgré tout une sorte de respect et d'attachement pour ces vieux murs qui avaient abrité tous mes ancêtres et certainement fait la fierté de celui qui l'a construit. En cédant ma part à ton père, au fond j'espérais qu'il le conserverait. Ensuite, avec ta mère, j'ai eu peur qu'il le vende, surtout quand tout le mobilier a été bazardé, mais il n'a pas cédé.

— Pour une fois !

— Et puis, je lui racontais combien tu étais fasciné. À chacune de tes visites tu allais rôder dans le jardin, tu rêvais sous les fenêtres, quelque chose t'attirait irrésistiblement. Après le décès de tes parents, quand tu as fait le choix de vendre l'appartement de ta mère pour garder Les Engoulevents, ça m'a fait plaisir. Mais Maurice pensait que tu avais tort et que tout finirait par s'écrouler petit à petit. Un vrai gâchis, d'après lui, qu'une si belle propriété soit à l'abandon.

— Eh bien, elle ne l'est plus.

Il alla prendre sa tante dans ses bras et la serra affectueusement contre lui.

— Viviane… Si tu n'avais pas été là, je ne saurais pas ce qu'est l'amour maternel.

Ils restèrent un moment enlacés, puis elle se dégagea, rompant avec l'émotion qui les avait étreints.

— Margaux m'a l'air d'être une très bonne mère pour vos petits !

— Oh oui !

— Et une très bonne épouse pour toi, n'est-ce pas ?

— Oui… Absolument.

L'hésitation avait été brève, mais Viviane l'avait remarquée.

— Alors, mes rideaux ? demanda-t-elle pour faire diversion.

— Ils sont parfaits ! Mais je te dois le tissu.

— Non, j'avais un rouleau de velours à la maison.

— J'accepte le cadeau, tout en sachant que tu mens.

— C'est ma façon de t'aider. Il n'y a pas que Maurice !

Elle rangea la trousse de couture avec laquelle elle avait fait ses ourlets et proposa à Axel de lui préparer un ou deux plats qu'il n'aurait plus qu'à réchauffer. Sa sollicitude le touchait beaucoup, il se sentait redevenir un petit garçon choyé. Il accepta, soulagé de ne pas avoir à cuisiner pour les enfants en attendant le retour de Margaux. Sur le pas de la porte, au lieu d'aller vers sa voiture, Viviane le prit par l'épaule.

— Axel… Tout va bien ?

— Oui ! répondit-il trop vite. Bien sûr, nous sommes perturbés par ce changement de vie radical, mais ça va.

Doutant de l'avoir convaincue, il lui déposa un baiser sonore sur la joue. Il n'avait aucune envie de lui confier ses problèmes de couple, la liaison de Margaux, les doutes qui le hantaient toujours. Il ne voulait pas qu'on voie sa femme comme quelqu'un qui avait trahi et lui comme un mari cocu qui avait passé l'éponge par lâcheté. Oui, il était lâche puisqu'il n'avait pas supporté l'idée de la perdre. Ou bien il était courageux d'avoir voulu sauver sa famille. S'il avait parlé de séparation, de divorce, Margaux se serait-elle empressée de retrouver les bras de Gabriel Maréchal ? Lui avait-il en quelque sorte imposé son devoir en proposant d'« enterrer cette sale histoire » ? D'ailleurs, l'adjectif « sale » était destiné à la culpabiliser. Elle était la femme adultère, et lui le mari outragé mais magnanime, donc il tenait le beau rôle. Beau, mais douloureux…

Après le départ de la voiture de Viviane, il décida de rejoindre les enfants pour s'obliger à penser à autre chose.

*

Margaux était heureuse d'avoir retrouvé Paris. Malgré tous les inconvénients de cette ville trop chère et trop encombrée, sempiternellement en travaux et saturée de pollution, elle l'aimait et s'y sentait chez elle. Aurait-elle la même impression un jour à Granville ? Elle en doutait.

Sa première visite fut pour ses parents, Philippe et Louise, avec des retrouvailles pleines de gaieté et de questions. Ils voulaient tout savoir de l'installation aux Engoulevents, curieux d'avoir des détails sur cet improbable manoir dominant la mer. Margaux dut promettre de les recevoir à l'automne, dès qu'elle aurait aménagé une chambre d'amis. Ou peut-être même dans le gîte de Tournepierre lorsqu'il ne serait pas loué. Elle expliqua que la propriété avait été construite sur un cap, le Roc, dans ce qu'on appelait là-bas la « haute ville », en partie ceinturée de murailles. Elle constata, amusée, que sa description charmait ses parents et augmentait leur impatience de découvrir l'endroit. Ils n'avaient entendu parler des Engoulevents qu'au moment du mariage de leur fille quand leur gendre avait signalé qu'il était propriétaire d'une bâtisse inhabitable car menaçant ruine mais à laquelle il restait attaché.

— Tu dois avoir des projets magnifiques pour l'aménager ! s'enthousiasma son père.

— Sur le papier, oui, répondit-elle. Je n'ai pas pu m'empêcher de faire des plans. Mais il nous faudrait gagner au loto pour les réaliser.

— Vous avez tout de même un minimum de confort ? s'inquiéta sa mère.

— Oui, ne noircissons pas le tableau ! Eau, électricité, une salle de bains très vétuste avec une baignoire à pattes de lion, une douche plus récente pour les enfants, sans doute installée à l'époque des grands-parents d'Axel.

Tout en donnant quelques détails, elle se mit à faire le tour de la boutique.

— Vous avez plein de nouvelles choses assez jolies, constata-t-elle.

— Je t'en offre une, choisis celle que tu veux, proposa Philippe.

Le mélange de brocante et d'antiquités la séduisait toujours autant. Elle avait grandi dans cet environnement hétéroclite et à chacune de ses visites elle éprouvait le même plaisir.

— Celui-ci, je peux ?

Arrêtée devant un jeu d'échecs au plateau en marqueterie et aux pions délicatement sculptés en ivoire, elle expliqua :

— Axel aime jouer avec Rodolphe. Il lui a tout appris mais aujourd'hui son fils le bat !

— Prends-le, je vais te l'emballer. Je répète sans cesse que notre petit-fils est très intelligent…

— En espérant qu'il ne devienne pas aussi paresseux que Sacha, soupira Margaux. Savez-vous ce qu'il fait en ce moment ? Il m'a appelée mais il est resté très évasif quant à ses activités.

— Il ne nous en dit pas davantage. Toujours des projets fumeux, grinça Philippe.

Comme à son habitude, Louise prit la défense de son fils.

— Il n'a pas eu la main heureuse jusque-là mais la chance finira par tourner, j'en suis certaine.

Haussant les épaules, Philippe prit les clés du magasin.

— Viens, ma chérie, on t'invite à dîner. C'est l'heure de la fermeture et il y a un délicieux petit restaurant à deux rues d'ici.

Apparemment, leurs discussions au sujet de Sacha se terminaient toutes de la même manière : ils changeaient de sujet au lieu de s'affronter. Margaux admirait depuis longtemps leur application à ne jamais se disputer, et cette complicité dénotait un amour stable, durable et respectueux. Avait-elle tout gâché avec Axel ?

Ils gagnèrent la place du marché Sainte-Catherine, et à l'entrée de la rue de Jarente, Philippe désigna la façade de Salento, un restaurant italien. Margaux marqua un temps d'arrêt, la gorge soudain serrée. Gabriel l'avait emmenée là un soir pour déguster des gambas rôties et un risotto. Elle se souvenait du décor intimiste mais surtout de la façon qu'avait alors Gabriel de la regarder. Ils y étaient retournés plusieurs fois.

— Tu n'aimes pas la cuisine italienne ? s'inquiéta Louise.

— Si, si ! Pourvu qu'ils aient des gambas, j'adore ça…

À la fin de ce dîner avec Gabriel dont elle se souvenait trop précisément, elle était rentrée chez elle avec un terrible sentiment de culpabilité mais aussi une sorte d'exaltation secrète au fond du cœur. Désemparée par ces images qui resurgissaient, elle réussit pourtant à dissimuler son malaise et à sourire avant de suivre ses parents à l'intérieur.

*

En attendant le retour de Margaux, Axel avait enfin installé son bureau au second, déballé ses cartons, ouvert son PC, branché son imprimante. Il fit aussitôt un tirage papier du manuscrit en cours, dont la relecture ne lui inspira guère d'enthousiasme. Une écriture plate et aucun élément nouveau dans cette biographie. Mais pour en dénicher, il n'avait désormais plus accès aux bibliothèques de Paris où il avait tant aimé mener des recherches. Pire, le sujet ne l'intéressait plus autant que quelques mois avant. Avait-il fait fausse route en choisissant son thème ? Il y avait déjà tant de très bons livres sur la Renaissance ! Il en venait à se demander si sa vocation d'historien n'avait pas été un leurre.

La suggestion de Viviane, rapportée par Maurice, d'écrire un roman historique était peut-être une bonne piste mais en aurait-il le talent ? Il était plus habitué à la rigueur qu'à la fantaisie et l'imagination risquait de lui faire défaut. Néanmoins, il devait absolument trouver le moyen de gagner sa vie et ne plus laisser Margaux tout assumer. Être un petit historien quasiment ignoré ou simplement un écrivain raté le désespérait. Surtout lorsque lui revenait l'image de ce foutu directeur de théâtre, ce Gabriel Maréchal qui réussissait à remplir ses salles et semblait disposer de grands moyens. Rien de plus rageant et humiliant que de se sentir médiocre vis-à-vis de celui qui avait été son rival. De quoi le rendre combatif, qualité qui n'avait pas vraiment été la sienne jusque-là, il en avait tout à fait conscience.

Dans ce bureau mal arrangé, il se dit de nouveau que depuis l'arrivée aux Engoulevents il avait retrouvé une certaine énergie, alors pourquoi ne pas essayer de concilier les choses ? Le manoir, ses origines, son passé, les générations de Saint-Sauveur : y avait-il de quoi lui inspirer un joli roman qui serait à la fois une fiction et le reflet de sa propre identité ? Il était le descendant de cette famille, il pouvait en découvrir toute l'histoire, quitte à la sublimer. Viviane ne s'y était jamais intéressée mais peut-être aurait-elle des choses à lui apprendre, et si elle lui donnait le premier fil de la pelote, il la déviderait en consultant les archives de la mairie de Granville.

Réjoui par cette perspective, il en oublia de ressasser ses problèmes avec Margaux. Au lieu de se replonger dans le XVIe siècle, il passa du temps avec ses enfants. Ceux-ci avaient scrupuleusement dessiné le plan de la propriété, notant les trous dans le grillage et l'affaissement des murs. La promesse d'un chien les rendant tout à coup serviables, ils avaient proposé de consacrer leurs week-ends aux réparations sous la surveillance de leur grand-oncle Maurice. Et ce d'autant plus volontiers que le mois de septembre était chaud, sec, annonciateur d'une belle arrière-saison.

*

Arrivée en avance à la gare Montparnasse pour reprendre son train, Margaux était satisfaite de rapporter de bonnes nouvelles : son client avait approuvé sans réserve tous les plans et donné son accord pour commencer les travaux. Elle allait devoir effectuer quelques allers-retours pour superviser le chantier, ce qui lui offrirait l'occasion de revenir. Et elle ne demandait pas mieux ! Cela ne remettait pas en cause sa décision d'aller s'installer à Granville, mais elle avait toujours adoré Paris où elle avait grandi, vécu sa jeunesse et le début de sa réussite professionnelle. Elle imaginait sans peine que les richesses culturelles et artistiques de la capitale allaient beaucoup lui manquer.

Pour tuer le temps en attendant son train, elle passa au point presse acheter des journaux puis prit place dans un des tristes cafés du hall. Mais elle était distraite et jetait de fréquents coups d'œil vers son téléphone portable posé devant elle sur le guéridon. Depuis que ses parents l'avaient emmenée dans ce restaurant italien, elle avait plusieurs fois repensé à Gabriel. Et la tentation de lui faire signe s'était installée insidieusement.

Elle essayait de se persuader qu'un simple texto n'aurait pas de conséquences, qu'elle souhaitait seulement lui faire comprendre qu'elle restait son amie malgré leur rupture. Bien sûr, c'était faux et elle le savait. Elle se souvenait trop bien de la manière dont Gabriel l'avait aimée, donnant à leur liaison une intensité significative. Si l'amour n'excusait pas tout, dans ses premiers moments il illuminait l'existence. Cependant, Axel l'aimait tout autant, même si au bout d'une quinzaine d'années de mariage l'exaltation avait disparu. Le choix de quitter Gabriel afin de préserver ses enfants et sa relation forte avec son mari devait rester définitif. Revoir son amant ne la conduirait nulle part et risquait de provoquer d'indésirables regrets.

Au bout d'un moment, elle rangea son téléphone au fond de son sac et lut consciencieusement les journaux qu'elle avait achetés jusqu'à l'heure de gagner le quai. En principe, Axel l'attendrait devant la gare et, si paradoxal que ce soit, elle se réjouissait de le retrouver.

Sur le quai, alors qu'elle se dirigeait vers son wagon, elle s'entendit soudain héler d'une voix forte.

— Margaux ! Attends !

Faisant volte-face, elle découvrit avec stupeur Sacha, qui la rejoignit à grandes enjambées et la prit dans ses bras.

— J'avais peur de te manquer ! dit-il, essoufflé. Les parents m'ont appris que tu prenais le train ce matin, alors j'ai eu envie de m'inviter dans ton royaume ! À vrai dire, je n'ai pas eu de vacances depuis une éternité et surtout, tu t'en doutes, je suis dévoré de curiosité…

Quelques voyageurs les observaient, amusés par cette effusion. Sacha agita son billet sous le nez de Margaux et désigna le sac de voyage qu'il portait.

— Tu m'héberges, petite sœur ?

Mais ce n'était pas une question, il avait décidé de s'imposer.

— Je te préviens, ça manque de confort, l'avertit Margaux.

— Je suis prêt à tout pour jouer les hobereaux !

Sacha avait toujours eu un charme irrésistible dont il abusait sans complexe. Les enfants l'appréciaient énormément, conquis par cet oncle original qui leur passait tout. Axel lui-même riait souvent des comportements de son beau-frère, à la fois pique-assiette et joyeux convive. Il était allé jusqu'à déclarer un jour que Sacha apportait une touche de fantaisie à leur famille, pourvu que ses visites restent ponctuelles et ne se prolongent pas. S'il amusait les enfants, en revanche il n'était pas un bon modèle pour eux, n'ayant rien fait de sa vie jusque-là.

Durant le voyage, il fut comme à son habitude gai et enjoué, à tel point que Margaux finit par oublier qu'il s'était invité. Devant la gare, Axel attendait au volant de sa voiture et il fut à peine surpris par la présence de son beau-frère.

— Tu viens donner un coup de main, j'espère ? lui lança-t-il en souriant.

Puis il dévisagea Margaux avant de l'embrasser, comme s'il avait besoin d'être d'abord rassuré quant à son état d'esprit. Elle en déduisit qu'il avait dû concevoir quelques doutes sur ses occupations à Paris. Jusqu'à quand cette méfiance durerait-elle ? Et avait-il tort d'être suspicieux puisqu'elle avait failli envoyer un SMS à Gabriel ? Une onde de culpabilité la traversa, qu'elle chassa aussitôt. D'abord, elle avait résisté à cette stupide tentation, ensuite elle n'en pouvait plus de se sentir coupable en permanence. Pour surmonter le malaise qui pesait encore sur leur couple, ils devaient faire des efforts tous les deux.

Le trajet jusqu'aux Engoulevents était court et Margaux se contenta d'annoncer que son client avait validé les plans et signé le contrat. D'un point de vue financier, c'était une bonne nouvelle mais elle n'oubliait pas qu'elle devait désormais chercher d'autres projets. Axel semblait fier de son site internet pour Tournepierre, sur lequel il enregistrait déjà des réservations, mais lorsqu'elle lui demanda s'il avait repris son manuscrit il ne fit qu'une réponse évasive.

— Eh bien, quoi ? L'air marin ne réussit pas à notre écrivain ? persifla Sacha.

Sa plaisanterie tomba à plat et il se renfrogna jusqu'à leur arrivée devant le manoir.

— C'est dingue ! lâcha-t-il, éberlué, à peine descendu de voiture.

Il contemplait la façade d'un air incrédule puis il se tourna vers le jardin, observa les dépendances, et enfin son regard se porta vers la mer au loin. Comme il restait immobile et muet, Margaux finit par demander :

— Alors ?

Il jeta un nouveau coup d'œil au manoir avant de dévisager sa sœur.

— C'est… C'est un genre d'enterrement de première classe, non ?

Le silence consterné de Margaux et d'Axel lui fit comprendre qu'il allait trop loin.

— Je veux dire que votre baraque est magnifique mais très austère. Ses fenêtres à meneaux, même agrémentées de petits carreaux, ne sont pas très gaies. Pierre de taille, toit d'ardoise, tour carrée… À la tombée de la nuit, avez-vous une sarabande de fantômes ? Tes ancêtres, Axel !

Il s'était mis à rire pour dédramatiser ses propos mais, n'obtenant toujours aucun sourire, il se fit plus conciliant.

— Allez, je plaisante, ne faites pas cette tête-là. La vue sur la mer est magnifique et, sincèrement, l'ensemble a de la gueule. Maintenant, je ne sais pas ce que Margaux va pouvoir en faire.

— J'ai des projets, finit-elle par intervenir. Pour plus tard.

— Entrons, proposa Axel. Et si tu t'attends à trouver une armure plantée près d'une cheminée, tu seras déçu. Au moins tu as raison sur un point, il s'agit bien de mes ancêtres, d'ailleurs je compte découvrir leur histoire. Je me suis inscrit à la médiathèque de Granville, qui possède à peu près tout sur le passé de la commune depuis le XVIIIe. Ce sera passionnant.

— Ah, l'historien entre lui-même dans l'histoire ! railla Sacha.

Axel haussa ostensiblement les épaules et les précéda à l'intérieur. Connaissant son beau-frère, il devinait que malgré ses sarcasmes il était épaté.

— Les enfants ne vont pas tarder à rentrer du collège, ils seront heureux de te voir, glissa-t-il.

— Vous les laissez revenir à pied ?

— Ce n'est vraiment pas loin, et puis ils sont tous les deux. Granville ne connaît pas les mêmes problèmes que les métropoles et leurs banlieues. Pour eux aussi, notre changement de vie est salutaire.

— Avec le bon air du large ! ponctua Sacha dont l'humour ne désarmait pas.

— Je crois que je vais te reconduire à la gare ! s'écria Margaux à moitié sérieusement.

Durant ses années d'adolescence, les railleries de son frère l'avaient exaspérée ; elle ne le laisserait plus s'amuser à ses dépens. Sacha comprit qu'il devait changer d'attitude et il vint la prendre affectueusement par les épaules.

— J'arrête, promit-il. Tu me fais visiter ?

— Je m'en charge, déclara Axel.

Pour la première fois depuis des mois, il adressa un clin d'œil complice à sa femme.

« Comme avant ! » songea-t-elle. Il n'était donc pas impossible que les choses redeviennent faciles entre eux, évidentes. Avec un grand sourire soulagé, elle prit son sac de voyage des mains d'Axel et monta dans leur chambre pour se changer. Les vêtements élégants qu'elle avait portés avec plaisir à Paris n'étaient plus adaptés. Après avoir enfilé un jean, un pull et des baskets, elle passa dans les chambres des enfants pour leur déposer un petit cadeau. Un kaléidoscope pour Angélique, déniché dans la boutique de ses parents, et un tee-shirt dont elle savait que Rodolphe rêvait. Elle s'aperçut qu'elle n'avait rien rapporté à Axel et se demanda si cet oubli n'était pas un acte manqué. Mais résolument elle ne voulait pas avoir l'air de quelqu'un qui cherche à se faire pardonner.

En tout cas, durant son absence, Axel semblait s'être démené, même s'il ne lui avait parlé de rien au téléphone. Cette inscription à la médiathèque, son envie de faire la généalogie des Saint-Sauveur… Maintenant qu'il était là, dans les murs de ses ancêtres, il n'en partirait plus jamais ! Or elle avait imaginé que, peut-être un jour, lorsqu'ils seraient à nouveau le couple fusionnel qu'ils avaient été, un retour à Paris serait envisageable. Elle était venue de bon cœur, mais elle aurait pu s'en aller de même.

Vaguement découragée, elle tomba sur Axel qui sortait de la chambre d'amis où il venait d'installer Sacha.

— Je lui ai donné des draps et une couette, il va se débrouiller ! dit-il en riant.

Puis il lui entoura les épaules d'un geste tendre et l'attira à lui.

— Alors, Paris ? Tu n'as pas été très bavarde au téléphone.

— Mon client est ravi, le projet est lancé. Il faudra que j'y retourne, bien sûr.

— Bien sûr… répéta-t-il.

Mais elle le sentit se raidir. L'ombre de Gabriel planait donc encore entre eux. Entendant les enfants qui, de retour du collège, venaient de claquer la porte, ils profitèrent de la diversion pour se séparer et descendre à leur rencontre.

*

Gabriel se maudissait d'être venu dîner là. Et même pas en compagnie d'une de ces jolies femmes qui lui faisaient oublier Margaux l'espace d'une soirée. Du coup, le voyant seul, le patron était venu bavarder à sa table et lui avait spontanément raconté la venue de Margaux quelques jours plus tôt, avec ses parents, qui étaient d'ailleurs de fidèles clients. Cette évocation avait coupé l'appétit de Gabriel, lui remettant brutalement en mémoire tous les déjeuners en sa compagnie lorsqu'il était tombé éperdument amoureux d'elle. Des moments intenses, inoubliables, qu'aucune autre femme n'avait jamais suscités. Lui qui avant de la rencontrer se comportait plutôt en séducteur et collectionnait les aventures sans lendemain s'était senti comme un gamin découvrant l'amour pour la première fois. Certes, elle était mariée… Il n'avait jamais eu de liaison avec une femme mariée, il s'en était fait une règle. Encore moins avec une mère de famille ! Pourtant, ses sentiments étant plus forts que ses scrupules, au fil des mois il avait tout fait pour qu'elle ait envie de quitter son mari et de venir vivre avec lui. Il était prêt à n'importe quelle concession, y compris qu'elle prenne ses enfants avec elle, mais Margaux avait finalement choisi son camp : elle avait rompu. Le désespoir l'avait alors anéanti. Au cours de leur dernier échange, par téléphone, elle avait aussi annoncé qu'elle quittait Paris. S'enterrait-elle en province pour le fuir ? Était-ce le mari qui avait exigé égoïstement ce départ ? L'éloigner de son amant était aussi mettre en danger sa carrière de designer, car au fond du Cotentin les clients devaient être rares ! Et pourquoi avait-elle accepté alors qu'elle était une femme de caractère ?

Il n'avait pas pu s'empêcher de demander si Margaux paraissait en forme. La réponse, affirmative, ne l'avait pas rassuré. L'avait-elle déjà oublié ? Il n'y croyait pas, leur relation avait été trop forte, sans doute faisait-elle seulement bonne figure devant ses parents. Néanmoins elle était venue à Paris et ne lui avait pas adressé le moindre signe…

Ayant terminé son repas, il régla sa note, échangea encore quelques propos anodins avec le patron du restaurant italien puis décida de marcher un peu dans la douceur de la nuit. Il gagna la rue de Turenne et la place des Vosges, perdu dans ses pensées. Il n'avait probablement aucune chance de faire changer Margaux d'avis, sauf si la réconciliation avec son mari se révélait trop difficile ou si elle s'ennuyait dans cette Normandie qu'elle n'avait pas choisie. Mais il ne la harcèlerait pas, il s'en fit la promesse en espérant qu'il aurait assez de volonté pour s'y tenir.

La rentrée théâtrale s'annonçait, il avait deux pièces à l'affiche cette saison et de nombreux projets pour l'année suivante. Jusque-là, il avait toujours su faire les bons choix pour remplir les salles, il ne devait pas se laisser distraire par un chagrin d'amour ni par de chimériques espoirs. De plus, il n'avait toujours pas terminé la décoration de son appartement, ce loft dont Margaux avait fait un merveilleux endroit. Car elle possédait un réel talent, il avait côtoyé suffisamment de décorateurs et de designers pour en avoir la certitude. Mais dans ce bel espace qu'elle lui avait créé, des tableaux n'étaient toujours pas accrochés, faute d'avoir trouvé leur place idéale, des meubles manquaient encore, et tout lui rappelait Margaux. L'idée de vendre et d'aller s'installer ailleurs l'avait effleuré mais il ne s'y résignait pas. Si douloureux que soient ses souvenirs, il tenait à les conserver.

Sur le trottoir où il marchait lentement, une passante lui adressa en le croisant un magnifique sourire auquel il ne répondit pas, la tête ailleurs. Grand et mince, il conservait une silhouette jeune malgré ses quarante-cinq ans, et quelques mèches blanches se mêlaient à ses cheveux blonds. S'il n'avait pas du tout envie de draguer, il pouvait quand même voir ses nombreux amis, organiser des dîners avec ses acteurs et metteurs en scène fétiches, assister aux pièces de la rentrée des autres théâtres, s'imposer des rendez-vous avec son comptable. Bref, retrouver sa vie d'avant, sa vie sans Margaux. Et d'abord, ce soir, rentrer chez lui.

3

Le mois de septembre, beau et chaud, s'achevait sur l'espoir d'un véritable été indien. Axel, Maurice et les enfants avaient travaillé dur pour réparer les murs d'enceinte et les clôtures jusqu'à la fermeture complète de la propriété. Désormais, ils se disputaient sur le choix de la race du chien, promis pour Noël. Mais le temps était si clément qu'ils n'oubliaient pas d'aller à la plage dès qu'ils en avaient l'occasion.

Un mercredi, alors qu'ils étaient partis se baigner sous la surveillance de leur oncle Sacha, Axel était allé frapper à la porte du bureau de Margaux. Du temps de leur ancienne complicité, ils allaient souvent se voir l'un et l'autre lorsqu'ils travaillaient, pour se proposer un café ou discuter cinq minutes. Cette habitude, brutalement interrompue au moment de leur crise, pouvait peut-être reprendre aux Engoulevents, du moins Axel semblait le supposer en poussant la porte, un mug à la main.

— J'ai acheté du thé pour Tournepierre et il est délicieux ! Tu me diras ce que tu en penses…

Décidément il s'occupait de son gîte dans les moindres détails, ce qui fit sourire Margaux.

Il s'approcha de la table en verre qu'elle n'avait toujours pas changée, et posa le mug avec précaution.

— Pas de sucre, pas de lait, précisa-t-il avec un petit clin d'œil. Tu es encore sur ton projet ?

— Je finalise quelques modifications mineures. Des idées qui me sont venues pendant la nuit…

— Tu dors mal, j'ai remarqué.

— Si tu l'as constaté, c'est que tu dors mal aussi…

— Oui.

Apparemment, il tentait de nouer l'amorce d'un dialogue et sa maladresse était touchante. Elle hésita puis prit une profonde inspiration pour demander :

— Tu as envie qu'on discute, chéri ? Je crois que ça nous ferait du bien.

Il chercha un siège des yeux mais il n'y avait que le fauteuil de bureau occupé par Margaux. Avec un petit rire embarrassé, il alla s'asseoir contre un mur, à même le parquet.

— On manque de meubles ! plaisanta-t-il.

— C'est tellement grand ici qu'on manque un peu de tout, approuva-t-elle.

— Tu regrettes ?

— Notre installation ? Non, nous étions d'accord.

— Le sommes-nous toujours ?

— Bien sûr… répondit-elle d'un ton indécis.

Il laissa passer un silence avant de s'enquérir, à mi-voix :

— Tu ne m'as pas raconté Paris. Tu étais contente d'y retourner, n'est-ce pas ?

Au lieu de répondre, elle le scruta quelques instants.

— Si tu veux me poser une question précise, Axel, fais-le carrément.

— Eh bien… Tu dois savoir à quoi je pense.

— À quoi, ou plutôt à qui ?

Elle le vit rougir, secouer la tête, chercher ses mots et elle préféra le devancer.

— J'ai vu mon client, mes parents, j'ai marché dans les quartiers que j'aime, je suis passée sous les fenêtres de notre ancien appartement, j'ai fait un peu de shopping sans trop dépenser, et beaucoup de lèche-vitrine parce que ça m'inspire toujours. Voilà, rien d'autre.

— Vraiment ?

Le mot avait fusé, et déjà il se mordait les lèvres parce qu'il le regrettait. Ulcérée, Margaux se leva.

— Tu as des doutes, évidemment ! Et chaque fois que j'irai à Paris tu te rongeras en supposant que je te mens, c'est ça ? Interrogatoire garanti au retour. Pourtant, si mes souvenirs sont bons, tu avais proposé d'enterrer l'histoire !

— Attends, attends, plaida-t-il en se levant à son tour. Je suis désolé, je n'aurais pas dû… Bien sûr que j'y pense encore et que c'est douloureux, alors je vais me contredire, mais mieux vaudrait mettre les choses à plat, au grand jour. Qu'on puisse en parler.

— Je n'ai aucune envie d'en reparler !

— Tu m'as proposé une discussion !

— Pas une mise en accusation d'office !

— D'accord, j'ai été maladroit. Mais j'ai l'impression que le silence nous étouffe.

— Gratter la plaie n'est pas une solution non plus.

— Faire comme si de rien n'était, alors ?

— Mais rien n'est plus comme avant, Axel ! C'est du passé et tu as tort de le faire revivre.

— Pourquoi ? Tu as du mal à oublier ?

La colère, qui finalement ne s'était jamais exprimée entre eux, finissait par les gagner ensemble, empêchant tout échange sensé. Margaux passa devant son mari sans le regarder et sortit en claquant la porte. Resté seul, Axel donna un coup de poing dans le mur, ce qui provoqua une petite fente dans la boiserie. Il passa un doigt dessus, consterné, puis enfouit ses mains dans les poches de son jean. Il se maudissait d'avoir déclenché un affrontement inutile, cependant il restait persuadé qu'il était temps pour eux de lever la chape de silence qui les séparait plus sûrement que n'importe quelle dispute. D'oser prononcer le prénom tabou de Gabriel, de nommer et non pas de sous-entendre, d'exprimer ce qu'ils avaient sur le cœur sans question perfide. Il s'y était vraiment mal pris, il avait braqué Margaux.

Il se mit à faire les cent pas dans la pièce, revenant toujours à la boiserie fendue. Délibérément, il évitait la table de verre et l'ordinateur toujours ouvert, avec le mobile de Margaux posé à côté. Mais jamais plus il ne fouillerait dans les affaires personnelles de sa femme, il se l'était juré. Tout était parti de son geste malheureux, quand il avait eu la curiosité de lire ce foutu message. S'il ne l'avait pas fait, où en seraient-ils aujourd'hui ? Dans le mensonge ? Une seconde de curiosité et leur vie avait basculé… De quel côté ? Pour le savoir il allait devoir revenir à la charge.

Submergé par la tristesse, il se contenta de récupérer le mug et finit par quitter la pièce.

*

Margaux, les larmes aux yeux, était allée marcher pour se calmer, le découragement ayant succédé à la fureur. L'ombre de Gabriel planait toujours entre eux, et sans doute pour longtemps encore. Axel la connaissait trop bien, depuis tant d'années, pour ne pas deviner qu'elle songeait parfois à cet homme même si elle s'en défendait. Mais comment éviter les pensées, les souvenirs ? Ressasser l'histoire n'était pas le meilleur moyen d'oublier ! Cependant, ils devaient absolument se parler. Pas de Gabriel, pas de la trahison ou du mensonge, mais d'eux-mêmes. Où en étaient-ils ? Que devaient-ils sauver avant tout, reconstruire pas à pas ?

Arrivée sur la plage, elle chercha des yeux ses enfants sans les apercevoir. En revanche, elle repéra Sacha, assis sur le sable à côté d'une jolie blonde et lancé dans une conversation animée. De nouveau, elle scruta le bord de l'eau mais ne vit qu'un couple de baigneurs qui jouaient au ballon. Le soleil déclinait, un petit vent désagréable s'était levé, apportant des nuages bas, aussi la plupart des gens repliaient-ils leurs serviettes, rangeaient-ils leurs affaires. Vaguement inquiète de ce brusque changement de temps, elle rejoignit son frère et se planta devant lui, interrompant sans scrupule sa discussion.

— Où sont les enfants ?

Il leva la tête vers elle, contrarié par son arrivée intempestive qui devait ruiner son plan de drague.

— Ils nagent ! répondit-il sans se départir de son sourire charmeur.

— Où ça ? Je ne les vois nulle part.

Avec une certaine désinvolture, Sacha fit mine d'inspecter la mer, une main en visière.

— Mais si, mais si…

La blonde s'était un peu écartée, indécise. Sacha l'avait sûrement avertie qu'il était là pour son neveu et sa nièce, ne voulant surtout pas qu'on le prenne pour un père de famille. Ou bien il n'avait rien dit du tout.

— À une autre fois ! lança la jeune femme en se levant.

— Demain, peut-être ? se hâta-t-il de répondre.

Il se mit debout à son tour, l'enveloppant d'un regard langoureux, mais Margaux l'attrapa par le bras pour le secouer.

— Sacha ! Les enfants !

— Oh, ils sont peut-être allés se balader ailleurs, ce ne sont plus des bébés qu'il faut surveiller comme le lait sur le feu !

— Tu plaisantes, j'espère ? Ils étaient sous ta responsabilité et tu vas tout de suite les chercher avec moi.

Le ton de Margaux, anxieux et cassant, finit par alarmer Sacha. Il n'y avait quasiment plus personne sur le sable et plus aucun baigneur en vue. Ensemble, ils jetèrent un coup d'œil vers la buvette en haut de la plage mais elle était en train de fermer.

— Bordel… grogna Sacha. S'ils sont rentrés sans me prévenir, ça va chauffer !

— Non, je les aurais croisés.

— Partis en ville ?

Mais au même instant, à force de balayer la plage déserte des yeux, Margaux désigna d'un doigt tremblant un petit tas de vêtements un peu à l'écart qui s'étaient éparpillés avec le vent. Elle se précipita, Sacha sur ses talons, se jeta sur le tee-shirt de Rodolphe, le sweat-shirt rose d'Angélique, leurs jeans, et en dessous les chaussures à moitié enterrées dans le sable. Livide, elle courut jusqu'au bord de l'eau et se mit à hurler les prénoms de ses enfants. Derrière elle, Sacha appelait déjà les secours.

*

Ils avaient tellement dérivé et étaient si épuisés que le rivage leur semblait maintenant hors d'atteinte, impossible à rejoindre. En se retirant, la mer les entraînait toujours plus loin, et ils commençaient à avoir froid.

— Nage lentement, répéta encore une fois Rodolphe.

Malgré les crampes qui gagnaient ses épaules, il exhortait sa sœur à conserver son calme et à économiser le peu d'énergie qui lui restait. Terrifiés, ils se tenaient côte à côte, ballottés par les vagues, impuissants.

— Il faut qu'on arrête de lutter contre le courant, haleta Angélique.

— Oui, d'accord, ne cherchons plus à revenir vers la plage, on va nager parallèlement à la côte.

Rodolphe avait lu ça quelque part, il s'en souvenait un peu tard malheureusement, mais de toute façon continuer à se battre contre les flots signifiait à coup sûr être emmenés au large et finir noyés.

— Ne t'agite pas comme ça, Ange, insista-t-il, fais juste des petits battements…

— On reste bien ensemble, hein ?

La voix de sa sœur tremblait, de peur ou de fatigue, et il ne se sentait pas mieux qu'elle. Mais une sorte de virilité précoce le rendait protecteur et, quoi qu'il puisse arriver, il était déterminé à veiller sur elle. Car il comprenait que s'il avait encore de petites réserves, elle semblait pour sa part à bout de forces. Ah, pourquoi avait-il lancé ce pari stupide : « Le premier qui fait demi-tour a perdu ! » ? Aussi bons nageurs l'un que l'autre, ils avaient l'habitude de se défier à la piscine, enchaînant les longueurs, hélas la mer n'était pas un bassin, ils étaient en train d'en faire l'épouvantable expérience. Furieux contre lui-même, il fut brutalement traversé par une pensée fulgurante qui lui fit boire la tasse. Toussant, crachant, et tandis qu'Angélique lui jetait des regards paniqués, il sut avec une absolue certitude qu'il ne rentrerait pas sans elle. Soit ils s'en sortiraient avec de la volonté et de la chance, soit ils se noieraient ensemble. Mais avant que la tentation de se laisser couler ne les prenne, ils devaient se maintenir à flot. Tout autour d'eux, à cause des nuages de plus en plus nombreux, l'eau paraissait sombre, presque noire, et le vent formait de petites crêtes sur les vagues qui grossissaient maintenant qu'ils étaient loin de la terre.

— On va faire un peu la planche pour se reposer, décida-t-il en se mettant sur le dos.

Jusque-là ils avaient utilisé la brasse mais leurs muscles se tétanisaient de plus en plus. Ils se mirent ensemble sur le dos, les bras écartés, leurs doigts se frôlant au gré de la houle.

— Tu crois qu'on nous cherche ? cria-t-elle pour couvrir le bruit du vent.

— Bien sûr ! T'inquiète, on verra vite arriver les secours…

Mais il finissait par en douter. D'ici une ou deux heures, quand la nuit tomberait, ils deviendraient complètement introuvables. De nouveau, la peur lui tordit le ventre, et pour maîtriser les battements de son cœur qui s'emballait, il s'obligea à respirer à fond.

— Qu'est-ce que tu as ? Qu'est-ce que tu as ? s'affola Angélique en l'entendant souffler.

— Je me calme. Fais pareil, profite de la pause. Désolé, je n'ai pas de barre chocolatée sur moi…

Elle émit d'abord un petit ricanement éraillé puis soudain elle se mit à crier :

— Un truc m'a frôlée !

— Moi aussi et ce n'était rien d'autre qu'un poisson…

Il n'en savait rien mais ne voulait surtout pas se poser la question. Tout comme il ignorait la profondeur de l'eau sous eux et les sortes d'animaux aquatiques qui l'habitaient. Deux minutes plus tard, il proposa de repartir. Avant que l'obscurité n'arrive, ils devaient à tout prix garder la côte en point de repère.

*

Sacha avait alerté la capitainerie du port d'Hérel où était basée la Société nationale de sauvetage en mer. Leur canot tous temps, le *Notre-Dame-du-Cap-Lihou*, avait aussitôt pris la mer.

Dans la pénombre qui s'étendait peu à peu, Margaux arpentait la plage déserte d'une démarche mécanique, ses bras serrés autour d'elle. Axel était arrivé quelques minutes plus tôt et n'avait pas pu s'empêcher d'apostropher violemment son beau-frère. Leur algarade avait tourné court quand Margaux s'était interposée, visage fermé et voix glaciale. Elle ne cédait pas encore à la panique mais à l'évidence elle ne tarderait plus à perdre tout contrôle. Le vent qui forcissait la faisait claquer des dents et lorsque Axel vint lui poser son propre blouson sur les épaules sans rien dire, elle éprouva une bouffée de reconnaissance vite balayée par l'angoisse qui la rongeait. Elle ne pensait pas pour l'instant à maudire Sacha, elle se contentait de prier avec ferveur, elle qui n'était pourtant pas très croyante, prête à offrir n'importe quelle promesse au ciel.

Se tenant loin l'un de l'autre, Axel et Sacha scrutaient désespérément la mer. Un employé du port et deux gendarmes restaient en retrait, attendant les nouvelles du canot. Hormis Margaux, ils étaient tous immobiles, aux aguets, et les minutes passaient avec une insupportable lenteur. Sacha aurait voulu s'enterrer dans le sable, ou fuir et disparaître, mais il restait planté là, raide, sachant qu'en cas de drame il serait tenu pour seul responsable. Si inconséquent qu'il soit, il se rendait compte avec horreur que son petit plan de drague avec cette blonde inconnue risquait de briser le reste de sa vie.

— Les enfants sont à bord ! cria soudain l'employé du port. Sains et saufs !

Il tenait son téléphone serré dans son poing comme s'il voulait le broyer. Trois fois, il répéta en hurlant les mots salvateurs jusqu'à s'enrouer. En quelques enjambées, Axel rejoignit Margaux et la serra contre lui à l'étouffer.

— Merci, mon Dieu, haleta-t-il. J'aurais tué ton frère, je l'aurais tué…

Au loin, les projecteurs du *Notre-Dame-du-Cap-Lihou* trouaient déjà l'obscurité. Il faisait route vers le port où attendait à tout hasard une ambulance. Axel prit Margaux par la main et ils se mirent à courir sur le sable, remontant la plage.

Quelques minutes plus tard, quand le canot parvint à quai, il fut accueilli par les exclamations enthousiastes d'une petite foule de curieux qui s'étaient massés là. Le bruit avait vite couru dans Granville que les sauveteurs en mer étaient partis pour une intervention d'urgence, or la population vénérait ces bénévoles de la SNSM qui se dévouaient à longueur d'année pour secourir les pêcheurs ou les plaisanciers en difficulté. Leur entraînement avec la marine nationale les rendait aussi efficaces que compétents et chacun de leurs sauvetages était largement relayé par la presse locale.

Enveloppés dans des couvertures de survie, Angélique et Rodolphe passèrent des mains des marins à celles de leurs parents.

— Imprudents mais courageux, vos gamins ! lança le capitaine depuis le canot. Ils auraient presque pu s'en sortir seuls, ils étaient arrivés dans un coin plus tranquille… Sauf qu'ils étaient épuisés, gelés et terrifiés.

À son tour il prit pied sur le quai et subit l'assaut de Margaux qui se jeta contre lui en bredouillant toute une litanie d'incompréhensibles remerciements.

Le capitaine eut un sourire qui rida son visage tanné par l'air du large puis il se détacha gentiment de Margaux.

— Que ça leur serve de leçon, hein ? Ce sont de bons nageurs mais la mer ne pardonne rien. Des Parisiens comme vous doivent absolument apprendre à la connaître avant de s'y risquer.

Penché vers elle, il ajouta, plus bas :

— Ne les engueulez pas trop, d'accord ? Ils ont eu leur lot d'émotions pour aujourd'hui. Et d'après ce qu'ils nous ont raconté tous les deux, votre fils a été exemplaire avec sa sœur.

Après avoir donné toutes les explications voulues et rempli les papiers administratifs nécessaires, Margaux voulut savoir de quelle façon elle pouvait dédommager les sauveteurs. Un don était la meilleure manière de les aider, ce qu'elle fit sur-le-champ en programmant un virement à partir de son téléphone.

Lorsqu'ils purent enfin quitter le port, il faisait nuit noire. Sacha avait timidement proposé d'aller chercher la voiture mais les enfants avaient refusé, affirmant qu'ils pouvaient remonter à pied aux Engoulevents. Encadrés par leurs parents, ils avaient l'air à la fois honteux et héroïques, se tenaient par la main et racontaient en se coupant la parole ce qu'ils venaient de vivre. Sacha, tête basse, marchait loin derrière eux.

*

Pour ne pas les affoler, Axel n'avait pas prévenu Viviane et Maurice mais il les appela en rentrant. Dix minutes plus tard ils arrivèrent, chargés de provisions, et Viviane investit aussitôt la cuisine pour y préparer de quoi restaurer toute la famille.

Les enfants étaient montés se doucher, pressés de se débarrasser des traces salées de l'eau de mer et aussi de se réchauffer. Margaux avait débouché une bouteille de muscadet, à défaut de champagne, tandis que Sacha, toujours silencieux et à l'écart, avait allumé un feu dans la cuisine. Pendant que le potage roboratif de Viviane mijotait, la famille se réunit autour de la cheminée, verre en main, pour attendre les enfants.

— Je ne vais pas y aller par quatre chemins, commença Axel en s'adressant à Sacha, tu es le pire des irresponsables !

Pour la seconde fois, Margaux s'interposa entre son mari et son frère.

— Je pense que nous le savons tous, Sacha le premier.

— Je suis tellement, tellement désolé… gémit-il piteusement.

— Moi aussi, le coupa Margaux. Désolée d'avoir cru qu'on pouvait te les confier, et désolée de ne pas leur avoir fait la leçon sur les dangers de la mer avant de les autoriser à mettre un pied dans l'eau. À chacun ses torts, en s'installant ici, au bord de la Manche, nous aurions dû y penser dès le premier jour.

— Mais enfin, ils n'ont pas été hors de vue en deux minutes ! explosa Axel. Pendant combien de temps les as-tu complètement oubliés ? Tu dormais ?

Margaux, qui connaissait la réponse, n'avait pas l'intention de laisser la discussion s'envenimer mais elle n'eut pas le temps d'intervenir.

— Tout est notre faute, papa ! s'écria Rodolphe qui venait d'entrer suivi de sa sœur. Ou plutôt la mienne. J'ai lancé un défi stupide à Ange, et on a nagé comme des chiens fous vers l'horizon… Après, on a eu le temps de le regretter, crois-moi !

Axel enveloppa son fils d'un regard d'amour absolu, prêt à tout lui pardonner.

— D'accord, admit-il doucement.

— Est-ce qu'on pourrait ne plus en parler, au moins ce soir ? suggéra Angélique. On vous a tout raconté en long, en large et en travers, alors…

Elle rejoignit Sacha, lui posa la main sur le bras d'un air navré.

— Tout te retombe dessus mais nous sommes les seuls coupables.

Sacha parut un instant stupéfait de la maturité de sa nièce, qu'il avait prise jusque-là pour une gamine.

— Non, j'aurais dû vous observer, vous rattraper. Je nage plus vite que vous.

— Tu crois ? lui rétorqua-t-elle en riant.

— Vous n'allez pas vous lancer un nouveau défi absurde, quand même ? protesta vigoureusement Maurice. La petite a raison, trinquons aux sauveteurs et passons à autre chose !

Margaux leva son verre dans sa direction, soulagée à l'idée qu'on laisse Sacha en paix. Elle ne lui avait jamais connu une mine aussi penaude, en général il s'absolvait de ses fautes avec une parfaite désinvolture. Mesurait-il enfin les conséquences de sa légèreté ? Sans doute serait-ce insuffisant pour le faire changer, néanmoins la leçon porterait, elle en était persuadée. Contrairement à sa mère, elle n'avait jamais cherché d'excuses au comportement de Sacha, cependant elle éprouvait une sorte d'indulgence envers lui. Sauf aujourd'hui, évidemment, ce qu'elle se chargerait de lui expliquer dès le lendemain. Pour l'heure elle jouissait du bonheur d'avoir retrouvé ses enfants, rien d'autre n'avait d'importance.

Elle regarda Axel qui ajoutait une bûche à la flambée et elle songea à son geste sur la plage quand il lui avait posé son blouson sur les épaules. Le genre d'attentions qu'ils avaient eu l'un pour l'autre durant des années mais qui n'existaient plus depuis leur crise de couple. Bien sûr, un événement aussi dramatique que celui qu'ils venaient de vivre provoquait forcément un rapprochement, alors pourquoi ne pas en profiter ? Y penser lui fit prendre conscience qu'elle ne s'était pas réfugiée près d'Axel pendant ce long moment d'angoisse sur la plage, qu'elle avait préféré rester seule sans chercher son soutien. Et sans le soutenir non plus… Elle le rejoignit près de la cheminée, le prit par la taille et posa sa tête sur son épaule.

— Quelle affreuse journée… dit-elle doucement.

— Mais quelle bonne soirée… répondit-il sur le même ton.

Le vent, qui avait encore forci, cernait le manoir en sifflant sous les portes et dans les conduits de cheminée. Margaux, habituée à une vie citadine où les caprices du temps étaient sans grande importance, allait devoir apprendre à en tenir compte et à les affronter. Les Engoulevents, malgré l'épaisseur des murs, étaient mal isolés, difficiles à chauffer, et les mois d'hiver risquaient de compliquer le quotidien de la famille. Un souci de plus. Et une fois encore, elle s'interrogea sur le bien-fondé de la décision qui les avait conduits à s'installer ici.

— On dirait qu'une tempête s'annonce, déclara Maurice.

— On s'en fiche, on est bien à l'abri ! répliqua Rodolphe.

Son air un peu bravache émut Margaux. Il grandissait, était entré dans l'adolescence dont il allait subir les bouleversements, tout comme sa sœur, et ces jeunes gens aussi devaient s'adapter à leur nouvelle vie. Mais apparemment ce serait plus facile pour eux que pour leur mère.

— Peut-on passer à table ? vint chuchoter Viviane à l'oreille de Margaux.

Avec sa délicatesse habituelle et bien qu'elle ait préparé tout le dîner, elle laissait à sa nièce son rôle de maîtresse de maison. De façon très inattendue, Margaux lui en fut reconnaissante.

*

Le lendemain, Sacha fut réveillé tôt par le bruit de la pluie qui s'abattait en rafales sur les fenêtres de sa chambre. Il était installé de façon un peu spartiate dans une pièce quasiment vide, mais le lit, neuf, était confortable. En se levant, il constata qu'il avait faim et qu'il faisait froid, aussi remit-il sa douche à plus tard. Vêtu d'un jean et d'un gros pull, il descendit à la cuisine où il trouva Margaux attablée devant un mug fumant. Comme la veille ils étaient tous allés se coucher dès la fin du dîner, le moment de rendre des comptes à sa sœur était sans doute arrivé. Il l'cmbrassa avant de se servir du café et prit soin de la laisser parler la première.

— Je suppose que tu as mal dormi, torturé par ta conscience ? lança-t-elle d'un ton ironique.

— Non. Mais inutile de te dire que je m'en veux, que je regrette, que j'ai eu très peur… et qu'hier je me suis senti minable, en dessous de tout, bon à rien.

— Absolument.

Elle attendit qu'il soit assis en face d'elle pour le dévisager.

— Sacha, tu es là, on prend notre petit déjeuner, on se parle. Mais si mes enfants s'étaient noyés, où serions-nous et que ferions-nous ?

Un silence s'installa tandis qu'ils continuaient à se regarder, Sacha trouvant le courage de ne pas baisser les yeux.

— Je suppose que je serais morte de chagrin et qu'Axel t'aurait tué… reprit-elle enfin. Tout ça pour draguer une blonde sur la plage ! Rassure-toi, je ne l'ai raconté à personne, je garde ça pour moi, mais je m'en souviendrai assez longtemps pour ne plus jamais te confier la moindre responsabilité.

— Tu as raison. Je suis indéfendable et je le sais.

— Indéfendable jusque dans le moindre détail. Au moment où je t'ai alerté, au lieu de sauter sur tes pieds et de t'inquiéter, tu as continué à minimiser, à faire le petit coq devant cette fille. Quand j'y repense, ça me rend folle.

De nouveau, ils se turent durant un moment. Quand il se décida à dire quelque chose, ce fut d'une voix étranglée :

— Préfères-tu que je m'en aille ? Je peux prendre un train ce matin.

— Si tu veux. Mais ce n'est pas moi qui te le demande.

— Pourquoi ne le fais-tu pas ?

— Parce que ça ne change plus rien. En partant, tu auras l'air de fuir, tu t'accableras toi-même.

— Ton mari me méprise, je l'ai bien vu.

— À toi d'arranger ça. Axel n'est pas rancunier, tu n'as qu'à regagner son estime. Et la tienne, du même coup, parce que je suis sûre que tu ne dois pas t'aimer, ce matin.

Sacha esquissa une grimace dubitative mais les propos de sa sœur le touchaient plus qu'il ne l'aurait voulu.

— Si je reste, décida-t-il, je vais essayer de me rendre utile. Vous avez besoin d'aide et de bonnes volontés dans votre manoir délabré ! D'ailleurs, en ce moment, je n'ai rien à faire…

— Comme d'habitude, non ?

La réflexion le piqua au vif et il passa instantanément d'une attitude penaude à un mode plus agressif.

— Je voudrais te poser une question, Margaux.

— Vas-y.

— Uniquement parce que nous sommes seuls tous les deux.

— Je t'écoute.

— De toi à moi, que fais-tu ici ? C'est un lieu de vacances, et encore, l'été seulement ! Ne me dis pas que tu ne regrettes pas ton appartement parisien bien chauffé, ton travail, tes sorties, tes amis… Avec Viviane et Maurice comme seuls interlocuteurs, tu vas mourir d'ennui, non ?

— Ne sois pas si hautain, si pétri de certitudes ! s'emporta-t-elle. Ce sont des gens bien, tu ne les connais pas.

— Mais toi, je te connais par cœur, ma belle. Et tu ne me feras jamais croire que ce déracinement est ton choix.

Margaux haussa les épaules et eut un geste de la main qui ne signifiait rien. Puis elle finit par lâcher :

— Tu ne pourrais pas comprendre, Sacha. Tu es bien trop égoïste.

— Holà, me voilà paré de toutes les qualités !

— Dis-moi lesquelles tu t'attribues.

Cette fois il resta muet.

— Je t'aime parce que tu es mon frère, ajouta-t-elle, mais je ne vois aucune autre raison.

— Pourtant, je te rappelle que je t'ai protégée toute ton enfance, que je t'ai emmenée avec moi dans des soirées, que je t'ai présenté mes copains…

— Tu étais flatté d'avoir une jolie petite sœur à exhiber, non ?

— Rodolphe fera exactement la même chose dans quelques années. C'est humain, ma chérie !

— De quoi parlez-vous ? intervint Axel depuis le seuil de la cuisine. Que fera Rodolphe ?

— Il emmènera sa sœur danser. Enfin, pas tout de suite…

Sacha s'était raidi, redoutant l'affrontement avec son beau-frère, mais Axel ne semblait pas avoir envie de revenir sur les événements de la veille.

— Je file à la médiathèque, annonça-t-il. Je découvre des trésors là-bas !

— Tu rentres déjeuner ?

— Oui, j'ai des clients pour Tournepierre qui doivent arriver en tout début d'après-midi.

Il but son café debout puis leur adressa un sourire distrait avant de sortir.

— Est-ce qu'il s'occupe tout seul du gîte ? voulut savoir Sacha.

— Il en a fait une affaire personnelle. Les travaux de rénovation, la déco, le site web, la gestion…

— Le ménage ?

— Aussi, sans doute. Mais Viviane doit l'aider.

— Pas toi ?

— Non, j'ai suffisamment à faire avec le reste ! Tournepierre est son domaine exclusif, il en espère quelques revenus.

Sacha faillit ironiser mais se retint à temps. Au moins, Axel, pour pallier les mauvaises ventes de ses livres, se donnait du mal pour gagner un peu d'argent et Sacha ne pouvait pas en dire autant.

— Bon, je me mets à ton entière disposition. Par quoi dois-je commencer ?

— Tu pourrais peindre ta chambre, elle en a besoin.

— Parfait, je ne suis pas mauvais comme peintre en bâtiment !

— Tu trouveras tout ce dont tu as besoin à Haussecol.

— Où ça ?

— Dans l'autre dépendance. Maurice y a stocké le matériel nécessaire, échelles, pots de peinture, enduits…

— Je peux choisir la couleur ?

— Si ça t'amuse mais ne fais pas une horreur bariolée, c'est une chambre d'amis, pas la tienne.

Il se leva d'un bond, fermement décidé à se rendre utile, et plaqua un baiser sonore sur la joue de sa sœur avant de sortir. Il possédait tout de même quelques qualités, dont une joie de vivre à toute épreuve. Pour lui l'incident de la veille était clos, si personne n'en reparlait ce ne serait pas lui qui remettrait l'histoire sur le tapis, pensa Margaux.

… Mais elle ne le changerait pas, elle pouvait juste espérer que la mésaventure lui serve de leçon. Elle gagna son bureau, ouvrit l'ordinateur et consulta ses messages. L'un d'eux retint toute son attention, il émanait d'une femme qui cherchait un designer pour aménager son appartement parisien. Elle affirmait qu'on lui avait chaudement recommandé Margaux Saint-Sauveur et qu'elle souhaitait la rencontrer au plus vite pour lui montrer ses deux cents mètres carrés dans le quartier de la Madeleine, à rénover entièrement avec un budget illimité.

La proposition était alléchante et tant que Margaux n'aurait pas trouvé de nouveaux clients dans la région, elle devrait accepter ce qu'on lui proposait. De toute façon, retourner à Paris ne lui déplaisait pas. Il n'en irait sans doute pas de même pour Axel mais ils avaient besoin d'argent. Résolument, elle prit son téléphone et composa le numéro indiqué au bas du message. La femme qui lui répondit avait un léger accent américain et elle se montra charmante dès que Margaux eut décliné son identité. Après quelques politesses d'usage, elle précisa son projet. Ayant acquis depuis peu un très grand duplex, elle désirait le transformer de fond en comble.

— J'ai vu ce que vous avez réalisé chez mon ami Gabriel Maréchal et j'ai été conquise ! s'enflamma-t-elle. Comme je ne voulais pas faire confiance au hasard, il me fallait un exemple concret sous les yeux. Vous avez un talent fou, ça me plaît ! Quand pourrions-nous programmer une rencontre ?

La référence à Gabriel glaça Margaux. Mais que pouvait-elle lui reprocher ? Il adorait son loft, il en était fier, il en avait parlé autour de lui. Alors, même si elle souhaitait ne rien lui devoir, et aussi ne surtout pas le revoir, refuser une telle offre était impensable. Elle proposa un rendez-vous dix jours plus tard et prit congé, songeuse. Lorsqu'elle avait commencé sa carrière, elle s'était vite rendu compte que le bouche-à-oreille fonctionnait comme la meilleure des publicités. Elle adorait son métier, fourmillait d'idées novatrices, avait enchaîné les contrats. Cependant, aujourd'hui, continuer de travailler à Paris l'empêcherait insidieusement de s'implanter dans sa nouvelle existence à Granville. Si elle se mobilisait ailleurs, elle ne trouverait jamais de clients dans la région, qu'ils soient normands ou anglais. Elle n'avait pas eu le temps de prospecter jusqu'ici, mais en avait-elle envie ? Préférait-elle passer les mois à venir dans des trains et des hôtels ? S'éloigner d'Axel et le voir s'enfermer dans ses doutes ? Ils n'étaient pas venus ici pour ça ! D'un autre côté, elle restait à ce jour la seule capable de gagner l'argent qu'il leur fallait pour obtenir rapidement un minimum de confort dans le manoir.

Après réflexion, elle décida que ce serait son dernier contrat dans la capitale. Et qu'elle essaierait de se tenir à cette résolution.

*

Clémence, la responsable de la médiathèque, avait été flattée par l'inscription d'Axel. Passionnée d'histoire elle aussi, elle avait lu l'un de ses livres deux ans plus tôt et se réjouissait qu'un historien s'intéresse aux richesses des archives de la commune. Le fonds ancien comportait plus de deux mille volumes publiés avant la guerre de 14, et le fonds normand une masse de documents ayant trait à l'histoire de Granville et de sa région, dont certains dataient des XVIe et XVIIe siècles. Axel n'avait plus qu'à rechercher ceux qui mentionnaient le nom de Saint-Sauveur.

D'après ce qu'il avait déjà pu apprendre en consultant divers sites d'état civil, à chaque génération il y avait eu au moins un garçon parmi les enfants, et ainsi le patronyme avait été conservé en droite ligne jusqu'à lui-même et Rodolphe. Il allait donc pouvoir reconstituer l'histoire de sa famille et il jugeait l'aventure exaltante. Il retrouvait la motivation et l'enthousiasme de ses vingt ans, lors de ses études à l'université. Et son projet d'écrire un roman à partir d'éléments authentiques prenait forme. Même s'il n'y avait aucun héros parmi ses ancêtres, il allait en inventer un.

— Voulez-vous un café ? proposa Clémence.

Il ne l'avait pas entendue arriver, occupé à étudier un document, mais il releva la tête en souriant.

— Il y a un distributeur ?

— Non, mais nous avons une machine dans nos bureaux, et depuis deux heures que vous n'avez pas levé le nez, je me disais que peut-être…

Elle s'exprimait avec une certaine timidité et beaucoup de gentillesse.

— Nous ne voyons pas souvent des chercheurs de votre niveau, ajouta-t-elle comme pour justifier sa proposition.

— Un café serait en effet bienvenu.

— Ne bougez pas, je vous l'apporte.

Il se doutait bien qu'elle faisait une petite entorse au règlement de la médiathèque mais il ne voulait pas la vexer. En s'inscrivant, il avait remarqué qu'il suscitait son intérêt en tant qu'historien publié, or il était assez rare qu'on lui témoigne un peu d'admiration. Surtout venant d'une jeune et jolie personne ! Cependant, il ne fantasmait pas sur d'autres femmes que la sienne. Même dans la période délicate qu'ils traversaient, c'était Margaux qu'il aimait et qu'il désirait toujours, Margaux qu'il voulait reconquérir. Il n'avait jamais éprouvé l'envie de la tromper car depuis le jour de leur rencontre elle avait rempli sa vie et son cœur. Était-ce encore vrai ou en allait-il autrement aujourd'hui ?

— Voilà ! annonça Clémence en posant un gobelet sur le coin de la grande table, loin des documents. Maintenant, je ne vous dérange plus, travaillez bien.

Il la suivit des yeux tandis qu'elle s'éloignait. Elle était loin de l'image des dames parfois revêches qui géraient les bibliothèques où Axel avait mené ses nombreuses recherches. Comment avait-elle atterri ici ? La formation aux métiers du livre et du patrimoine nécessitait un bon niveau d'études. En tout cas, ce serait agréable de retrouver chaque jour son sourire avenant. Mais sans aucune arrière-pensée. D'ailleurs, il n'en parlerait pas à Margaux. Il n'avait pas l'intention d'essayer de provoquer sa jalousie, ayant hélas découvert que c'était un terrible poison. Et pour ressouder son couple, il ne prévoyait pas de stratégie, il préférait attendre.

Il se replongea dans la lecture d'un document qui citait un certain Ambroise Saint-Sauveur. Celui-ci semblait s'être enrichi grâce à la pêche à la morue, avait fréquenté les héroïques corsaires granvillais et avait combattu lors du siège de la ville par l'armée chouanne en 1793. Juste après, il avait fait construire son manoir sur des ruines d'un ancien fort. Donc, la bâtisse avait environ deux cent vingt ans, et ses soubassements certainement davantage…

Fasciné par ce qu'il découvrait peu à peu, Axel laissa filer les heures. Lorsqu'il leva le nez, l'heure du déjeuner était largement passée. De façon incroyable, la charmante Clémence ne l'avait pas interrompu malgré la fermeture de la médiathèque entre douze et quatorze heures. Celle-ci avait déjà rouvert mais elle était peu fréquentée et Axel n'avait pas été dérangé. Il ramassa ses affaires et se mit en quête de Clémence qu'il remercia chaleureusement.

— Mais ne dérogez plus au règlement pour moi ! Si vous faites une seule exception, tout le monde vous embêtera. Je tâcherai d'être plus ponctuel la prochaine fois.

— Ne vous inquiétez pas, je suis restée à l'accueil pour manger mon sandwich, vous n'étiez pas seul dans les murs. Et tellement absorbé…

Elle attendait une réponse, sans doute curieuse de connaître la raison de recherches aussi passionnantes.

— Je travaille sur l'histoire de ma famille, expliqua-t-il de bonne grâce. Des Granvillais qui n'ont jamais bougé jusqu'à la génération de mon père. J'essaie de savoir comment ils ont vécu à travers les événements de la région. Tout ça deviendra la base d'un roman.

Un sourire admiratif illumina le visage de la jeune femme.

— J'espère que vous trouverez ici tout ce dont vous avez besoin.

— En tout cas, une bonne partie, j'en suis persuadé. Le reste dépendra de mon imagination !

Il la salua en agitant la main, soudain embarrassé par leur échange. Il la connaissait à peine, n'avait pas de raison de lui faire des confidences. Comme il avait été, à son insu, enfermé avec elle pendant deux heures derrière des portes verrouillées, une sorte d'intimité pouvait se créer, qu'il ne souhaitait pas.

En arrivant aux Engoulevents, il découvrit Margaux postée sur les marches du perron.

— Désolé d'avoir raté le déjeuner, s'excusa-t-il en la rejoignant. Tu m'attendais ?

— Je m'inquiétais. Tu ne m'as pas appelée…

Elle n'utilisait pas un ton de reproche mais considérait Axel avec une sorte de curiosité.

— J'ai trouvé des trucs passionnants et j'ai perdu la notion du temps. Cette médiathèque est une mine de merveilles !

Avec un de ces gestes spontanés qui avaient disparu entre eux ces derniers mois, il prit Margaux par la taille et l'attira à lui.

— Pardon de ne pas t'avoir prévenue.

Il ne s'agissait pas d'un oubli délibéré, il n'y avait vraiment pas pensé, mais en d'autres temps il lui aurait sûrement téléphoné pour lui faire part de son enthousiasme devant tous les documents qu'il avait découverts. Ils étaient moins proches qu'avant, moins complices, moins unis. Cette constatation l'attrista et il serra davantage Margaux contre lui.

— Tu travailles, là ? demanda-t-il à mi-voix.

— Pourquoi ?

— Eh bien, je me disais que… Où est Sacha ?

— Il peint sa chambre.

— Et les enfants sont au collège. Alors, est-ce que tu ne voudrais pas…

Il hésitait à finir, à avouer que soudain il avait très envie de faire l'amour. D'où venait cette flambée de désir ? Du fait qu'il s'était senti revivre à la médiathèque et qu'il y avait repris confiance en lui ? Dans l'obscurité de leur chambre, la nuit, Axel et Margaux temporisaient, se frôlaient et s'éloignaient en silence sans parvenir à surmonter leur malaise, puis ils finissaient par s'endormir, aussi malheureux l'un que l'autre. Décidé à rompre enfin ce cercle vicieux, Axel entraîna Margaux dans la maison. Toujours enlacés, ils montèrent jusqu'à leur chambre sans bruit. Laissant les rideaux ouverts, ils restèrent quelques instants face à face avant de commencer à se déshabiller mutuellement. L'instant était fragile, incertain, il ne fallait rien brusquer. Repoussant toute pensée indésirable autre que le corps de Margaux, sa peau, son parfum, Axel la prit dans ses bras pour la porter sur le lit.

*

Estimant qu'il avait fait du bon travail, Sacha décida de s'octroyer une pause. Malgré la pluie qui tombait depuis deux heures, il ouvrit les fenêtres de sa chambre pour évacuer l'odeur de peinture. Avant de sortir, il jeta un dernier coup d'œil circulaire et se sentit flatté du résultat. Margaux serait contente, ce qui lui ferait peut-être oublier l'épisode malheureux du sauvetage en mer. Chaque fois qu'il y repensait, il se sentait évidemment coupable mais aussi agacé. Après tout, il n'avait pas l'obligation de surveiller sa nièce et son neveu, il n'était pas leur baby-sitter ! D'ailleurs, ces deux-là n'avaient pas fini de faire des bêtises, comme tous les adolescents. Un âge ingrat qui n'intéressait pas beaucoup Sacha.

Il dévala l'escalier et, sur le palier du premier étage, croisa Axel qui sortait de sa chambre en caleçon, les cheveux ébouriffés.

— C'est à cette heure-là que tu te douches ? plaisanta-t-il.

Il se rendit aussitôt compte de sa gaffe et éclata de rire tout en continuant à descendre. Après tant d'années de mariage, Margaux et Axel faisaient encore l'amour l'après-midi ? Tant mieux pour eux mais il était un peu surpris car il avait perçu des tensions entre eux. C'était peut-être le changement de cadre et de mode de vie qui donnait cette impression, alors que finalement ils étaient toujours aussi amoureux. Pour sa part, Sacha ne s'était jamais attaché à aucune femme et il s'en félicitait. Le mariage, les enfants, la maison avec le chien jouant sur la pelouse, cette image de la famille classique n'entrait pas dans ses rêves ! Son père le taxait d'égoïsme, un jugement qu'il rejetait. Vouloir rester libre et indépendant sans s'empêtrer dans une histoire d'amour qui lui couperait les ailes ne faisait pas de lui quelqu'un de mauvais. Ses parents étaient d'ailleurs assez vieux jeu, avec des valeurs qui n'étaient pas celles de Sacha. Heureusement, sa mère avait un faible pour lui et lui passait tout, lui trouvant toujours des excuses. Mais il n'avait pas besoin d'excuses, il s'acquittait volontiers lui-même de ses travers.

Dans la cuisine, il découvrit Rodolphe et Angélique affalés sur la table, des paquets de biscuits ouverts devant eux.

— Bonne journée ? leur lança-t-il joyeusement.

— Horrible… marmonna Rodolphe.

— J'ai un devoir de maths à faire pour demain, déclara Angélique. Tu peux m'aider ?

— En maths ? Sûrement pas, j'étais nul !

— Mais tu as eu ton bac ? Alors, le programme de cinquième te paraîtra facile !

— Désolé, ma jolie, j'ai tout oublié.

— Bon, je vais demander à maman. Tu sais où elle est ?

— Aucune idée. J'ai passé l'après-midi à peindre ma chambre.

— On va voir ça ! s'écrièrent ensemble les deux adolescents soudain très excités.

Ils détalèrent avant que Sacha ait pu les en empêcher. Il supposa qu'Axel et Margaux avaient terminé leur petit câlin de l'après-midi et qu'ils étaient désormais disponibles pour leurs enfants. Car là encore, l'éducation était un véritable sacerdoce, il fallait y consacrer tout son temps et toute son énergie, ce qui n'était pas concevable pour lui.

Prenant une bière qu'il but au goulot, il décida qu'il en avait assez fait pour la journée.

*

Margaux avait entendu monter les enfants, interceptés par Axel qui venait de se rhabiller, et tous trois étaient partis au second pour admirer la chambre de Sacha. Pelotonnée sous la couette, elle préférait s'attarder un peu. Les moments de détente n'étaient pas fréquents ces temps-ci et elle avait toujours aimé paresser après l'amour.

L'amour… Elle regardait le plafond, suivant distraitement des yeux une fissure. Elle venait de retrouver son mari avec une facilité qui la surprenait. L'habitude qu'ils avaient l'un de l'autre rendait les gestes évidents et le plaisir était intact, en revanche la tendresse avait fait défaut. Leurs réserves étaient là. Pas dans l'acte en lui-même, si familier, mais dans les mots et les regards devenus plus prudents, comme intimidés. Impossible d'ignorer quelques images parasites qui les empêchaient désormais de communiquer simplement. Margaux avait dû lutter pour que le souvenir de Gabriel ne vienne pas tout gâcher et pour repousser toute comparaison malvenue. Axel y avait-il songé ? S'était-il senti jugé, mis en balance ? Dans une situation inverse, si Axel avait eu une liaison, Margaux n'aurait sûrement pas pu se retenir de penser à sa rivale, d'éprouver de la rage ainsi que la peur d'être dévalorisée. Et autant le désir était facile à éprouver, autant la question : « M'aimes-tu encore ? » se posait. Aimait-elle son mari avec la même force, non pas qu'au début de leur histoire, mais qu'avant sa rencontre avec Gabriel ? Cette folle aventure avait-elle irrémédiablement brisé quelque chose ? De manière paradoxale, après ces retrouvailles impromptues dans les bras d'Axel, elle comprenait mieux le mal qu'elle lui avait fait. Une nouvelle vague de culpabilité l'envahit car elle ne parvenait plus à se justifier à ses propres yeux. L'avoir trompé était malhonnête, le découvrir avait dû le ravager. Mais comme ce qui était fait ne pouvait pas être défait, les reproches ne servaient plus à rien. Maintenant qu'ils s'étaient retrouvés tous les deux, au moins physiquement, ils devaient se reconquérir moralement et pour cela ne plus fuir la discussion.

Elle repoussa la couette d'un brusque coup de pied. Avant tout, elle devait annoncer qu'elle comptait accepter un nouveau contrat à Paris et ne pas cacher que la cliente lui était envoyée par Gabriel. Axel risquait d'être contrarié mais elle ne voulait plus lui mentir. Au pire, elle renoncerait à cette opportunité. Forte de sa bonne résolution, elle fila se doucher et se rhabiller en vitesse. Ce soir, elle allait préparer un bon dîner et tout faire afin que la soirée soit chaleureuse. Il était temps pour elle d'apprivoiser ce manoir des Engoulevents au lieu de chercher à s'en échapper. Jusque-là, elle avait été spectatrice, comme si elle ne se sentait pas chez elle, comme si elle n'y était qu'en transit. Désormais, elle avancerait avec Axel main dans la main.

4

Novembre était glacial, le vent de la mer balayant la côte sans relâche. Chahutés par une forte houle, les bateaux de pêche rentraient tôt au port, les cales à moitié vides. Aux Engoulevents, le problème du chauffage se faisait sentir mais il n'était pas envisageable de remplacer la chaudière dans l'immédiat. Margaux avait dû se contenter d'acheter des radiateurs à bain d'huile, choisis pour leur basse consommation et leur montée rapide en température.

Elle s'investissait davantage dans l'organisation de la maison, avait même commencé à dessiner quelques plans pour l'avenir. Elle les montrait à Axel et tenait compte de son avis pour éventuellement les modifier. En parlant du manoir, elle disait volontiers « chez nous », mais elle laissait à son mari l'entière gestion de Tournepierre qui, malgré la mauvaise saison, était souvent loué durant les week-ends à des touristes, amoureux de la mer ou curistes du centre de thalasso granvillais.

Axel, totalement investi dans ses recherches, passait beaucoup de temps à la médiathèque. Son projet de roman prenait forme peu à peu, il s'était même mis en quête d'un prénom pour son héros, hésitant entre Philibert, Gaspard et Vital. Clémence continuait de lui apporter un café chaque matin, ce qui donnait lieu à quelques échanges. Axel ne voyait pas – ou ne voulait pas voir – les efforts qu'elle déployait pour établir une sorte d'intimité entre eux.

Sacha était parti, mais il prévoyait de revenir à Noël et Margaux l'avait chargé de convaincre leurs parents de l'accompagner. Elle prévoyait de belles fêtes de fin d'année, se promettant de réunir toute la famille aux Engoulevents. D'ici là, elle travaillait d'arrache-pied sur le projet commandé par l'amie de Gabriel. Elle s'était rendue à Paris pour la rencontrer, relever un plan précis de son appartement et l'interroger sur ce qu'elle souhaitait. Le rendez-vous avait duré trois heures et désormais les échanges pouvaient s'effectuer par Internet. Si Margaux avait pu craindre que Gabriel les rejoigne comme par hasard, il n'en avait rien été. À son soulagement s'était mêlé un soupçon de regret qu'elle avait fermement écarté.

Les enfants semblaient s'être parfaitement adaptés à leur nouvelle vie, on aurait presque pu croire qu'ils étaient nés ici. Ils attendaient Noël avec impatience pour recevoir, entre autres cadeaux de moindre importance, le chien tant espéré. Après de multiples discussions parfois houleuses, leur choix s'était porté sur un labrador. Axel avait trouvé l'élevage et retenu le chiot, une petite femelle du nom de Samba.

Ce dimanche matin-là, après deux heures de travail dans son bureau, Margaux traversa le rez-de-chaussée pour aller se préparer un café. Juste avant d'entrer dans la cuisine où Angélique et Rodolphe bavardaient en prenant leur petit déjeuner, elle entendit une phrase qui la fit s'arrêter net.

— Je t'assure qu'elle regarde papa avec des yeux de merlan frit ! affirmait Angélique.

— Et comment elle est, cette fille ?

— Plutôt jeune et jolie. Aimable, elle m'a bien reçue. D'ailleurs, tu peux aller faire là-bas toutes les recherches que tu veux, ils ont plein de trucs.

— Je m'en fiche pas mal. Dis-moi plutôt comment papa a réagi.

— Il paraissait absorbé. Mais il m'a vue passer, on s'est fait signe et il savait que j'étais là. Alors, forcément…

Sidérée de ce qu'elle venait d'entendre, Margaux attendit encore quelques instants puis, profitant du silence, elle rejoignit ses enfants.

— Déjà levés, mes amours ? On est dimanche ! lança-t-elle avec un sourire qu'elle espérait convaincant.

Elle vit Angélique se troubler et plonger le nez dans son bol.

— J'ai reçu une photo de la petite Samba envoyée par l'éleveur, poursuivit-elle gaiement.

Les deux adolescents ne devaient pas se douter qu'elle avait surpris leur conversation. En particulier sa fille, très sensible, qui ne voulait jamais faire de peine à personne.

— Je vous rappelle que Viviane et Maurice viennent déjeuner. Je compte faire des poulets à la broche et des galettes de pommes de terre.

— Ils apportent le dessert ? s'enquit Rodolphe d'un ton plein d'espoir.

Très gourmand, il raffolait des pâtisseries de sa grand-tante et regrettait que sa mère ne soit pas une cuisinière hors pair.

— Heureusement pour toi ! s'esclaffa Margaux.

Elle rit mais continua de penser à la « jeune et jolie » fille qui faisait du charme à son mari. Était-ce à cause d'elle qu'il passait toutes ses journées à la médiathèque ?

— Vous seriez gentils d'aller chercher une bouteille de champagne à la cave, demanda-t-elle.

— À la cave ? s'écria Angélique. Je déteste cet endroit. L'escalier en pierre qui n'en finit pas, les toiles d'araignée, les salles voûtées… Je suis sûre qu'il y a des esprits qui rôdent là-dedans !

— Sacha lui a fait peur quand on les a visitées avec lui, expliqua Rodolphe.

— Votre oncle adore faire des blagues, vous le savez très bien.

— Sauf que l'ampoule a rendu l'âme pendant qu'on était en bas, et ce n'était pas Sacha.

— Quand une vieille ampoule grille, il n'y a rien d'inquiétant, tempéra Margaux.

— Mais vas-y, toi, tu verras à quel point c'est glauque ! Moi, je ne descends pas.

— Vous n'aurez qu'à y aller avec votre père, il en profitera pour changer l'ampoule.

Margaux avait rapidement visité les caves au moment de leur installation aux Engoulevents. Un peu mal à l'aise dans ce décor sombre et hostile, elle avait constaté qu'un grand nettoyage s'imposait mais avait remis la corvée à plus tard. Axel se contentait d'y entreposer du vin et du champagne, sans se soucier de la poussière ni des souris ou des araignées. Il y avait tant à faire ailleurs !

Son mug à la main, elle regagna son bureau. En entrant, elle fut choquée comme chaque fois par la table de verre et d'acier, définitivement incongrue dans cette pièce. Avec un soupir de lassitude, elle s'installa devant son ordinateur. Créer de si beaux environnements pour les autres et ne pas pouvoir améliorer le sien la frustrait de plus en plus.

— Je te dérange ? demanda Axel qui venait de passer la tête à la porte.

— Non, entre, j'ai assez travaillé pour un dimanche matin…

C'était le meilleur moment pour discuter. Avant d'aller s'habiller, les enfants regardaient des séries en pyjama, vautrés sur le canapé du séjour. La médiathèque étant fermée, Axel se montrait plus disponible et Margaux laissa son travail de côté.

— Je suis allé changer l'ampoule de la cave et j'ai remonté deux bouteilles du crémant que Maurice adore. Rodolphe m'a accompagné mais il n'avait pas l'air rassuré.

— Sacha leur a raconté des histoires de fantômes.

— C'est tout lui ! Remarque, à leur âge on aime bien jouer à se faire peur.

— Angélique est facilement effrayée.

— Pourtant, elle regarde volontiers des films d'horreur avec son frère.

— Tous les ados le font et nos enfants entrent dans cet âge difficile.

Il alla s'asseoir par terre, dos au mur, à sa place habituelle.

— Un jour, j'achèterai un fauteuil pour mes visiteurs, plaisanta Margaux.

— Ça ne me gêne pas de te regarder d'en bas, tu es tout aussi jolie.

— Moi, je ne veux pas te regarder de haut.

Le rejoignant, elle s'installa à côté de lui.

— Si quelqu'un nous voyait, il nous trouverait ridicules, non ? Dans notre beau manoir, nous n'avons même pas deux sièges confortables…

— Comme le baron de Sigognac dans son château de la misère, ironisa Axel.

— Tu fais référence au Capitaine Fracasse ? Je te rappelle que, par la suite, c'est devenu le château du bonheur.

— Grâce à son Isabelle qui a tout réparé. Je suis sûr que tu en feras autant ici.

Tourné vers elle, il lui souriait avec tendresse. Mais peu à peu son sourire s'effaça et son expression devint grave.

— Margaux… Est-ce que tu m'aimes ?

— Oui !

La réponse avait fusé, spontanée, authentique, cependant Axel insista.

— Et Gabriel, tu penses encore à lui ?

Il s'étonna d'avoir pu prononcer ce prénom facilement.

— Non, presque plus. Pas souvent en tout cas.

— Ta cliente, à Paris, elle ne te parle pas de lui ?

— Non…

Une demi-vérité qu'elle se reprocha aussitôt. Pourtant, avouer que cette femme chantait les louanges de son cher ami Gabriel ne ferait pas avancer la discussion.

— Puisqu'on parle, ce matin, reprit Axel en cherchant ses mots, il y a une chose que je voudrais savoir.

— Vas-y.

— Qu'est-ce qui t'a plu chez lui ? Pourquoi as-tu craqué pour cet homme-là ?

La question était un véritable piège. L'évocation du charme de Gabriel, de ses qualités et de son pouvoir de séduction n'aurait rien de rassurant pour Axel. Pire, s'en souvenir était douloureux pour Margaux.

— On ne sait jamais pourquoi on est attiré, répondit-elle prudemment.

— Sa réussite professionnelle ? Ce qui n'est pas mon cas, je le reconnais.

Pour une fois, Axel se montrait direct, il n'hésitait plus à l'interroger alors qu'il était resté longtemps très réservé. Mais c'était bien elle qui lui avait demandé de parler, persuadée que se taire n'était pas une solution. Pour elle, la reconstruction de leur couple passait par une absolue franchise, du moins l'avait-elle cru. Là, mise au pied du mur, elle s'apercevait que toute vérité n'était pourtant pas bonne à dire.

— Même si la réussite se fait attendre, tu as du talent, Axel.

— Qu'en sais-tu ? Des tas d'historiens font mieux que moi ! D'ailleurs, est-ce un métier ? Quand on te demande ce que ton mari fait dans la vie, que réponds-tu ?

Elle le dévisagea, stupéfaite.

— Tu crois que j'ai honte de toi ?

— Ce que je crois, c'est qu'un homme plus brillant et plus mondain que moi t'a séduite.

— Non, non, tu te trompes, se défendit-elle.

— C'est toi qui m'as trompé.

— Quelle repartie facile !

— Ce n'est peut-être pas amusant à entendre, mais c'est très cruel à vivre.

Le ton montait entre eux, la querelle n'était pas loin. Margaux se contraignit à attendre quelques instants avant de reprendre la parole plus calmement.

— Quand j'ai rencontré Gabriel, nous traversions toi et moi une période un peu morose. Le train-train, les habitudes, les corvées quotidiennes… Chacun de son côté, on se noyait dans le travail.

— Au moins, le tien rapportait.

Sans tenir compte de l'interruption, elle poursuivit :

— On ne prêtait plus beaucoup attention à l'autre. Et tu n'avais pas envie de sortir, de voir des gens. Souviens-toi, nous n'allions plus au restaurant, encore moins au cinéma ou au théâtre. Tout ça a créé chez moi un besoin de… d'évasion, peut-être.

— Et avec lui, tu t'évadais ? Il te faisait rire ? Comment s'y est-il pris pour te convaincre de sauter le pas ?

— On a passé pas mal de temps ensemble. Son loft était compliqué à aménager, on discutait beaucoup. Alors que nous, Axel, nous ne disions que des choses utiles pour les enfants, pour les repas…

— Mais tu n'étais pas souvent là ! Je sais que tu travailles énormément, sauf qu'à cette période tu ne faisais pas que travailler, si j'ai bien compris.

— Ne m'agresse pas. Tu poses des questions, je te réponds.

— Alors, comme l'heure est à la franchise, j'ai encore un truc à te demander. Si je n'avais pas trouvé le texto de ton amant, tu aurais continué à me mentir ?

Le mot « amant » tout comme le prénom « Gabriel » lui étaient venus aisément, il ne les évitait donc plus. Margaux supposa qu'il s'agissait d'un progrès puisqu'il n'occultait plus ce moment de leur existence.

— Je ne sais pas, Axel, répondit-elle avec une absolue sincérité.

— Eh bien, moi, je crois que tu aurais poursuivi tranquillement ta liaison, gagnante sur les deux tableaux !

— Parce que tu penses que j'étais tranquille ? Je n'ai jamais été aussi mal de ma vie ! Je me sentais coupable avec toi et aussi coupable avec Gabriel, qui espérait autre chose que des moments volés.

— Il n'était pas que l'homme du cinq à sept ? ricana Axel. Il aurait voulu que tu quittes tout pour lui, y compris tes enfants ? Belle façon d'aimer, vraiment !

La colère les avait gagnés tous les deux. Si elle valait mieux que le silence ou les larmes, elle semblait plus difficile à gérer. Comme Margaux ne répondait rien, Axel enchaîna, d'un ton rageur :

— Comment veux-tu que je retrouve la confiance aveugle que j'avais en toi ? Tu joues très bien la comédie, je n'ai rien vu, rien deviné. Remarque, le cocu est toujours le dernier informé !

Ce mot-là non plus, il ne l'avait pas encore utilisé. Il sortait enfin de ses gonds et peut-être était-ce salutaire pour lui, mais Margaux commençait à en avoir assez d'être mise en accusation.

— Je ne jouais pas la comédie, répliqua-t-elle. Je t'ai menti, c'est vrai. Hélas, j'étais piégée.

— Par quoi ? Ton besoin de changement ? Nous étions-nous donc usés, à trop nous aimer ?

— Ce n'est jamais trop quand on aime ! Et nous n'étions pas usés, non. Plutôt abandonnés par l'autre. Nous vivions côte à côte sans avoir le cœur qui bat.

— Tu sais bien que ça n'existe qu'au début.

— Je ne veux pas de cette fatalité, je suis encore trop jeune pour l'accepter.

Axel se tut un moment, puis il finit par murmurer :

— Est-ce qu'on va y arriver, Margaux ?

— J'en suis certaine. Toi, tu en doutes ? Nous avons tout chamboulé pour venir ici et y repartir du bon pied. Quand tu m'auras dit une bonne fois ce que tu as encore sur le cœur, il faudra arrêter les reproches qui ne sont pas constructifs.

— Ce serait un peu facile !

— Ah bon ? Ça te soulage de toujours ressasser ? Je suis coupable, c'est un fait, mais peut-on passer à autre chose, peut-on avancer ?

— Je te rappelle que tu voulais qu'on parle, alors nous parlons…

Deux coups frappés à la porte les firent taire. Sans oser entrer, Rodolphe leur cria :

— Maurice et Viviane sont là, elle met les poulets à cuire !

Margaux jeta un coup d'œil à sa montre et constata qu'il était midi passé. Axel, déjà debout, lui tendit la main pour l'aider à se relever.

— C'est tout pour aujourd'hui, chuchota-t-il.

Mais son sourire était si plein de tendresse qu'elle en fut touchée. Ainsi, il pouvait à la fois lui en vouloir, tout ce qu'il venait de dire le prouvait, et continuer à l'aimer. Un paradoxe de plus !

Ils rejoignirent leur fils qui patientait et qui les scruta d'un air interrogateur.

— Nous faisions des projets pour Noël, mentit Axel avec aplomb.

— Un grand sapin avec la petite Samba dessous, ce sera parfait ! déclara Rodolphe.

Margaux se dépêcha de gagner la cuisine où, en effet, Viviane avait embroché les poulets avant de les enfourner. Elle avait aussi épluché et râpé les pommes de terre pour en faire des galettes.

— J'ai honte ! s'exclama Margaux. Vous vous êtes occupée de tout, je suis désolée.

— Aucun problème, j'adore faire la cuisine. Je prépare une salade ?

L'air réjoui de Viviane confirmait ses dires.

— Ce serait formidable, merci. Je vais mettre le couvert pendant ce temps et nous servir l'apéritif. J'espère que le crémant sera assez frais, il vient de la cave.

— Ah, la cave ! s'amusa Viviane. Avec mon frère Henri, on y jouait à se faire peur.

— Les enfants en font autant. Je n'y suis descendue qu'une fois mais je n'ai aucune envie d'y retourner.

— Bien nettoyée et à condition d'y mettre un bon éclairage, elle sera moins effrayante.

— Je peux m'en charger, proposa aussitôt Maurice.

— Que vous êtes gentil ! s'exclama Margaux. Alors j'en profite pour vous demander autre chose, si ce n'est pas abuser de votre temps…

— J'ai tout mon temps.

— Et de votre bonne volonté !

— J'en ai aussi.

Margaux lui adressa un sourire reconnaissant. Si l'aide apportée par Viviane et Maurice l'avait un peu agacée au début, elle avait fini par comprendre que le couple ne cherchait nullement à s'imposer mais seulement à leur rendre la vie plus facile pour qu'ils aient envie de rester aux Engoulevents. Maurice, en particulier, devait mesurer tout le travail qui restait à faire avant que le manoir retrouve un peu de son lustre et devienne enfin confortable.

— Le plafond du grand salon me semble bizarre. Vous venez regarder ?

— Allons-y.

Il la suivit, intrigué, et écouta ses explications avec attention.

— Il n'est pas à la même hauteur que ceux des autres pièces du rez-de-chaussée, expliqua-t-elle. Je suis presque sûre qu'il s'agit d'un faux plafond, ajouté à une époque ou à une autre. Qu'en pensez-vous ?

Maurice ressortit pour aller vérifier, revint, réfléchit quelques instants et finit par hocher la tête.

— Je crois que vous avez raison. Mais pourquoi avoir fait ça ?

— Pas pour cacher un trésor, ne rêvons pas. En revanche, je suis vraiment curieuse de savoir ce qu'il y a dessous.

— Et vous voudriez que j'aille voir ? Ça va faire du dégât.

— Juste dans un coin.

— Tout de même… Mais si vous y tenez !

Il semblait dubitatif, néanmoins elle le sentait intéressé.

— Je m'y attaque après le déjeuner, finit-il par proposer.

— Qui comptes-tu attaquer ? demanda Axel qui se tenait sur le seuil du salon.

— Ce plafond qui cache quelque chose.

— Vous plaisantez, tous les deux ? Il y a assez de choses à réparer ici pour ne rien démolir d'autre !

— De toute façon, plaida son oncle, il est fissuré et taché, bon à reprendre entièrement. Alors, tant qu'on y est…

Margaux s'étonna d'obtenir l'aide de Maurice contre l'avis d'Axel. Jusque-là, elle avait été persuadée que l'oncle et la tante prendraient systématiquement fait et cause pour ce neveu qu'ils avaient en partie élevé et qu'ils adoraient. Mais Maurice était un homme du bâtiment, et Margaux venait d'éveiller sa curiosité.

— Si vous le dites, maugréa Axel.

Son agacement semblait légitime, cependant Margaux se demanda s'il ne voulait pas rester celui qui décide dans le manoir de ses ancêtres. Or elle se donnait du mal pour être concernée et se l'approprier un peu elle aussi.

— On ne te force pas la main, précisa-t-elle d'un ton détaché. Tu es chez toi, tu décides.

Il comprit qu'il venait d'être maladroit et que décourager les initiatives de sa femme était une mauvaise attitude.

— D'accord, allez-y, comme ça on saura. Sinon, on va se poser la question pendant des années, admit-il avec un sourire.

— L'apéritif est servi, annonça Rodolphe en entrant. Et Angélique a mis le couvert…

Le regard de reproche qu'il adressait à Margaux la fit éclater de rire.

— Vous vous êtes décidés à aider un peu ? C'est merveilleux, merci, les enfants !

Ils quittèrent le salon tandis que Maurice s'y attardait encore un instant. Il considérait Margaux comme une femme charmante et surprenante. Qu'elle ait eu le regard attiré par ce plafond prouvait qu'elle remarquait tout. Bien sûr, cela faisait partie de son métier, d'ailleurs elle devait avoir de grands projets pour Les Engoulevents, mais lorsqu'elle était arrivée il avait eu l'impression qu'elle ne s'y intéresserait jamais, que cette implantation à Granville n'était pas son choix mais plutôt celui d'Axel.

Il jeta un dernier coup d'œil au plafond, notant mentalement les outils dont il allait avoir besoin.

*

Gabriel savait que son amie Laureen l'avait percé à jour mais il s'en amusait.

— C'est un échange de bons procédés ! affirma-t-il gaiement. Tu vas bénéficier du talent d'une excellente designer et je vais pouvoir la revoir… fortuitement.

— À condition que j'arrange la rencontre ? Tu es vraiment incroyable, Gabriel, tu peux avoir toutes les femmes que tu veux et tu t'acharnes sur une que tu as déjà eue !

Elle le scruta quelques instants avant de hausser les épaules.

— Elle t'a quitté, elle est partie loin de Paris, pourquoi n'acceptes-tu pas ta défaite ?

— Parce que la partie n'est pas finie. C'est pour l'éloigner de moi que son mari l'a entraînée au fin fond de la Normandie et elle a dû le suivre.

— Elle n'était pas obligée. Elle pouvait te choisir mais elle ne l'a pas fait.

— Elle a choisi ses enfants.

— Une décision compréhensible. On voit bien que tu n'en as pas ! Quand les miens étaient petits, jamais je ne les aurais quittés.

— J'étais prêt à les accepter.

— Le savait-elle ?

— Oui… Mais sans doute ne voulait-elle pas les priver de leur père.

— As-tu eu l'occasion de le croiser ?

— Axel ? Non, jamais. J'ai seulement vu sa photo au dos d'un livre que je suis allé acheter exprès. Ce type n'est pas connu et je m'étonne qu'une battante comme Margaux puisse l'admirer. Or, si tu n'admires pas ton mec…

— Tu es injuste parce que c'est ton rival.

Laureen resservit du thé et poussa l'assiette de petits gâteaux vers Gabriel.

— Mange un peu, tu as maigri. Tu te ronges à ce point ?

— Oui, c'est une torture.

— Mais contrairement à ce que tu as l'air de croire, moi je te le dis : *game over*, Gabriel.

Il médita ces paroles d'un air sceptique avant de lâcher, du bout des lèvres :

— Pas encore.

— Oh, tu ne t'avoues jamais battu ? Tu sais quoi ? La vie t'a trop réussi jusqu'ici.

— Je m'y suis employé, ça ne s'est pas fait tout seul.

Il grignota un biscuit qu'il eut du mal à finir. Lui-même n'en revenait pas d'être toujours aussi obsédé par Margaux. Il échafaudait sans cesse de nouveaux plans pour la reconquérir, ne se remettant pas de leur séparation brutale. Il se savait séduisant, n'avait jamais fait d'efforts pour obtenir ce qu'il voulait des femmes, et il se retrouvait démuni comme un gamin face à l'échec que lui avait infligé Margaux. Plus grave, il souffrait vraiment pour la première fois de sa vie, au point d'en avoir perdu le sommeil.

— Qu'espères-tu d'une simple rencontre, Gabriel ? Un miracle ?

— Tu es dure… Disons plutôt une seconde chance.

— Quelle tête de mule tu fais !

Elle se mit à rire, attendrie de voir son ami dans un tel état de frustration.

— Explique-moi ce qu'elle a de si extraordinaire, cette femme. Elle est jolie, mais pas plus que beaucoup d'autres, dynamique comme il se doit dans son métier, et après ?

— Elle est… magnétique. En tout cas pour moi. Dès la première fois que je l'ai vue, j'ai été aimanté. Je ne me lassais pas de la regarder, de l'écouter, je pensais à elle tout le temps.

— Eh bien, ça n'a pas changé ! Enfin, Gabriel, tu es très bel homme, élégant, sûr de toi, tu diriges tes affaires de main de maître, tout le monde te connaît à Paris, tu es invité partout, fêté… et cette petite Margaux te rend zinzin ? Un jour, pourtant, tu en riras, tu te demanderas pourquoi tu as été si bête.

— En rire ? Ça m'étonnerait.

— Avec le recul, on en rit toujours, crois-moi.

Laureen avait divorcé trois fois, elle pouvait se targuer d'une certaine expérience.

— Bon, ajouta-t-elle, puisque tu ne veux rien entendre, Margaux Saint-Sauveur a rendez-vous avec moi ici le 7 décembre à quatorze heures. Que comptes-tu inventer pour justifier ta présence chez moi ?

— Nous sommes de vieux amis.

— Très vieux ! En tout cas, moi.

Il lui adressa un de ses sourires qui faisaient craquer les femmes.

— Tu es assez jeune d'esprit pour refaire entièrement cet appartement et…

— Et y organiser des rencontres clandestines ! En échange, tu m'inviteras à toutes tes premières.

— Je le fais à chaque fois, non ?

— Maintenant je veux une place dans les fauteuils réservés du premier rang. D'accord ?

— Marché conclu. Je note ça en arrivant au théâtre.

Lorsqu'il se leva, il semblait rajeuni et plein d'entrain. Laureen le raccompagna, regrettant de ne plus avoir l'âge de s'enthousiasmer autant pour une histoire d'amour.

*

— Incroyable… souffla Margaux, extasiée.

Maurice, juché sur une échelle, avait mis au jour un compartiment creux au fond duquel on devinait une peinture.

— Tout le reste est comme ça ? voulut savoir Maurice.

— Descendez, que j'aille voir de près !

Il lui céda sa place et elle resta un moment, debout sur le dernier barreau, la tête levée.

— C'est un plafond à caissons, expliqua-t-elle. En chêne, apparemment. On va casser tout le faux plafond pour récupérer celui-là.

Axel semblait à la fois stupéfait et ravi de la découverte.

— Qui donc a pu avoir l'idée absurde de le dissimuler ?

— Tu es l'historien ainsi que le descendant, à toi de nous le dire.

— Peut-être pendant une guerre ou…

— En tout cas, je l'ai toujours connu comme ça, affirma Viviane. Et je n'ai jamais entendu mon père en parler.

— À un moment ou à un autre, soit il a déplu à l'un de mes ancêtres, soit il fallait cacher qu'on était riche. Du Directoire à la Première Guerre mondiale, on a bien taxé les fenêtres ! En revanche, les plafonds à caissons, ça ne me dit rien… La ville a certes été assiégée à la fin du XVIIIe par les Vendéens et les Chouans, mais ils ont été défaits en quelques heures. Et la construction des Engoulevents, sur des ruines, date de cette époque. Quelques années plus tard, les Anglais ont bombardé la ville.

— Tu connais l'histoire de Granville par cœur ! s'exclama Viviane.

— Depuis le temps que papa mène ses recherches à la médiathèque…

Angélique l'avait dit d'une voix innocente mais Margaux enregistra la remarque. La médiathèque ? Là où une « jolie » fille regardait son mari… Elle chassa résolument cette idée en disant :

— Peu importe la raison, on va restaurer ce plafond.

— Ça vaut le coup, approuva Maurice. Mais il va falloir y aller en douceur.

— Je vous fais confiance. Vous pouvez vous en charger ?

— Avec plaisir ! J'apporterai mon échafaudage demain.

— Parfait. Vous travaillerez tranquille, on ne se sert pas de ce salon, je ne fais que le traverser pour gagner mon bureau. En revanche, quand vous aurez terminé, ce sera sûrement notre pièce préférée !

— Tu as eu raison de t'obstiner, reconnut Axel. Quelle belle découverte…

Sa satisfaction était évidente. Tout ce qui pouvait embellir Les Engoulevents le réjouissait. Jusque-là, il s'était acharné à restaurer Tournepierre afin de le rentabiliser au plus vite, puis à réparer les clôtures pour le futur chien promis aux enfants, mais il n'avait rien entrepris à l'intérieur du manoir, hormis la peinture de la cuisine. Attendait-il que sa femme s'investisse dans la maison et démontre ainsi qu'elle y voyait son avenir ou était-il trop absorbé par ses recherches d'historien ? Il disparaissait en effet des journées entières, désertant son propre bureau pour cette médiathèque dont il parlait beaucoup. Trop ?

— Que représente cette peinture, au fond du caisson ? demanda-t-il en venant prendre Margaux par la taille.

— Difficile à dire. Peut-être un motif géométrique qui se répétera dans tous les autres, comme c'était souvent le cas. Quand on verra bien les couleurs, on harmonisera le reste de la décoration.

Là encore, ils auraient besoin d'argent. Margaux songea à sa cliente américaine, Laureen, et décida qu'elle allait mettre les bouchées doubles afin d'avoir achevé ses plans pour leur rendez-vous du 7 décembre. Plus vite elle terminerait ce chantier, plus vite elle serait payée. Elle prit conscience du bras qu'Axel serrait autour d'elle. Un geste qu'elle n'aurait pas remarqué autrefois tant il était habituel. Aujourd'hui, chaque élan prenait de l'importance. En avait-elle suffisamment ? N'était-ce pas toujours lui qui venait vers elle ? À cause de cette fichue culpabilité dont elle ne parvenait pas à se débarrasser tout à fait, elle était prisonnière d'un malaise qui l'empêchait parfois d'être naturelle et elle restait crispée au lieu de se laisser aller.

— Buvons un cognac pour arroser notre découverte, lança-t-elle.

— Chez nous, c'est plutôt le calvados qui est de rigueur, fit remarquer Maurice.

— Nous en avons, Axel ?

En le disant, elle se rendit compte de son étourderie et s'empressa d'enchaîner :

— Mais oui, bien sûr, vous nous en avez offert une bouteille quand nous sommes arrivés. Eh bien, c'est l'occasion de l'ouvrir !

Cet oubli pouvait passer pour de l'indifférence, voire du mépris, mais le franc sourire de Viviane déclarant qu'elle allait chercher des verres la rassura.

— Je voulais vous proposer quelque chose, dit-elle en la suivant vers la cuisine. Pour le réveillon de Noël, j'ai invité mes parents et mon frère et je serais très heureuse que vous vous joigniez à nous. C'est une fête de famille, Axel et moi comptons sur vous, sauf si vous avez d'autres engagements.

— Oh, non ! Vous savez, la sœur de Maurice vit en Irlande et vous êtes notre seule famille, alors j'accepte de grand cœur votre invitation.

Elle ne semblait pas surprise par la proposition, ce qui fit réaliser à Margaux que Viviane aurait sans doute été déçue de ne pas être conviée.

— Axel sera ravi, et je me réjouis, ajouta-t-elle en posant sa main sur l'épaule de Viviane.

L'espace d'un instant, elle se demanda si ses parents s'entendraient avec Viviane et Maurice, mais après tout, pourquoi pas ? Leurs univers étaient certes très différents mais les uns comme les autres sauraient s'adapter. Margaux souhaitait faire de ce premier Noël aux Engoulevents une fête chaleureuse et réussie, elle allait s'en donner les moyens.

*

Chaque matin, Clémence voyait arriver Axel avec le même pincement au cœur. Mais elle constatait aussi, à son grand regret, qu'elle ne parvenait pas à obtenir son attention, qu'elle n'avait pas réussi à créer un lien entre eux. Il se montrait courtois, sans plus, et reprenait vite ses recherches. Comme il avait déjà accumulé une énorme documentation, elle devinait qu'un jour prochain il ne viendrait plus à la médiathèque. Elle en concevait une terrible frustration et décidait chaque matin qu'elle oserait faire un pas de plus vers lui pour qu'il la regarde enfin. Dans sa tête, elle échafaudait divers dialogues qu'elle ne parvenait jamais à entamer, muselée par sa timidité. Car s'il l'impressionnait en tant qu'historien, il lui plaisait aussi beaucoup en tant qu'homme. S'étant renseignée sur lui du mieux qu'elle avait pu, elle le savait marié et père de deux enfants, ce qui créait une barrière supplémentaire. Cependant, la perspective de ne plus le voir la poussait à l'audace, et ce matin-là elle l'accueillit encore plus aimablement que de coutume.

— Quel temps affreux, n'est-ce pas ? Je vous apporte votre petit café, il est tout frais. Enfin, tout chaud !

— Merci, mais je ne reste pas longtemps, je suis seulement venu vous dire au revoir et vous remercier de votre accueil. Je crois avoir désormais tout ce qu'il me faut grâce aux merveilles que j'ai trouvées ici. Maintenant, il me reste à écrire.

— Sur vos ancêtres, si j'ai bien compris ?

— En me servant de leur réalité pour inventer une fiction.

— Un exercice périlleux, non ?

— Pas vraiment. C'est plutôt… enthousiasmant de laisser pour une fois libre cours à mon imagination.

Il souriait mais il semblait ailleurs, déjà immergé dans l'histoire qu'il comptait créer. Elle fila lui chercher sa tasse de café tout en se creusant la tête pour trouver un moyen de garder un contact avec lui. Lorsqu'elle revint, elle lâcha d'une voix hésitante :

— Ce manoir des Engoulevents, croyez-vous que je pourrais aller le voir de près ? Pour nos archives, j'en prendrais volontiers une photo plus actuelle et de meilleure qualité que celles que nous possédons ici.

Surpris par sa demande, il se contenta de hocher la tête.

— Sans vous déranger, bien entendu, ajouta-t-elle précipitamment.

— Eh bien, oui, pourquoi pas ? Passez donc un jour où il ne pleuvra pas, pour la lumière.

Il but son café debout puis il lui tendit la main et elle eut le courage de la garder deux secondes de trop.

— À bientôt, alors.

Déçue par sa voix indifférente, elle le suivit des yeux tandis qu'il gagnait la sortie.

Dehors, il remit sa casquette pour se protéger de la pluie qui tombait dru et s'éloigna de la médiathèque à grands pas. Les tentatives de drague de cette jeune fille étaient maladroites mais touchantes. Ou plus exactement : flatteuses et réconfortantes. À force de ne penser qu'à Margaux, il ne savait plus s'il était encore capable de plaire. Ses lointaines aventures de jeunesse ne lui avaient pas laissé de souvenirs impérissables et, depuis son mariage, subjugué par sa femme, il ne s'était pas intéressé aux autres. Son métier d'écrivain, solitaire par définition, n'ayant guère provoqué de rencontres, il s'était replié sur lui-même. N'était-ce pas en partie ce qui avait provoqué chez Margaux l'envie d'aller voir ailleurs ? Jusqu'ici, il avait considéré ses reproches comme une façon pour elle de ne pas porter tout le poids de l'adultère mais voilà qu'il découvrait qu'il avait peut-être une part de responsabilité. Grâce à la petite Clémence, il sortait enfin du rôle de victime dans lequel il s'était enfermé. Cette prise de conscience serait-elle suffisante pour aborder différemment le sujet brûlant dont ils voulaient parler tous les deux mais qui les conduisait toujours à se quereller ?

Tout en regagnant la haute ville, il se promit de changer d'attitude. Pour commencer, aucun commentaire à propos du prochain voyage à Paris de Margaux. Pas de sous-entendu, et plus simplement pas de soupçon. Que la nouvelle cliente soit une relation de Gabriel Maréchal ne signifiait pas grand-chose. Dans le métier de Margaux, le bouche-à-oreille permettait de se faire un nom et, si cet homme était fier de l'aménagement de son appartement, il avait le droit de le faire savoir.

Parvenu sur le Roc, Axel leva la tête, reçut des gouttes de pluie dans les yeux et se demanda s'il faisait le même temps à Paris. Lorsqu'il y habitait, il n'y prêtait pas attention. La station de métro était à deux pas de leur immeuble, s'y engouffrer ne prenait que quelques instants et on ne s'inquiétait pas de la couleur du ciel. Pour le chauffage non plus, on ne se posait pas de questions, le syndic imposait les dates arbitraires de début et de fin. Aux Engoulevents, il fallait le gérer avec plus de souplesse… et de parcimonie.

Une fois dans le parc, il s'arrêta de nouveau, contempla la façade. Sacha l'avait traitée d'« enterrement de première classe » par provocation ou par ignorance. Certes, la pierre de taille était grise et aurait mérité un bon ravalement. Bien sûr, les fenêtres à meneaux étaient étroites, mais elles ne manquaient pas d'élégance.

Et en haut des marches du porche, les colonnes qui entouraient la grande porte d'entrée en chêne massif donnaient au bâtiment une certaine noblesse. Malgré sa vétusté, l'ensemble restait un joli manoir surplombant la mer, tel que l'avait voulu celui qui l'avait fait construire.

— Ça y est, j'ai choisi, marmonna-t-il, mon héros va s'appeler Vital. Vital Saint-Sauveur !

Décidément, Les Engoulevents l'inspiraient, il se sentait prêt à attaquer son roman.

*

Pour fuir les coups de marteau de Maurice qui s'escrimait sur le plafond, Margaux et Viviane s'étaient réfugiées dans la cuisine où elles bavardaient tout en préparant des macarons. Une recette compliquée que Viviane maîtrisait bien et tentait d'apprendre à Margaux.

— Avec la poche à douille, il faut faire des petits tas de la même taille. Pendant qu'ils cuiront, je vous montrerai pour la ganache. Chocolat blanc ?

Margaux acquiesça distraitement, peu motivée. Ce qui l'intéressait, c'était plutôt de faire parler Viviane pour en apprendre davantage sur les Saint-Sauveur.

— C'est étrange, Axel a plus de souvenirs avec vous et Maurice qu'avec ses parents.

— Lucile et Henri se disputaient souvent, expliqua Viviane. Quand mon frère m'appelait pour me demander de prendre Axel quelques jours, c'est que le couple allait mal. Et comme j'aimais beaucoup mon frère, j'étais triste pour lui. Mais je pense que Lucile n'était pas faite pour la maternité. D'ailleurs, après la naissance d'Axel, elle a déclaré qu'elle ne voulait plus d'enfants. Henri l'a mal vécu, il rêvait d'une famille nombreuse.

— Comment était-il ?

— Malheureusement très amoureux de sa femme et donc faible devant elle. Jamais il n'aurait dû l'épouser ! Ni la suivre à Paris alors qu'il était très attaché aux Engoulevents malgré tout.

— Pourquoi « malgré tout » ?

— Parce que nous n'y avions pas eu une enfance très gaie. Une des raisons qui m'ont fait tomber sous le charme de Maurice est qu'il aime rire et plaisanter, que la fantaisie ne lui fait pas peur. Ici, quand j'étais petite fille, les repas étaient silencieux, compassés, sinistres !

Viviane se tourna vers Margaux pour ajouter :

— Quel bonheur que vous ayez remis de la joie dans cette maison ! Elle en avait bien besoin… Elle n'a pas de mauvaises ondes, c'est une bâtisse bienveillante.

Margaux éclata de rire, trouvant l'expression surréaliste.

— Vous devez me prendre pour une folle, s'amusa Viviane. Pourtant, il y a des lieux maudits. On parle de la mémoire des murs, et ceux qui ont abrité des drames vous en restituent l'atmosphère lourde.

— Vous y croyez vraiment ?

— Quand on a grandi dans ce cadre, on peut croire à tout.

Elle l'affirmait d'un ton léger, comme si elle n'était plus concernée depuis qu'elle vivait ailleurs.

— Axel m'a raconté qu'il était fasciné, enfant, lorsqu'il rôdait autour du manoir sans pouvoir y entrer.

— Sa mère le lui avait interdit, je n'ai jamais compris pourquoi. Il n'y avait plus de meubles, d'accord, mais enfin rien ne menaçait de s'effondrer, ce n'était pas dangereux. Elle devait craindre qu'il s'attache à ce lieu, comme son père. Car même s'il le cachait, Henri en était nostalgique.

— Votre frère aimait donc Les Engoulevents, alors que vous-même les avez quittés sans regret ?

— Il adorait le parc parce qu'il grimpait aux arbres, mais pas moi. Adolescent, il s'était fait un repaire dans le grenier où il invitait ses copains à jouer aux cartes sans que nos parents le sachent. Et quand on commençait une partie de cache-cache, il se planquait dans les caves, persuadé que je n'oserais pas y descendre. Bref, des trucs de garçon alors que j'étais très fifille. Ma mère m'a appris à cuisiner, à coudre, et j'aimais ça. En revanche, notre père n'apprenait rien à Henri, il était trop grognon, rongé par ses problèmes d'argent, aigri.

— J'aurais bien aimé le connaître.

— Mon père ?

— Non ! Votre frère, Henri. Le grand-père des enfants. Celui qui aurait été mon beau-père.

— Je ne suis pas sûre que vous puissiez apprécier les gens faibles, Margaux. Or il l'était, il en avait bien conscience. Et je sais, parce qu'il me l'a confié, qu'il ne voulait pas que son fils le devienne. Voilà pourquoi il était rassuré quand Axel venait chez nous. Il se disait que Maurice lui apprendrait des tas de choses viriles comme la pêche en mer ou le rugby, et que pour ma part je lui donnerais la tendresse dont Lucile était dénuée. Un enfant mal ou peu aimé traîne ce manque toute sa vie.

Margaux fronça les sourcils, réfléchissant aux paroles de Viviane. Axel était-il faible ? Non, elle l'avait toujours senti solide, jusqu'au jour où elle l'avait trahi et déstabilisé. Mais en s'installant ici, il avait repris de l'assurance, et si ce n'était pas dans son couple, c'était au moins dans sa propre existence. Avec Tournepierre, il avait prouvé qu'il pouvait se donner du mal, et à présent il semblait avoir retrouvé beaucoup d'enthousiasme pour son métier d'écrivain. Si seulement cette nouvelle disposition d'esprit le conduisait enfin au succès…

Devant son silence, Viviane changea de sujet.

— Quand partez-vous à Paris ?

— Demain. Pourrez-vous avoir un œil sur les enfants ?

— Je viendrai tous les jours, soyez tranquille.

Margaux ne l'était pas, mais elle se garda bien de le dire.

— Nos macarons sont cuits ! s'exclama Viviane en ouvrant la porte du four. Je vais mettre un peu d'eau sous la feuille de papier sulfurisé pour pouvoir les décoller sans les abîmer.

Cette femme avait le don de rendre les atmosphères douillettes, et ce n'était pas seulement parce qu'il faisait chaud dans la cuisine. Comme souvent, Margaux l'envia pour la sérénité et la bonté qu'elle dégageait. Entre elle et Maurice, Axel avait sûrement été un enfant heureux lors de ses séjours à Granville. En venant s'installer ici, sans doute avait-il espéré le retour de ce bonheur ancien, cette fois auprès de sa femme. À Margaux de tout mettre en œuvre pour le faire revivre.

Tout en observant Viviane qui déposait avec précaution la ganache sur les moitiés de macaron, elle songea à son rendez-vous parisien et s'aperçut que, si elle en avait eu la possibilité, elle l'aurait annulé. Mais elle n'avait pas le choix, elle devait y aller.

5

Axel poussa un soupir de satisfaction et enregistra son texte avant de se lever pour s'étirer. Il était resté trop longtemps assis devant son ordinateur, il avait des crampes dans la nuque et les épaules, mais il était très content du premier chapitre qu'il avait écrit d'un seul jet.

Il était déjà quatre heures de l'après-midi, un dernier rayon du soleil d'hiver caressait la façade du manoir. Pour une fois, il avait fait beau, cependant Axel n'était pas sorti depuis son retour de la gare. Ce matin, en voyant partir Margaux, son sac de voyage à la main, il avait réussi à conserver un vague sourire jusqu'à ce qu'elle se retourne et lui adresse un signe de la main. Ensuite, une chape de plomb s'était abattue sur lui. Allait-elle revoir Gabriel aujourd'hui ? Même si elle ne le souhaitait pas, ce type aurait-il le culot de s'imposer ? Il semblait bien qu'elle ait tourné la page, du moins l'affirmait-elle, mais lui ?

Axel aurait voulu ne pas douter de Margaux mais il n'y parvenait pas. En fait, il ne pensait qu'à ce rendez-vous parisien depuis le moment où Margaux avait précisé que sa cliente était une amie de Gabriel. Une amie ! Comme c'était facile… Il regrettait de ne pas avoir accepté qu'elle annule tout. Sauf qu'elle avait déjà consacré à ce projet des heures et des heures de travail.

Saisi d'une idée, il se rassit devant l'ordinateur, alla sur le site de sa banque, entra les codes d'accès. Sans surprise, les comptes étaient au plus bas. Le sien, celui de Margaux et leur compte joint affichaient de maigres soldes. Au moins, ils n'étaient pas débiteurs. Il y avait même un peu d'argent sur celui ouvert spécialement pour Tournepierre. D'ailleurs, les réservations étaient nombreuses pour les week-ends à venir, ce qui promettait quelques rentrées. Mais ce bilan bancaire prouvait que le travail de Margaux restait indispensable. Laisser tomber son contrat avec la cliente américaine aurait été stupide, surtout pour une question de jalousie.

Il quitta de nouveau son siège pour arpenter la pièce. Même s'il n'était pas convaincu, il devait faire confiance à sa femme. Une confiance qu'elle avait trahie, oui, mais il ne pourrait pas douter d'elle durant des années, ou alors leur mariage sombrerait. L'épisode Gabriel Maréchal était clos et il n'y en aurait pas d'autre, autant s'en persuader.

*

À son grand regret, Margaux avait dû concéder quelques modifications à sa cliente dont le goût tapageur ruinait la sobriété et l'élégance des plans d'aménagement.

— Il n'y a pas assez de dorures dans tout ça… conclut Laureen. Sinon, ça me plaît beaucoup !

Margaux reprit son ordinateur portable, ajouta quelques traits jaunes ici et là.

— Oui, c'est mieux, je préfère, approuva l'Américaine. Et j'aimerais bien deux statues dans l'entrée.

— Des statues ? répéta Margaux, incrédule. De quel genre ?

— Des femmes avec des vêtements drapés. Vous voyez ?

— Absolument. Mais c'est de la décoration, pas de l'aménagement.

— Chargez-vous du tout. Bien entendu, je vous paierai en conséquence pour le travail supplémentaire. Je n'ai pas envie qu'un décorateur s'en mêle. Entre femmes, on se comprend mieux.

Le thé, servi au début du rendez-vous, avait refroidi dans les tasses.

— Ce ne sera pas très facile de trouver vos statues, argumenta Margaux.

— Oh, je ne tiens pas à des choses authentiques ! Des copies feront l'affaire si elles sont jolies.

Réprimant un sourire ironique, Margaux acquiesça. Elle comptait demander à ses parents où trouver des trucs pareils. En pierre ? En marbre ?

Un discret carillon fit soudain se lever Laureen qui disparut quelques instants avant de revenir en clamant :

— Voilà mon ami Gabriel ! Comme vous le savez, c'est lui qui m'a adressée à vous et je l'en remercie. D'ailleurs, on va lui montrer nos magnifiques plans…

Choquée, mais pas vraiment surprise, Margaux se leva à son tour. Se retrouver face à Gabriel provoqua chez elle une sensation de creux à l'estomac, de souffle coupé. Elle remarqua qu'il avait maigri, qu'il était toujours aussi élégant et qu'il dégageait le même charme.

— Bonjour, Margaux, je suis heureux de te revoir.

Sa voix, dont elle se souvenait trop bien, exprimait une sorte d'inquiétude. Craignait-il qu'elle lui tourne le dos ?

— Gabriel…

Luttant contre des sentiments confus et dérangeants, elle se réfugia derrière l'humour.

— Tu passais par hasard ?

— Par curiosité. J'étais impatient de découvrir ce que tu vas faire de ce duplex.

Leur malaise devait être assez évident pour que Laureen déclare :

— Le thé est froid, je vais en refaire.

— Du thé ? Vraiment ? s'amusa Gabriel.

— Ah, tu ne changes pas ! Mais c'est entendu, je sais ce qui va te plaire… Champagne pour tout le monde !

Elle s'éclipsa et ils se retrouvèrent l'un devant l'autre.

— C'était arrangé d'avance, n'est-ce pas ? murmura Margaux.

— Je le voulais tellement…

— Pourquoi ?

— Tu m'as quitté trop vite. Sans me laisser le temps de me battre pour te garder.

— Un combat inutile, Gabriel. Je suis retournée auprès de mon mari et de mes enfants, là est ma vraie place.

— Et tu y es heureuse ? Ta place est au fond d'un trou perdu ?

Comme elle ne disait rien, il franchit le pas qui les séparait et s'arrêta juste devant elle. Il la regardait avec une telle intensité qu'elle se sentit très mal à l'aise. Elle percevait les effluves de son eau de toilette, voyait une veine battre sur sa tempe et trop de souvenirs la submergeaient.

— Je n'ai pas cessé de t'aimer, articula-t-il. Et toi ? Tu m'as tout à fait oublié ?

Instinctivement, pour se préserver, elle recula avant de répondre :

— Tu n'es pas un homme qu'on oublie. Mais j'ai choisi.

— Est-ce qu'au moins tu veux bien dîner avec moi avant de quitter Paris ?

S'apercevant que la tentation d'accepter était forte, elle reprit in extremis le contrôle d'elle-même.

— Non, Gabriel, non.

— Pourquoi ? s'emporta-t-il. Si tu ne m'aimes plus, tu ne risques rien !

Le bruit des pas de Laureen les fit taire.

— Voilà ! dit-elle en entrant. J'ai pris des coupes car je déteste les flûtes qui font remonter les bulles dans le nez. Pour le champagne, c'est du Ruinart, je me souviens de tes préférences, Gabriel. Je te laisse l'ouvrir…

Elle parlait de façon volubile, ayant deviné – ou entendu – que l'échange n'avait pas tourné en faveur de son ami. Margaux lui adressa un petit sourire très artificiel avant d'aller se rasseoir puisqu'elle ne pouvait décemment pas partir maintenant. Néanmoins, l'impression d'avoir été piégée l'agaçait.

— Alors, ces plans ? réussit à dire Gabriel.

Bien que sa déception soit évidente, il restait courtois. Il ouvrit le champagne, servit les coupes, puis il prit place à côté de Margaux, sans toutefois la toucher, se pencha vers l'ordinateur portable et fit mine d'écouter les explications de Laureen.

*

Axel avait vérifié les devoirs des enfants avant de réchauffer la blanquette de Viviane. Celle-ci, attentive et dévouée, avait déposé sa marmite dans l'après-midi sans déranger Axel.

— Tu nous mets le couvert, Rodolphe ?

— Pourquoi moi ? Pourquoi pas Angélique ?

— Parce que ce n'est pas toujours aux filles d'assurer le confort des garçons ! riposta l'adolescente.

— D'accord, bougonna son frère, mais tu débarrasseras.

Amusé par leurs sempiternelles chamailleries, Axel leva la main pour les faire taire.

— J'ai reçu une nouvelle photo de Samba, annonça-t-il.

Ils se précipitèrent vers le téléphone de leur père et s'extasièrent en même temps.

— D'après son éleveur, elle vient d'être sevrée. Nous pourrons donc l'avoir pour Noël, comme prévu.

Les questions fusèrent pour savoir où elle dormirait et ce qu'elle mangerait.

— Maurice a proposé, comme cadeaux sous le sapin, de nous acheter un panier pour elle, un collier avec sa médaille, une laisse et des jouets ! s'exclama Angélique.

— Lui, on sait pourquoi on l'aime… dit Axel d'une voix songeuse.

Son oncle savait toujours trouver ce qui faisait vraiment plaisir. Axel lui devait son premier ballon et sa première canne à pêche, que ses parents n'auraient jamais pensé à lui offrir.

— Elle pourra dormir dans ma chambre, proposa Angélique.

— Non, dans la mienne ! s'insurgea son frère.

— Ni dans l'une ni dans l'autre. Elle dormira dans la cuisine. C'est la place d'un chien de garde, non ? Et mieux vaut l'y habituer dès son arrivée chez nous. J'ai lu pas mal de trucs sur Internet concernant l'éducation d'un chiot. Faites-en autant, mes chéris.

De temps à autre, il jetait un coup d'œil à son téléphone, posé à côté de lui sur le plan de travail. Margaux devait avoir terminé son rendez-vous et il espérait un message. Ils avaient convenu de s'appeler après le dîner, une fois les enfants dans leurs chambres et Margaux tranquille dans son hôtel, mais Axel se sentait aussi anxieux qu'impatient.

— Ça sent bon… soupira Rodolphe d'un air émerveillé.

Il grandissait, forcissait, il subissait des poussées de croissance comme tout adolescent. À quel âge deviendrait-il, presque immanquablement, boudeur et rebelle ? Durant ce premier trimestre au collège de Granville, il ne semblait pas s'être fait beaucoup d'amis alors qu'Angélique commençait à inviter des copines de classe pour des soirées pyjama.

— Je trouve que tu ne fais pas assez de sport, déclara Axel en se tournant vers lui. Après les vacances de Noël, tu devrais t'inscrire dans une discipline qui te plairait. Tennis, foot, escalade, judo ?

Son fils le considérait avec un étonnement évident et il tarda à répondre.

— Eh bien… Je pensais que ce n'était pas le moment de faire des dépenses supplémentaires.

Ému par cette réponse, Axel alla tapoter gentiment l'épaule de Rodolphe.

— Ne t'inquiète donc pas pour ça, mais tu es gentil d'y avoir pensé.

Il ne voulait pas entrer dans les détails et parler d'argent avec ses enfants. Néanmoins, ils étaient assez grands pour comprendre que l'emménagement aux Engoulevents avait coûté cher.

Ils dînèrent en bavardant gaiement puis ce fut enfin l'heure d'aller se coucher. Quand il fut seul dans sa chambre, Axel s'assit au pied du lit et se mit à attendre.

*

Margaux avait passé la soirée chez ses parents avant de rentrer à son hôtel en taxi. Elle aurait volontiers pris une douche d'abord, mais elle ne pouvait plus retarder le moment d'appeler Axel comme elle le lui avait promis. Elle s'installa derrière la tablette qui servait de bureau et s'accorda le temps de réfléchir encore. Pas question de mentir, elle se l'était juré, elle devait donc mentionner l'irruption de Gabriel chez sa cliente. Axel allait forcément mal le prendre puisque c'était ce qu'il avait redouté. Imaginerait-il que cette rencontre avait été organisée d'avance, avec l'accord de Margaux ? Et comment le persuader qu'elle n'y était pour rien ? À une autre époque, il l'aurait crue sur parole, hélas maintenant il n'avait plus confiance en elle.

Elle leva la tête vers le miroir qui surplombait la tablette et s'observa sans indulgence. Elle s'en tiendrait à la vérité, très bien, mais jusqu'où ? Car même si elle avait refusé de dîner avec Gabriel, même si elle était partie la première, pouvait-elle affirmer qu'elle était restée indifférente ? Le revoir avait réveillé tant de choses enfouies… Elle ne se demandait pas pourquoi elle avait cédé à cet homme ni pourquoi elle avait eu une liaison avec lui, elle connaissait la réponse rien qu'en le regardant. Aujourd'hui, elle avait résisté à la tentation, cependant elle l'avait éprouvée.

Nerveuse, elle saisit son téléphone et sélectionna le numéro d'Axel, qui répondit à la première sonnerie.

— Enfin ! Je suis content de t'entendre, ma chérie.

— Moi aussi. J'ai dîné chez mes parents, je viens juste de rentrer. Rien de nouveau à la maison ?

— Non, tout va bien. Nous avons mangé une blanquette que Viviane nous avait déposée, et là les enfants sont dans leurs chambres. On peut bavarder… Comment s'est passé ton rendez-vous ?

— Bien. Laureen a validé l'essentiel, il n'y aura que quelques modifications mineures. Elle aime les dorures et tout ce qui brille !

Elle l'entendit rire, mais très vite il posa la question qu'elle attendait.

— À part ça ? Rien d'autre ?

Luttant contre une terrible envie de mentir pour le préserver, elle lâcha d'une traite :

— Gabriel est arrivé comme par hasard. Elle avait dû le prévenir, ils sont très amis.

— Ah… Et puis ?

— Rien. Je ne souhaitais pas le voir, je suis partie peu après.

Le silence s'éternisa avant qu'Axel ne reprenne la parole.

— Je déteste savoir ça. Mais au fond, je préfère.

— Tu préfères, c'est-à-dire ?

— Que tu me le dises, que tu sois partie. Sans regrets ?

— Aucun.

Ce mot-là était peut-être un petit mensonge, pourtant elle l'avait proféré d'une voix ferme.

— Est-ce qu'il sera systématiquement là quand tu auras rendez-vous avec ta cliente ?

— Je ne pense pas. Et je demanderai à Laureen de passer le message.

Il n'existait pas d'autre moyen de rassurer Axel, toutefois elle connaissait l'entêtement de Gabriel. Se contenterait-il du refus qu'elle lui avait opposé aujourd'hui ou reviendrait-il à la charge ? Avait-il perçu une petite faille chez elle ? Une hésitation vite rejetée mais qu'elle avait sentie. De ça, au moins, elle ne voulait pas discuter avec Axel. À sa grande surprise, elle l'entendit murmurer :

— Je t'aime, Margaux.

— Moi aussi, je t'aime.

Un aveu spontané, une réalité indiscutable. Elle aimait son mari et continuerait de s'accrocher à la reconstruction de leur couple. Son choix de rester avec lui n'avait pas été dicté par le devoir. Peut-être ne la faisait-il plus rêver mais ils étaient liés par des sentiments plus profonds que n'importe quelle chimère.

— Je serai à la gare demain, promit-il après un silence significatif.

Depuis combien de temps ne s'étaient-ils pas dit de vrais mots d'amour, sans aucune arrière-pensée ? Un peu apaisée, Margaux gagna la salle de bains et ouvrit les robinets de la baignoire, négligeant la douche. Elle allait se détendre et essayer de ne penser qu'à Axel, à personne d'autre. Son portable émit alors les deux bips signalant l'arrivée d'un message. Il émanait de Gabriel et elle eut un pincement au cœur en le lisant : « J'ai été très heureux de te voir car tu es toujours aussi belle, mais très triste que tu me tiennes à distance. N'oublie jamais que je t'aime. » Exactement ce que son mari venait de lui dire – et de nouveau cette affreuse sensation de se trouver entre deux hommes. Tout l'apaisement apporté par sa conversation avec Axel venait de disparaître, mais pas question de se laisser ébranler. Elle effaça le message et posa rageusement son portable sur le bord du lavabo. Pourquoi Gabriel la poursuivait-il ? N'avait-elle pas été assez claire, assez distante comme il le faisait remarquer ? Elle n'avait pas l'intention de lui répondre, ni de le revoir, et il allait devoir l'accepter. L'éloignement et le silence finiraient bien par régler le problème.

*

— Et voilà ! s'écria Maurice en descendant de l'échafaudage qu'il avait installé dans le salon.

Il n'y avait que quelques gravats sur la bâche, au sol, car il nettoyait le chantier chaque soir. Désormais, le plafond à caissons apparaissait dans son ensemble et la pièce avait pris une tout autre allure.

— C'est magnifique, s'écria Viviane.

Jamais elle ne s'était doutée de la présence de cette merveille lorsqu'elle habitait encore le manoir dans sa jeunesse. Les couleurs des motifs géométriques au fond des caissons, bleu azur et bordeaux, étaient intactes puisqu'elles avaient été préservées, tout comme les poutres de chêne clair.

Margaux, qui revenait de la gare en tenant Axel par la main, resta une longue minute la tête levée, muette d'admiration.

— Maurice, vous avez fait un travail formidable, rien n'est abîmé !

— J'ai mesuré mes coups de masse, répliqua-t-il en souriant.

— Là, vraiment, ajouta-t-elle, ce salon a une de ces allures…

— Il est plus joyeux, renchérit Viviane.

— Vous le trouvez gai ?

— Davantage qu'avec un plafond de plâtre devenu grisâtre au fil du temps et des feux de cheminée.

Margaux imaginait déjà ce qu'elle pourrait faire de cette pièce et elle se sentait très excitée.

— En tout cas, déclara-t-elle, c'est ici que nous allons installer le sapin de Noël !

— On pourrait aussi y réveillonner ? suggéra Axel. À condition de pouvoir allumer une bonne flambée pour se réchauffer.

— Si c'est ce que vous souhaitez, intervint Maurice, on doit d'abord ramoner. Depuis toutes ces années où le conduit n'a pas été utilisé, des oiseaux ont pu y faire des nids, ou des guêpes…

— Il y a une femme sur la pelouse, dit Viviane qui se trouvait près d'une fenêtre. Peut-être quelqu'un pour Tournepierre ?

Axel alla jeter un coup d'œil, surpris qu'un client ne se soit pas annoncé, et aussitôt il parut un peu embarrassé.

— Qui est-ce ? demanda Margaux en s'approchant. Tu la connais ?

— C'est Clémence, la responsable de la médiathèque.

Margaux attendit une explication quelconque mais Axel filait déjà vers l'entrée.

— Il a sans doute oublié quelque chose là-bas, suggéra Viviane qui avait dû percevoir la gêne de son neveu. Un document ou…

— Un Bic ? ironisa Margaux.

Cette fille poursuivait son mari jusqu'ici ? Une pointe de jalousie lui ôta la bonne humeur qu'elle conservait depuis son arrivée à la gare. Découvrir Axel l'attendant sur le quai et non pas dans sa voiture l'avait émue et ils s'étaient enlacés avec une vraie tendresse.

— Elle photographie la maison, constata-t-elle. Eh bien, je vais aller la saluer !

Elle voulait surtout la voir de près. Au moment où elle sortait à son tour, Rodolphe et Angélique étaient en train de traverser la pelouse. Ils s'arrêtèrent un instant pour dire un mot à leur père et adresser un simple signe de tête à la visiteuse. Quand ils croisèrent Margaux, elle surprit le regard que lui lançait sa fille, comme un avertissement.

— Les profs font grève, annonça Rodolphe, on n'a pas cours cet après-midi.

Angélique fixait toujours sa mère et celle-ci acquiesça d'un battement de cils, faisant comprendre qu'elle avait reçu le message. Elle rejoignit Axel et Clémence, se présenta puis désigna l'appareil photo.

— Vous immortalisez notre maison ? s'enquit-elle avec un sourire forcé.

— Axel m'en avait donné l'autorisation alors j'ai profité de ma pause déjeuner pour venir. Les clichés sont destinés aux archives de la médiathèque car nous n'en possédons que de médiocres de ce manoir... Les Engoulevents, quel joli nom, et quelle belle propriété ! La vue est unique.

La manière dont la jeune fille avait prononcé le prénom de son mari agaça Margaux. Et tandis qu'Axel se lançait dans des explications, évoquant l'ancêtre passionné d'ornithologie, elle en profita pour détailler Clémence. Jolie, mais très jeune, timide et éperdue d'admiration devant Axel. Il devait se sentir important pour elle, endossant avec fierté son statut d'historien.

— Votre roman avance ? demanda Clémence d'un ton enthousiaste.

Un roman ? C'était ce qu'Axel préparait ? Pourquoi ne lui en avait-il rien dit alors qu'il s'était confié à cette fille ? Margaux s'aperçut qu'elle n'avait pas beaucoup interrogé son mari, persuadée qu'il en était encore à la biographie de quelque personnage de la Renaissance, sa période de prédilection. Ne se parlaient-ils plus, tous les deux, que de choses insignifiantes alors qu'elle le lui avait justement reproché ? Axel s'intéressait au travail de Margaux mais la réciproque n'était pas vraie.

— Vital… disait Clémence. Un prénom ancien ?

Margaux n'avait aucune raison d'interrompre cet échange, pourtant elle le fit de façon abrupte.

— Il commence à pleuvoir, déclara-t-elle en espérant que la séance de photos était terminée.

— Allons nous mettre à l'abri, suggéra Axel.

Il prit Clémence par le bras pour l'entraîner vers le perron sous le regard exaspéré de Margaux. La pluie était censée faire fuir la jeune fille, pas l'inviter à se réchauffer ! À peine rentrée, Margaux fila dans son bureau dont elle ferma la porte. Tout le plaisir de retrouver Axel à la gare avait disparu. Elle n'était pas habituée à ce qu'il prête attention à d'autres femmes et la petite morsure de jalousie qu'elle ressentait l'humiliait. Mais comment ne pas penser à ce qu'il avait dû endurer, lui, en découvrant que Margaux le trompait ? Sa souffrance avait évidemment été bien au-delà…

Désemparée, elle s'assit devant son ordinateur tout en se sachant incapable de travailler pour l'instant. Combien de temps allait-elle payer pour avoir trahi Axel ? Chaque situation lui rappellerait-elle impitoyablement sa faute, ses mensonges ? La culpabilité ne la quitterait-elle donc jamais ?

Elle essuya rageusement une larme, bien décidée à ne pas pleurer sur son sort. Si Axel était tenté de se laisser admirer par cette fille, elle n'y pouvait rien. Elle avait vécu la même chose avec la manière dont Gabriel la regardait lors de leurs rendez-vous. Il n'examinait pas les plans qu'elle lui soumettait : il ne pouvait pas s'empêcher de la contempler, subjugué, et elle avait apprécié cet hommage venant d'un homme si séduisant. De là était née la tentation.

La porte s'ouvrit brusquement et Angélique fit irruption.

— Elle est partie ! annonça-t-elle joyeusement. Partie en multipliant les remerciements alors que papa lui a seulement prêté un parapluie. Mais il n'a pas résisté au plaisir de lui montrer le salon et, bien entendu, elle s'est extasiée. Qu'elle a l'air bête quand elle lui parle ! Tu as vu ça ?

— Oui, j'ai vu.

— Ne t'inquiète pas, je suis sûre que papa s'en fout. Tous les deux, vous êtes un couple tellement formidable…

En le disant, elle semblait guetter une réaction. Avait-elle remarqué des tensions entre ses parents ?

— Je ne m'inquiète pas, chérie, répondit Margaux d'un ton apaisant.

Ni elle ni Axel, elle en était certaine, n'avait parlé aux enfants de la crise vécue quelques mois plus tôt. Mais Angélique et Rodolphe étaient observateurs et vivre sous le même toit, surtout dans un appartement, ne permettait pas de garder des secrets.

— Ton père a une admiratrice, ça doit l'amuser, rien de plus.

Angélique hocha la tête et fit mine de partir mais sur le seuil elle s'arrêta et se retourna.

— Tu vas aller encore souvent à Paris ?

— Sans doute plusieurs fois.

— Tu ne peux pas trouver des clients dans la région ?

— D'ici quelque temps, oui, je l'espère.

— Ce sera mieux, maman. Je n'aime pas quand tu pars.

Cette déclaration rendit Margaux songeuse. Était-ce une sorte de mise en garde ? Que craignait sa fille ? L'assiduité d'Axel à la médiathèque puis la visite de cette Clémence l'avaient peut-être inquiétée. Ou bien elle n'était pas encore tout à fait à l'aise dans la nouvelle vie imposée par ses parents. Changer de ville, de collège, perdre ses amies et ses habitudes parisiennes, tout cela devait la perturber. Mais Margaux serait bien obligée de retourner à Paris pour le chantier de Laureen, elle pouvait seulement limiter la durée de ses séjours. S'éloigner le moins possible des Engoulevents, pas uniquement pour sa fille mais aussi pour Axel. Et ainsi éviter, à elle-même comme à son mari, des tentations indésirables…

En tout cas, les propos de sa fille allaient la pousser à chercher des clients en Normandie, ce qu'elle n'avait pas vraiment fait jusque-là. Abandonner l'idée d'une carrière à Paris n'était somme toute pas un si gros sacrifice car elle devinait qu'elle finirait par se plaire pour de bon aux Engoulevents. À condition de gagner la bataille pour la reconstruction de son couple.

À nouveau motivée, elle ouvrit son ordinateur.

*

Axel avait vu la réaction de Margaux, et il s'en voulait d'en avoir éprouvé une petite satisfaction. La rendre jalouse n'avait pourtant pas été son but, d'ailleurs il avait oublié Clémence et ne se souvenait plus de sa demande de venir visiter le manoir pour le photographier. Néanmoins, que Margaux découvre, ne serait-ce qu'un instant, l'effet produit par ce sentiment empoisonné de la jalousie ne lui déplaisait pas. Ni qu'elle constate que son mari pouvait plaire à d'autres femmes et que rien n'était jamais définitivement acquis en amour. Lui-même durant des années ne s'était pas posé de questions au sujet de sa femme, persuadé de sa fidélité indéfectible. Un leurre, car le couple le plus solide et le plus fusionnel n'était pas à l'abri d'une crise. Le quotidien, hélas, endormait la notion de risque. On avait l'habitude de s'aimer, on avait prêté serment pour la vie, on croyait l'autre à soi et on coulait des jours tranquilles – jusqu'au moment de la chute.

Cependant, Axel ne voulait ni revanche ni faire le malheur de Margaux pour la punir. Elle s'était punie toute seule en acceptant de changer de vie. Quant à lui, il avait assez souffert, inutile de ressasser ses griefs. Il se dirigea vers le bureau de Margaux, entra sans frapper, décidé à retrouver une intimité naturelle avec elle.

— Si tu es en plein travail… commença-t-il.

— Oui, mais une pause sera bienvenue.

— Tant mieux, c'est l'heure de déjeuner ! J'ai proposé à Viviane et Maurice de rester. Il vient juste de finir de débarrasser son chantier.

— Il a fait un boulot formidable, ce salon deviendra merveilleux.

— Rien ne presse. On verra ça quand nous aurons les moyens d'en faire ce que tu veux.

— Ton amie Clémence n'a pas photographié le plafond ? Pour les archives de la médiathèque, bien sûr…

Mais elle avait souri en le disant et Axel se contenta de répliquer :

— Cette jeune femme n'est pas mon amie. Je l'ai rencontrée en tant que responsable de la médiathèque et elle a facilité mes recherches, rien d'autre.

— En tout cas, tu l'impressionnes beaucoup. Et tu lui as parlé de ton projet de roman, elle connaît même le prénom de ton héros tandis que j'en étais restée à une biographie, celle que tu avais commencée à Paris.

— Je lui en ai parlé parce qu'elle s'intéressait à mon travail.

— Ce qui n'est pas mon cas ? Tu oublies à quel point tu as pu être secret, renfermé…

— Parce que je n'étais pas enthousiaste. Je doutais de la valeur de mes écrits. Des manuscrits redondants qui n'apportaient rien de nouveau à ce qu'on sait déjà. J'ai longtemps été un élève studieux sans autre ambition que la reconnaissance des autres historiens. C'est comme si j'avais voulu appartenir à un club qui m'est resté fermé.

Margaux demeura silencieuse, sidérée par cette confidence qu'elle n'attendait pas. Pour une fois, Axel livrait ses frustrations, lui faisant ainsi comprendre qu'elle avait toujours été trop occupée par d'autres choses et ne s'était jamais mise à sa place.

— Alors tu changes ton fusil d'épaule ? finit-elle par demander.

— Je me lance dans la fiction. Un cadre historique authentique, mais des aventures inventées. Rocambolesques !

Il semblait très réjoui par cette perspective et plus combatif qu'il ne l'avait été depuis des années.

Ils échangèrent un sourire puis Axel se pencha pour l'embrasser. Soulagée par tout ce qu'ils venaient de se dire, elle le regarda sortir avant de se remettre au travail. Un peu plus tard, elle consulta ses messages et, entre deux publicités indésirables qu'elle supprima, elle en trouva un de Laureen. Celle-ci réclamait un nouveau rendez-vous avant Noël, ce qui contraria Margaux. L'idée de retourner si rapidement à Paris lui déplaisait, d'autant plus qu'elle n'en voyait pas la nécessité dans l'immédiat. Était-ce un caprice de sa cliente ou Gabriel lui forçait-il la main ? Elle le savait capable de s'obstiner tant qu'il n'obtenait pas ce qu'il voulait. Accepter ce rendez-vous, s'il se révélait un piège, serait une erreur. Mécontenter sa cliente aussi. Et comment Axel réagirait-il à ce nouveau séjour parisien, si proche du précédent ?

Elle prit son temps pour rédiger une réponse circonstanciée, argumentant que les échanges pouvaient très bien se faire par Internet, en 3D et en couleurs, qu'elle était à la disposition de Laureen pour toute modification souhaitée, qu'elle lui adresserait des plans détaillés pour chaque pièce mais que malheureusement elle était très prise durant toute la fin du mois de décembre et ne pouvait faire le déplacement. Restait à espérer que Laureen ne se vexe pas. Ce contrat n'était pas seulement important financièrement, il pouvait en susciter d'autres tant que Margaux ne trouverait pas de clients plus proches. Et surtout elle était fière de l'aménagement qu'elle avait imaginé pour ce beau duplex, qui s'ajouterait à la liste de ses réalisations. Elle devait donc impérativement ménager la chèvre et le chou, c'est-à-dire Laureen et Axel, sans se soucier de ce que manigançait Gabriel.

Souffler sur les braises était toujours une mauvaise idée et leur amour n'avait été qu'un feu de paille. Du moins s'en persuadait-elle. Avec lui, elle avait été attirée par un sentiment de nouveauté, d'inconnu, et peut-être aussi par le frisson du danger. Un vertige qui lui donnait alors l'illusion de vivre intensément. Somme toute, un mirage qui lui coûtait cher et elle ne voulait plus y céder.

Elle envoya le mail pour se libérer.

*

En fin d'après-midi, alors qu'il faisait déjà nuit, une voiture vint bruyamment se ranger devant le perron, faisant voler les graviers. Sacha en descendit au moment où Axel ouvrait la porte, intrigué par cette visite tardive.

— Salut, l'historien ! claironna Sacha. Content de me voir ? J'ai loué ce joli coupé, je voulais vous faire la surprise.

— En effet, ce n'était pas prévu…

Comme chaque fois qu'il voyait son beau-frère, Axel était mitigé mais il fit l'effort de se montrer accueillant.

— Margaux sera contente, affirma-t-il sans savoir si c'était vrai.

— J'avais proposé aux parents de venir avec moi mais ils ne voulaient pas vous envahir trop longtemps. Ils arriveront par le train la veille du réveillon.

Axel réprima un sourire. La délicatesse de ses beaux-parents était manifestement étrangère à Sacha.

— Rentrons, il fait froid. Je t'aide pour tes bagages ?

— Avec plaisir. Les cadeaux de Noël prennent une place folle dans ce mini-coffre.

— Aurais-tu gagné au loto pour louer une voiture pareille ?

— J'ai travaillé ! Ne prends pas cet air étonné, ça m'arrive. Figure-toi que j'ai aidé un copain à monter sa boutique éphémère pour les fêtes. Je lui ai fait valoir que ma sœur est designer et qu'elle m'a tout appris.

— Mais c'est faux…

— Et alors ?

Sacha éclata de rire, content de lui.

— Quand te décideras-tu à exercer un vrai métier stable ? maugréa Axel.

— Impossible, je ne sais rien faire, je n'ai aucune formation. Ce qui me rend disponible pour des tas de projets à ma guise. Et je ne veux surtout pas me mettre un boulet au pied avec un travail répétitif et déprimant. Je tiens trop à ma liberté !

Il l'énonçait comme une évidence, nullement préoccupé par l'avenir. Sa légèreté était assez déstabilisante pour Axel qui luttait pour réussir. Mais Sacha n'avait ni femme ni enfant et il continuait de vivre comme à vingt ans, grâce à la bienveillance de ses parents. Ou à leur faiblesse.

Une fois à l'intérieur, Sacha fut accueilli par les enfants avec des débordements de joie. Ils ne le tenaient pas pour responsable de leur frayeur en mer, conscients d'avoir agi bêtement, et considéraient toujours l'arrivée de leur oncle comme une perspective de moments de gaieté. Fantaisiste et permissif, Sacha leur autorisait des amusements que leurs parents auraient sans doute interdits.

Axel l'accompagna jusqu'à la chambre du second où il mit en route un radiateur électrique.

— On gèle chez vous ! fit remarquer Sacha. Où comptes-tu installer mes parents pour qu'ils n'attrapent pas la crève ?

— Tournepierre leur est réservé, c'est mon cadeau de Noël car j'avais des clients pour ces dates. Mais ils seront de plain-pied, indépendants et au chaud !

Alors qu'il allait sortir, Sacha le retint par le bras.

— Attends un peu, je voulais te poser une question…

— Vas-y.

— Eh bien, c'est un peu indiscret, mais la dernière fois que j'étais chez vous, j'ai remarqué que vous n'étiez pas… Disons, pas comme d'habitude, Margaux et toi. Est-ce que ça va entre vous ?

Pour une fois, il était sérieux, peut-être inquiet pour sa sœur, néanmoins sa demande mit Axel mal à l'aise. Ne sachant que répondre, il eut un geste d'impuissance.

— En général, vous êtes complices, insista Sacha, toujours amoureux, et là il m'a semblé que vous aviez pris une sorte de distance. J'espère que ce n'est rien de grave ?

Son beau-frère était donc plus observateur qu'Axel ne l'imaginait, cependant il n'avait pas l'intention de se confier à lui. D'ailleurs, qu'aurait-il pu lui dire ? Que Margaux l'avait trompé, qu'il était un mari cocu mais qu'il avait passé l'éponge ? Comment expliquer à un homme aussi inconstant et incapable de s'attacher que Margaux et lui s'aimaient assez profondément pour avoir décidé de sauver leur couple malgré tout ?

Devant son silence, Sacha hocha la tête.

— D'accord, j'ai compris, rien ne va plus ?

— Ne sois pas stupide. Nous connaissons des hauts et des bas, c'est normal après toutes ces années de mariage.

— Une sorte de lassitude ?

— Non ! Mais il y a eu le déménagement, il nous a fallu trouver nos marques.

— Et c'est chose faite ?

Il s'obstinait à poser des questions avec une curiosité exaspérante. Comme il n'était pas un modèle de discrétion, si Axel lui livrait la moindre information, il risquait d'en parler autour de lui. À ses parents, d'abord, qui ne manqueraient pas de s'inquiéter et d'interroger leur fille. Imaginer Margaux accusée d'adultère par sa famille était inenvisageable.

— Sacha, nous n'avons aucun problème, affirma-t-il. Tu peux comprendre que venir s'installer ici a été perturbant. Même les enfants ont eu un peu de mal à s'adapter au début. Maintenant, tout va bien, nous sommes heureux d'être aux Engoulevents.

— Sans regret aucun ? Tu en es sûr ?

Non, il n'en était pas certain mais il ne le lui dirait pas non plus. Il se contenta de lever les yeux au ciel et proposa à Sacha de descendre boire un verre.

— Margaux n'a pas dû t'entendre arriver. Quand elle est plongée dans son travail, on pourrait tirer un feu d'artifice sans qu'elle s'en aperçoive. Allons lui dire que c'est l'heure de l'apéritif !

Sa gaieté était un peu artificielle, pourtant Sacha ne remarqua rien et le suivit.

*

Dans son bureau, Margaux fixait l'écran de son téléphone, horrifiée. Un texto de petits trois mots venait de s'afficher : « Tu me fuis ? »

Gabriel avait osé lui adresser ce message au mépris de tout ce que cet envoi pouvait déclencher. Le souvenir du jour où Axel avait découvert sa liaison, justement à cause d'un texto, était encore très présent et très pénible pour Margaux, pas question de revivre ces instants. Elle l'effaça d'un geste rageur tout en se demandant si elle devait répondre. La question était évidemment motivée par son refus du rendez-vous avec Laureen, où Gabriel se serait de nouveau imposé. Il n'allait tout de même pas la poursuivre !

Elle hésita un moment. Devait-elle supprimer Gabriel de la liste de ses contacts ? Bloquer tout message venant de lui ? Une mesure de prudence vis-à-vis d'Axel et peut-être aussi d'elle-même. Car l'insistance de Gabriel était à la fois gênante et flatteuse. Il n'arrivait pas à l'oublier et se rappelait à elle dans un effort désespéré de reconquête.

Non, elle ne prendrait aucun risque, ne se laisserait pas tenter. Elle marqua son numéro comme indésirable. Sans doute serait-il vexé, triste ou en colère, mais elle ne devait pas y penser.

— Coucou, sœurette ! s'exclama Sacha en entrant. Encore au boulot ? Laisse tomber, c'est l'heure de l'apéro.

— Pourquoi ne t'annonces-tu jamais ?

— Pour ménager des surprises !

Sa gaieté fit sourire Margaux. Sacha, malgré ses défauts, finissait toujours par se rendre sympathique.

— D'accord, tu es le bienvenu, dit-elle gentiment. Allons boire ce verre, de toute façon j'avais terminé.

— Avant de rejoindre les autres, je voulais te dire que je ne t'ai acheté qu'une babiole ridicule pour Noël.

— Tu as fait comme tu pouvais, ce sera très bien.

— Non, attends, c'est parce que mon vrai cadeau est là…

D'un geste théâtral, il sortit une carte de sa poche et la lui tendit.

— Un type qui est le copain d'un copain va ouvrir une boutique à Caen. Il a acheté les murs et cherche quelqu'un pour l'agencement intérieur. D'après ce que j'ai compris, il s'agit d'un gros truc. Alors, bien sûr, j'ai vanté tes mérites professionnels ! Voilà son numéro, il attend ton appel. Et Caen n'est qu'à une centaine de kilomètres d'ici.

Margaux prit la carte de visite, la posa sur son bureau puis dévisagea son frère.

— Tu as des relations partout, on dirait ?

— Je n'ai pas de « vrai métier », comme me l'a fait remarquer ton cher mari, mais j'ai un super carnet d'adresses.

— Eh bien, tu es un bon père Noël. Merci, Sacha !

Que son frère soit pour une fois porteur de bonnes nouvelles la surprenait, néanmoins il avait pensé à elle et le « copain d'un copain » serait peut-être son premier client en Normandie.

Ils rejoignirent Axel et les enfants à la cuisine où Margaux se mit à préparer le dîner. Elle n'avait pas le savoir-faire de Viviane qui, à chacune de ses visites, régalait la famille, mais elle se débrouillait bien pour des plats simples. Elle inspecta le réfrigérateur, qui ne contenait pas grand-chose d'intéressant, et opta finalement pour un gratin de macaronis, sachant que son frère apprécierait. Tout en s'affairant, elle l'entendit dire :

— C'est ridicule d'avoir peur, Angélique ! Descends avec moi à la cave et tu verras qu'il ne s'y passe rien d'effrayant.

— Allez, ma chérie, l'encouragea Axel, avec ton oncle tu ne crains rien.

— Ne sois pas trouillarde. Moi, j'y vais tout seul sans problème, fanfaronna Rodolphe.

— Tu parles ! Tu l'as fait une seule fois et tu es remonté très vite…

— Ne vous disputez pas, vous n'avez qu'à m'accompagner tous les deux, suggéra Sacha.

Margaux les vit disparaître ensemble par la porte donnant sur l'escalier de la cave.

— Pourquoi faut-il qu'il leur propose toujours des trucs comme ça ? soupira-t-elle.

— Parce qu'il a gardé une mentalité de gamin. Ou parce qu'il tient à son rôle d'oncle rigolo, nous le savons tous les deux.

En train d'égoutter les macaronis, Margaux se retourna pour sourire à Axel. À certains moments, de plus en plus fréquents, ils retrouvaient leur ancienne complicité. Elle espéra qu'ils étaient sur la bonne voie et qu'avec le temps ils arriveraient à guérir cette blessure qui les séparait encore.

Un peu plus tard, alors qu'elle s'apprêtait à glisser son plat dans le four, des hurlements stridents la firent sursauter et elle se brûla la main. De justesse, elle réussit à enfourner le gratin et se précipita vers l'évier pour mettre sa main sous l'eau froide.

— Tu t'es fait mal ? s'inquiéta Axel.

— J'ai touché une des grilles du four à cause de ces trois idiots qui jouent au train fantôme sous nos pieds !

Il vint à côté d'elle, se pencha pour examiner la brûlure.

— Laisse-la sous l'eau, je vais chercher de la Biafine.

De nouveaux cris, moins violents, furent suivis d'une galopade dans l'escalier. Angélique émergea la première, tout essoufflée, suivie de près par son frère puis par Sacha qui portait deux bouteilles de vin.

— Vous avez rencontré un squelette, un revenant ? Quelque chose d'abominable ? les nargua Axel.

— Je dois reconnaître qu'il y a des ombres partout dans votre fichue cave, répliqua Sacha.

— Ce n'est pas toi qui t'es amusé à leur faire peur ?

— J'en avais bien l'intention mais je n'en ai pas eu le temps, Angélique s'est mise à hurler.

— J'ai vu quelque chose, j'en suis sûre, se défendit la jeune fille.

— De quel genre ?

— Un truc sombre qui glissait, par terre…

— Des rats ? s'étonna Margaux.

L'eau froide coulait toujours sur sa main qui s'engourdissait.

— Si c'est ça, fit remarquer Sacha, vous n'avez plus qu'à appeler un dératiseur… ou à acheter un chat !

— Impossible, intervint Rodolphe, je te rappelle qu'on va avoir un chien.

Axel revenait avec un tube de Biafine. Il prit la main de sa femme, la sécha délicatement dans un torchon propre et appliqua la crème sur la brûlure. Ses gestes étaient précis, très tendres. De nouveau, Margaux pensa qu'ils étaient en bonne voie, tous les deux.

— Je ne voudrais pas vous bousculer, mais il y a des heures qu'on m'a promis un verre…

D'autorité, Sacha déboucha l'une des bouteilles et servit trois verres.

— On sera combien pour le réveillon ? s'enquit Rodolphe.

— Tu fais déjà le compte des cadeaux que tu recevras ? railla Angélique.

— Nous serons neuf, avec vos grands-parents, et Viviane et Maurice.

Tout le monde parlait en même temps et, grâce au four et au feu de cheminée, il faisait chaud dans la cuisine. Margaux se sentit soudain très bien, libérée de l'angoisse éprouvée un peu plus tôt dans son bureau. La soirée s'annonçait agréable et peut-être qu'avec Axel tout à l'heure, une fois dans leur chambre, ils pourraient profiter du rapprochement qui semblait s'être installé entre eux.

*

Gabriel ne décolérait pas. Il n'était pas habitué à essuyer des refus, encore moins à ce qu'on l'ignore, et le silence de Margaux l'exaspérait. Néanmoins, puisqu'elle rejetait ses appels, c'est qu'elle était encore vulnérable, qu'il la touchait toujours. Pour profiter de cette faille, il devait absolument trouver le moyen de communiquer avec elle et de plaider sa cause. De quoi avait-elle donc si peur ? D'abandonner un mari raté, une bâtisse écroulée au fin fond de la province ?

Comprenant que Laureen n'arriverait plus à l'aider, il décida qu'il s'aiderait tout seul. Et pourquoi ne pas commencer par un petit voyage à Granville…

À l'approche de Noël, Margaux faisait forcément toutes sortes de courses pour ses menus, ses cadeaux, alors, bien que les chances de la rencontrer par hasard soient faibles, il avait envie d'essayer ce dernier moyen. Margaux ne pouvait pas avoir oublié les moments extraordinaires qu'ils avaient passés ensemble, elle ne les avait pas rayés de sa mémoire aussi vite. Il se souvenait qu'elle avait même évoqué la possibilité de chambouler son existence pour vivre avec lui. Au lieu de quoi, le chamboulement avait été son déménagement au loin ! Il s'était senti floué, malheureux, incapable d'accepter une rupture si brutale alors qu'ils étaient tellement amoureux l'un de l'autre. D'autant plus que Margaux n'était pas une femme infidèle, elle avait des principes et de la volonté, il avait bien fallu une attirance irrésistible pour qu'elle devienne sa maîtresse et se projette avec lui.

Depuis de longues minutes, il arpentait la scène de l'un de ses théâtres, perdu dans ses pensées. Le soir même, la première d'une pièce promise au succès devait avoir lieu sur ce plateau, impossible pour lui de ne pas y assister, de ne pas recevoir les artistes et les journalistes, de ne pas participer au cocktail qui suivrait la représentation. Les fleurs étaient déjà livrées dans les loges, les costumes accrochés sous leurs housses, les accessoires prêts en coulisse. Le régisseur n'allait pas tarder à venir faire ses derniers essais de lumière et Gabriel n'avait plus qu'à se réfugier dans son bureau en attendant les trois coups. La plupart du temps, il préférait y regarder le spectacle sur un écran de contrôle plutôt qu'être assis dans la salle. Il prenait des notes, remarquait le moindre détail, guettait les applaudissements.

Quand les rappels se multipliaient, il finissait par descendre, prêt à féliciter toute la troupe après le baisser de rideau.

Mais ce jour-là il ne ressentait pas l'excitation des soirs de première, obnubilé par son idée de se rendre à Granville. Une carte qu'il était prêt à jouer dès le lendemain matin.

*

Axel et Margaux furent tirés du sommeil bien avant l'aube par un vent d'une extrême violence qui semblait cerner Les Engoulevents, se ruant dans les conduits de cheminée, sifflant sous les portes et faisant grincer les volets sur leurs gonds. La veille, lorsqu'ils s'étaient retrouvés au lit tous les deux, ils avaient passé un long moment dans les bras l'un de l'autre mais sans faire l'amour. Aucun des deux n'avait tenté le geste qui aurait provoqué le désir, comme s'il était tout aussi important de regagner de la tendresse et pas uniquement du plaisir. Puis ils s'étaient endormis, toujours enlacés.

Axel bâilla, s'étira, écouta quelques instants les bruits de la tempête puis se tourna vers Margaux.

— Allons-nous mieux ? lui demanda-t-il de manière inattendue.

Prudente, Margaux considéra la question avant de décider qu'il ne s'agissait pas d'un piège.

— De mieux en mieux, je crois…

— Est-ce la période de Noël qui nous rapproche ? Cette nuit, j'ai eu l'impression qu'on s'accrochait l'un à l'autre comme deux rescapés d'un naufrage.

— C'est un peu ce que nous sommes… J'ai failli faire couler le bateau, admit-elle.

— Absolument !

Il approuvait en souriant, sans trace de cynisme.

— Et maintenant, où en es-tu ? voulut-elle savoir.

— Pas encore guéri, mais en convalescence. Endolori. Quand je te tenais contre moi, hier soir, je respirais ton parfum, tes cheveux, j'adore ça parce que tu sens toujours tellement bon… Mais quelques images indésirables me traversaient encore la tête et je ne voulais pas faire l'amour pour que ces foutues images ne s'imposent pas davantage. En revanche, j'avais la certitude, peut-être irréfléchie, que ta façon de te blottir contre moi, ton abandon, ce sont des choses que tu n'as qu'avec moi et que tu n'as pas pu offrir à un autre.

Margaux sentit qu'elle allait se mettre à pleurer et elle secoua la tête pour chasser les larmes qui montaient. Combien de temps encore allaient-ils devoir soigner leurs plaies ? Bien sûr, elle n'avait pas eu la même attitude avec Gabriel qu'avec Axel. Quinze ans d'habitudes sereines d'un côté, et de l'autre d'affolants moments volés. Non, elle ne s'était jamais abandonnée avec son amant comme elle le faisait naturellement avec son mari. Près de Gabriel elle avait été une autre femme, affranchie, passionnée, éphémère, et pas vraiment elle-même.

— Qu'est-ce qui t'attriste ? dit doucement Axel.

Il prit le visage de Margaux entre ses paumes, le serra doucement.

— Je t'aime toujours, je t'aime autant, chuchota-t-il.

Mais il n'avait plus confiance en elle, ils le savaient tous les deux. Elle laissa déborder le trop-plein d'émotion et éclata en sanglots convulsifs. Axel l'attira à lui, se mit à lui caresser le dos en murmurant des paroles apaisantes.

— Là, là, tout ira bien, tu verras… Nous sommes ensemble, nous allons fêter Noël avec notre famille…

Et c'était lui qui la consolait, l'accablant d'autant plus. Chaque fois que les morceaux de leur amour semblaient se recoller, la colle cédait. Ce qu'elle avait cassé était-il donc impossible à réparer ?

— Regarde les premières lueurs, le jour va se lever, tempête ou pas. Tu sais, il se lève toujours.

Il avait tourné la tête vers la fenêtre et contemplait la faible lumière grise à travers les gouttes qui ruisselaient sur les vitres. Margaux aurait voulu lire dans ses pensées, savoir exactement où il en était. Mais si proches qu'ils soient, si habitués l'un à l'autre, chacun gardait un jardin secret totalement inaccessible.

— On va se lever aussi, dit-elle en essayant de plaisanter. J'ai des courses à faire et mes parents arrivent aujourd'hui.

Axel interrompit sa contemplation de l'aube naissante pour observer sa femme. Lorsqu'elle repoussa la couette et sortit du lit, il la suivit des yeux et éprouva une soudaine bouffée de désir qui lui fit regretter l'occasion manquée.

6

Philippe et Louise étaient déjà debout devant la portière du train, leurs grosses valises à leurs pieds, attendant l'arrêt en gare de Granville. La perspective de retrouver leurs enfants et leurs petits-enfants les rendait impatients. Ils étaient aussi très curieux de découvrir Les Engoulevents dont toutes les photos envoyées par Margaux les avaient séduits. Dans leurs bagages se trouvaient, outre des vêtements chauds, les cadeaux de Noël destinés à la famille.

Désignant un sac de voyage posé en équilibre sur l'une des valises, Louise se mit à rire.

— Margaux va croire que nous venons nous installer chez elle pour tout l'hiver !

— Chez elle ? répliqua son mari. C'est plutôt chez Axel, dans son manoir de famille.

— Ne sois pas bête, ils ont toujours tout partagé, d'ailleurs elle a plein de projets pour l'aménagement de cette propriété. Et je trouve très excitant que notre gendre ait une lignée d'ancêtres dont il cherche à remonter la piste.

— Il ne fait pas de généalogie, Louise, il écrit des livres d'histoire.

— Tu n'écoutes rien de ce que dit notre fille ! Axel s'est lancé dans un roman.

— Il y perdra sa crédibilité. Remarque, pour ce qu'elle lui a rapporté jusqu'ici… Heureusement que Margaux fait bouillir la marmite.

Louise réprima un sourire amusé. Philippe soulignait toujours les mérites de leur fille, tandis qu'elle-même soutenait leur fils contre vents et marées. Comme le train ralentissait, elle tenta de discerner le paysage à travers les vitres embuées et ruisselantes.

— Quel temps affreux… Mais il me semble qu'au bord de la mer le vent finit toujours par chasser les nuages.

— Il aura du travail aujourd'hui !

Margaux les attendait sur le quai, la capuche de sa doudoune rabattue jusqu'aux yeux. Après des embrassades rapides, elle les aida à porter les bagages jusqu'à la voiture, et une fois assis tous les trois à l'abri, ils se mirent à parler en même temps, heureux de se retrouver.

— Je crois que nous allons avoir un Noël sous la neige, déclara Margaux en désignant les flocons qui s'écrasaient sur le pare-brise.

— Nous avons pris des pulls et des bottes.

— Oh, ne vous inquiétez pas, vous n'aurez pas froid ! Tournepierre est un bâtiment très confortable, Axel et son oncle l'ont bien arrangé et tous nos clients ont apprécié leur séjour.

— Ton mari est bricoleur maintenant ? ricana Philippe.

— Oui, sous la direction de Maurice. Lui et sa femme sont des gens adorables qui nous ont aidés dès notre arrivée.

— Bricoleur et hôtelier : quelle reconversion !

En arrivant devant Les Engoulevents, Philippe cessa brusquement d'ironiser et il y eut quelques instants de silence dans la voiture.

— Ah, ça… finit-il par lâcher.

Avec la neige tourbillonnant devant la façade, le manoir semblait droit sorti d'une gravure ancienne. Louise et Philippe, devenus des amateurs du XIXe siècle grâce à leur métier, étaient séduits.

— C'est un très bel endroit, ma chérie, murmura Louise.

— Sacha le trouve sinistre.

— N'écoute pas ton frère ! s'emporta Philippe. Façade de pierre, toits d'ardoise… De quand date-t-il ?

— 1795, je crois. Axel a fait beaucoup de recherches, il vous en parlera. Que des Saint-Sauveur ici depuis cette date.

À peine leurs grands-parents furent-ils entrés qu'Angélique et Rodolphe leur sautèrent au cou. Lorsqu'ils habitaient Paris, ils les voyaient chaque semaine, et depuis quelques mois Louise et Philippe leur avaient manqué.

— C'est Ange et moi qui avons fait le déjeuner ! annonça fièrement le jeune homme. Et après le dessert, décoration du sapin que papa est en train de scier avec Sacha.

— Ils l'ont choisi au fond du jardin, précisa sa sœur.

— Bricoleur, hôtelier, bûcheron, j'ai un gendre multicarte ! énuméra Philippe en comptant sur ses doigts.

Décidée à ne pas se vexer des plaisanteries de son père, Margaux éclata de rire. Puis elle les entraîna dans une visite du manoir en commençant par le salon dont elle était si fière. Une fois le tour du propriétaire terminé, ils se retrouvèrent tous à la cuisine.

— On va laisser les enfants et les hommes décorer, pendant ce temps-là je t'emmènerai faire des courses, proposa Margaux à sa mère. Tu verras, c'est une jolie petite ville, avec de nombreux commerces. On en profitera pour décider des menus à venir. Et en rentrant, je vous installerai à Tournepierre.

Louise acquiesça, ravie à l'idée d'être un peu seule avec sa fille.

— On aperçoit la mer ! s'exclama Philippe qui était planté devant une fenêtre.

— Vous la verrez encore mieux par beau temps, indiqua Axel. Nous sommes ici dans la haute ville, installée sur un cap qu'on appelle le Roc. Les Engoulevents sont dans une situation dominante, l'emplacement a été bien choisi car la vue est imprenable.

Tandis qu'Axel détaillait tous les avantages du manoir, Margaux découvrit que le déjeuner préparé par les enfants consistait en spaghettis à la tomate qui semblaient avoir beaucoup attendu. Avec un petit sourire attendri, elle entreprit de les réchauffer.

*

Gabriel, arrivé en fin de matinée après une dernière partie de route difficile à la sortie de Villedieu-les-Poêles, avait choisi un petit restaurant du centre-ville où il avait déjeuné simplement en regardant tomber la neige. Puis il était allé marcher afin de repérer les rues les plus commerçantes et les plus animées. Il était persuadé qu'à un moment ou à un autre Margaux passerait par là. Connaissant ses goûts, il imaginait qu'elle pouvait avoir à récupérer une commande de fruits de mer chez un poissonnier ou une bûche de Noël chez un pâtissier. Mais lesquels ? De toute façon, elle avouait volontiers qu'elle cuisinait mal, donc elle ne concocterait pas son menu de réveillon elle-même. Les chances de la rencontrer par hasard n'étaient pas grandes mais il s'y accrochait, aussi déterminé qu'impatient. Il faisait partie de ceux qui, une fois un plan élaboré, mettent tout en œuvre pour sa réussite. Un trait de caractère qui avait contribué à son succès dans sa vie professionnelle comme auprès des femmes. Néanmoins, il ne s'était jamais trouvé dans une situation pareille. Sa manière de poursuivre Margaux s'apparentait à du harcèlement, il en était conscient et humilié sans pouvoir s'en empêcher. Cette femme dont il était tellement amoureux et qui lui tenait la dragée haute le rendait fou. Au point d'avoir refusé toutes les invitations, autant pour Noël que pour la Saint-Sylvestre. Il passerait seul ces soirs de fête, soit à savourer sa victoire, soit à ruminer son échec. La solitude ne lui avait jamais fait peur, Margaux était la seule qui lui ait donné envie de vivre à deux.

Il résista à la tentation de grimper jusqu'au Roc pour y trouver ce manoir des Engoulevents où elle était allée s'enterrer. L'attendre devant son portail aurait été une grossière erreur, quelle que soit son envie de le faire. Les mains enfoncées dans les poches de sa parka, il continuait donc d'arpenter les rues d'un pas de promeneur malgré le froid.

*

Axel savait que son beau-père l'aimait bien mais l'estimait peu. Qu'il soit bon époux et bon père satisfaisait Philippe mais qu'il laisse Margaux assumer le train de vie de la famille le contrariait. Au début, il avait eu de la considération pour un gendre lettré qui rencontrerait tôt ou tard un succès mérité. Mais celui-ci se faisant trop attendre, Philippe avait fini par penser que seule sa fille travaillait pour de bon. Féministe avant l'heure, il était pour le partage des tâches et des revenus dans un couple. De la même manière, il jugeait sévèrement Sacha, déçu par ce fils dilettante qui n'avait ni fondé sa famille ni trouvé un métier.

Mais la découverte des Engoulevents le séduisait et, malgré ses réserves vis-à-vis d'Axel, il se fit plus aimable au cours de l'après-midi. La mise en place du sapin fraîchement coupé donna lieu à des éclats de rire tant il était difficile de faire tenir droit l'épicéa scié en biais. Ensuite, Angélique et Rodolphe le décorèrent des guirlandes lumineuses et des boules multicolores retrouvées dans un carton du déménagement. À la nuit tombée, vers dix-sept heures, Sacha et ses neveux entamèrent une partie de Scrabble tandis qu'Axel et Philippe s'installaient dans deux fauteuils au coin du feu pour y bavarder à mi-voix.

— Alors, vous vous êtes lancé dans un roman ? attaqua Philippe qui voulait des détails sur ce changement d'orientation.

— Roman historique, oui.

— De cape et d'épée ?

— Plutôt de corsaires et de hobereaux. Mon héros sera le chevalier Vital Saint-Sauveur.

— Un ancêtre ?

— Une pure invention. Là réside le plaisir de la fiction. Des aventures imaginaires ayant pour cadre une réalité historique que je maîtrise.

— Et vous croyez que ça va marcher ?

— Je n'en sais rien mais je l'écris bien plus vite qu'une biographie, avec davantage d'enthousiasme et de plaisir. Mon éditeur semble croire que c'est une bonne idée…

— Je vous le souhaite !

Sa véhémence fit sourire Axel, qui enchaîna aussitôt :

— Philippe, je sais ce que vous pensez. Jusqu'ici mon travail ne m'a pas fait gagner beaucoup, pourtant j'ai vraiment travaillé. Mais en changeant de vie, avec Margaux, en nous retrouvant ici, j'ai décidé de chercher des solutions. Le gîte de Tournepierre commence à rapporter et je le gère seul. Si mon roman n'a pas de succès, je trouverai autre chose.

Un peu troublé par la franchise de son gendre, Philippe acquiesça d'un petit hochement de tête.

— Vous savez, enchaîna Axel, il n'a pas toujours été facile pour moi d'être regardé comme celui qui ne réussit pas et qui laisse sa femme être le moteur du couple. C'est dévalorisant, presque… dévirilisant.

Margaux a été très élégante, elle m'a épargné les critiques acerbes que d'autres auraient pu faire.

— Si vous parlez pour moi, je crois n'avoir jamais rien dit qui…

— Vous le pensiez très fort. Et moi aussi.

Le silence qui suivit s'éternisa jusqu'à ce qu'Axel reprenne :

— Nos enfants grandissent, ils sont de plus en plus à même de juger et je craignais qu'ils aient une mauvaise image de moi. Mais les installer aux Engoulevents a changé la donne. Ils ont découvert ici que leur père pouvait être différent, plus actif, plus impliqué, et aussi que l'histoire familiale des Saint-Sauveur, dont ils sont les descendants, avait pour berceau ce beau manoir mystérieux. J'ai, en quelque sorte, repris un peu d'importance à leurs yeux, ce qui par ailleurs n'enlève rien à Margaux.

De nouveau, ils se turent un moment, indifférents au chahut que faisaient Sacha et les enfants en contestant l'orthographe des mots ou les règles du Scrabble.

— Merci de votre franchise, finit par dire Philippe.

Perplexe, il se demandait quand avait eu lieu la dernière conversation de ce genre avec son gendre. Jamais, sans doute. Jusque-là, il ne s'était pas senti proche de lui, ayant rêvé comme tous les pères d'un prince charmant pour sa fille. Si Axel n'en était pas un, il venait tout de même de révéler un aspect de son caractère que Philippe ne connaissait pas et qui lui plaisait.

— J'ai gagné ! J'ai gagné ! hurla soudain Angélique.

Tirés de leur moment d'intimité, Philippe et Axel se mirent à rire devant les mines dépitées de Sacha et de Rodolphe.

*

Le choc cloua Margaux sur place et elle faillit lâcher son sac de provisions.

Pour ménager sa mère, parce qu'elles avaient beaucoup marché, qu'il faisait très froid et que les trottoirs devenaient glissants, Margaux l'avait installée dans un café proche et s'apprêtait à la rejoindre. Mais devant elle, lui barrant la route, se trouvait Gabriel. La rencontre était tellement inattendue, tellement improbable qu'elle restait saisie, sans réaction. Ce fut lui qui fit le dernier pas qui les séparait en déclarant :

— Je te cherchais. Bonjour, Margaux…

Elle jeta un coup d'œil affolé vers la vitrine du café où sa mère l'attendait, de l'autre côté de la rue.

— Il fallait que je te voie, que je te parle, précisa-t-il.

La voix chaude de Gabriel et son regard vrillé sur elle avaient de quoi la déstabiliser, pourtant elle trouva la force de se reprendre.

— Tu m'as poursuivie jusqu'ici ? Pourquoi ?

— Tu rejettes mes appels, tu ne me laisses pas m'expliquer.

— Mais il n'y a plus rien à expliquer ! Je pensais avoir été claire, Gabriel. Nous deux, c'est fini. Je ne comprends pas que tu puisses imaginer autre chose.

— J'imagine, Margaux, parce que je t'aime. Je t'aime éperdument et je n'arrive pas à croire que tu aies perdu tout sentiment pour moi en une seconde. Tu n'as fait qu'un choix de raison, que tu finiras par regretter.

— Tu n'en sais rien !

Elle tremblait, de froid, de rage ou d'autre chose, et il tendit la main vers elle.

— Allons boire un chocolat chaud, suggéra-t-il.

— Impossible, je ne suis pas seule, ma mère m'attend non loin d'ici. Je ne veux pas qu'elle nous voie.

— Tu as le droit de parler à un ami rencontré par hasard.

— Ce n'est pas un hasard, tu n'as rien à faire à Granville.

— Jolie bourgade… Un peu petite pour y ambitionner autre chose qu'une existence étriquée de provinciale, non ? Sérieusement, Margaux, tu ne peux pas vivre dans une station balnéaire morte l'hiver ! Pourquoi t'infliges-tu ça ?

— Comme tu es méprisant avec ta suffisance de Parisien !

Elle s'était redressée pour le toiser, ce qui le fit changer aussitôt d'attitude.

— J'essaie de trouver des arguments pour te convaincre de revenir, glissa-t-il d'un air penaud. Je dis du mal de cette ville pour ne pas en dire de ton mari… dont je suis jaloux, évidemment. Es-tu vraiment mieux avec lui qu'avec moi ?

Comme ils étaient arrêtés en plein milieu du trottoir, les passants étaient obligés de les contourner. Gabriel prit Margaux par le bras pour l'entraîner contre une vitrine.

— Dis-moi que tu ne ressens plus rien pour moi, que je te suis devenu indifférent et je m'en vais.

Indifférente ? Elle ne l'était pas, avec une boule dans la gorge et un creux à l'estomac. Mais elle était déterminée à ne rien céder. Elle n'avait pas changé de vie pour encore tout bouleverser, elle ne se battait pas en vain pour reconstruire son couple avec Axel, pour préserver sa famille, pour retrouver un bonheur serein. Par-dessus tout, elle ne voulait plus de l'agitation fébrile d'une liaison clandestine ni de la culpabilité obsédante de la trahison. Elle ferma les yeux une seconde pour ne plus voir Gabriel et elle pensa à Axel.

— Va-t'en, souffla-t-elle. Tu n'as rien à espérer.

Elle se détourna, traversa en courant sans se soucier des voitures et des coups de klaxon. Quand elle s'engouffra dans le bar où l'attendait sa mère, elle se mit à claquer des dents. À moitié levée, Louise lui fit signe, l'obligea à s'asseoir.

— Tout va bien, ma chérie ? Tu es livide, tu as dû avoir froid pendant que tu bavardais avec cet homme, sur le trottoir. Je te regardais par la vitre…

Margaux dévisagea sa mère, comprit qu'elle avait deviné quelque chose et baissa la tête. D'autorité, Louise commanda un cognac avec un thé pour sa fille puis elle attendit patiemment. Il fallut deux ou trois minutes à Margaux pour se décider à parler.

— Je viens de vivre un moment difficile.

— Oui, j'ai vu ça. Qui est ce monsieur ?

— Quelqu'un qui était entré dans ma vie, mais il en est sorti.

— Ah… Est-ce que ça signifie que… ?

— Oui, exactement.

Plus contrariée que surprise, Louise fronça les sourcils.

— Mon Dieu, Margaux ! Espérons qu'Axel n'en sache jamais rien.

— Il l'a su.

Louise retint une question en attendant que le serveur dépose les consommations devant Margaux et reparte.

— Bois ton cognac cul sec, tu te réchaufferas avec le thé après.

L'interruption lui avait fait comprendre qu'elle ne devait pas questionner sa fille mais plutôt attendre ses confidences.

— Il a su, répéta Margaux, à cause d'un texto sur mon téléphone.

— Parce qu'il fouille dans ton portable ?

— Non, je l'avais oublié sur notre lit pendant ma douche.

— Oublié ? On appelle ça un acte manqué, ma chérie. Tu devais souhaiter inconsciemment qu'il l'apprenne. Allez, bois.

Margaux vida son verre en deux gorgées avant de poursuivre :

— Tu n'imagines pas à quel point c'était horrible. Le ciel venait de lui tomber sur la tête et je me sentais misérable. Nous avons versé des torrents de larmes, Axel et moi, et puis d'un commun accord nous avons décidé de ne pas nous séparer.

— Pour vos enfants ?

— Pour nous deux aussi, puisqu'on s'aime toujours.

— Et cet homme, tu l'aimais ?

— J'ai fait l'amère découverte qu'on peut aimer deux hommes à la fois. Et que c'est intenable. Mais Gabriel était tellement… Il s'appelle Gabriel.

— Tellement quoi ?

— Passionné, brillant, sûr de lui et amoureux comme un gamin. J'avais l'impression de rajeunir, de revivre.

On riait et on parlait beaucoup, on se regardait dans les yeux le cœur battant.

— Mais comment trouvais-tu le temps de le rencontrer ?

— C'était un client.

— Je vois.

— Je ne sais pas si tu peux « voir », maman. Je suppose que tu n'as jamais trompé papa ?

— Qui te dit que je n'en ai pas eu envie ?

Margaux ouvrit de grands yeux incrédules mais Louise enchaîna :

— Pourtant, je ne l'ai pas fait. Nous étions du matin au soir ensemble dans la boutique, nous aurions eu du mal à nous absenter sans raison.

Tout en souriant avec tendresse, Louise prit la main de Margaux sur la table.

— Que faisait-il à Granville, ce Gabriel ? Imagine qu'Axel soit passé par là…

— Je n'y suis pour rien ! Il habite Paris mais il est venu exprès parce que je ne réponds pas à ses appels depuis que j'ai rompu.

— Tu pouvais l'éconduire en deux mots.

— Deux mots ne lui ont pas suffi.

— Pourquoi ? Tu étais comme un lapin pris dans les phares ?

— Un peu, oui.

— Eh bien, tu as fini par réagir, bravo ! Crois-tu qu'il reviendra à la charge ?

— Il a trop de fierté pour ça.

Louise poussa un long soupir que Margaux interpréta comme du soulagement.

— Ne t'inquiète pas, maman. On essaie vraiment de recoller les morceaux, Axel et moi. Je voudrais tant qu'on y parvienne !

— Vous y arriverez si ton mari n'éprouve pas trop de rancune. Quand on en veut à quelqu'un, on cherche toujours à le faire payer.

— Axel n'est pas comme ça. Plutôt que de se venger, il m'a proposé de changer de vie. Une manière de repartir de zéro, dans un cadre différent. Et j'ai bien fait d'accepter parce que, ici, il semble aller mieux. De là à retrouver la confiance qu'il avait en moi…

— Qui d'autre est au courant ? Sa tante et son oncle ?

— Sûrement pas !

— Vos enfants ? Ce sont des adolescents, ils ont pu remarquer quelque chose.

— Non, s'ils nous ont trouvés un peu bizarres, ils ont dû mettre ça sur le compte du déménagement. En plus, ils avaient leurs propres soucis, quitter leurs copains et leurs clubs sportifs ne les réjouissait pas.

Le cognac avait fait du bien à Margaux, tout autant que cet échange sincère avec sa mère. Elle ne s'était confiée à personne lors de sa liaison puis de sa rupture, d'abord parce qu'elle se sentait fautive et surtout pour ne pas ridiculiser Axel. Aucune de ses amies n'avait deviné ce qu'elle vivait alors, son secret était resté caché comme une honte et en parler aujourd'hui l'avait réconfortée.

— Nous devrions rentrer, décida-t-elle, il est tard.

La perspective de regagner Les Engoulevents lui sembla paradoxalement très apaisante après les événements de l'après-midi.

*

Le lendemain, toute la côte était couverte de neige et la température avait encore chuté. Après le petit déjeuner, Sacha et les enfants étaient sortis pour se lancer dans une course, ayant improvisé des luges avec de grands sacs-poubelle.

— Ton frère s'amuse vraiment comme un gosse ! constata Axel qui finissait de s'habiller.

Margaux le rejoignit à l'une des fenêtres de leur chambre pour profiter du spectacle.

— Au moins, il les occupe, on va pouvoir partir discrètement. J'espère que les routes sont praticables…

Ils devaient aller chercher leur chiot chez l'éleveur, qui habitait du côté de Coutances, à une trentaine de kilomètres.

— Elles seront sans doute sablées ou salées, mais ce sont des départementales et elles sont traitées en dernier.

Margaux enfila un gilet sur son col roulé en déclarant :

— Je vais prendre de l'essuie-tout, au cas où Samba serait malade en voiture. Et une vieille couverture pour qu'elle n'ait pas froid.

Ils dévalèrent l'escalier, heureux à l'idée du plaisir qu'ils allaient faire à leurs enfants. Dans la cuisine, ils eurent la surprise de trouver Louise et Philippe qui venaient d'arriver.

— Vous aviez tout ce qu'il faut pour le petit déjeuner à Tournepierre ! s'exclama Axel.

— Pas question de piller votre gîte, mais j'ai remarqué que vous aviez tout prévu, c'est gentil.

Sur les conseils de Viviane, Axel avait installé là-bas une cafetière avec ses dosettes, une bouilloire et des sachets de thé, des biscottes et des confitures.

— En plus, du manoir on voit mieux la compétition de luge, ajouta Philippe en riant. Et nous avons réussi à traverser tout le jardin sans glisser, ce qui tenait de l'exploit.

Depuis son arrivée, il prononçait volontiers le mot « manoir », qu'il semblait trouver à son goût. Margaux mit ses bottes fourrées, s'appuyant d'une main sur l'épaule d'Axel pour garder l'équilibre. Elle croisa alors le regard de sa mère qui lui adressa un petit sourire complice.

— Si tout se passe bien, nous serons de retour pour le déjeuner.

— Veux-tu que je m'en occupe ? proposa Louise.

Elle n'était pas meilleure cuisinière que sa fille, en revanche Philippe aimait préparer quelques recettes de son cru.

— Laisse faire papa ! suggéra Margaux. De toute façon, il vaut mieux manger léger à cause du réveillon de ce soir.

En sortant, ils virent que malheureusement la neige recommençait à tomber.

— Je conduis, décida Margaux.

Quelques années plus tôt, elle avait effectué un stage sur un circuit pour apprendre les bons réflexes sur route mouillée ou glissante.

— Si tous les hivers ressemblent à celui-ci, l'année prochaine on devra monter des pneus neige ou acheter des chaînes, maugréa Axel en bouclant sa ceinture. Enfin, si nous en avons les moyens. Et à propos de dépenses, j'ai demandé à l'éleveur de le payer en deux fois.

— Il est d'accord ?

— Sans problème.

Margaux connaissait l'état de leurs comptes bancaires, aussi ne fit-elle aucun commentaire. Les frais liés aux Engoulevents étaient importants, en particulier le chauffage, et la situation pouvait vite devenir critique.

— J'ai appelé ce type dont Sacha m'a donné les coordonnées et je dois le rencontrer à Caen en janvier. Si j'emporte le contrat, ce sera un bon début dans la région. Pour ma cliente parisienne, Laureen, comme elle a demandé la réalisation du projet clés en main, l'essentiel de ma rémunération sera versé en fin de chantier.

— Chantier que tu devras surveiller, j'imagine ?

La voix un peu tendue d'Axel lui fit comprendre qu'il redoutait ces séjours parisiens. Néanmoins, elle avait eu raison de mentionner la présence de Gabriel chez Laureen. En revanche, devait-elle lui parler de sa rencontre de la veille dans les rues de Granville ? Ce serait sans doute difficile à accepter pour lui. Et tout aussi difficile pour elle de commettre un nouveau mensonge. La question la taraudait depuis la veille sans qu'elle trouve la bonne réponse. Sa mère lui avait conseillé de se taire, promettant de son côté de ne rien dire à son mari. Pour Philippe, découvrir que sa fille avait eu une liaison adultère serait un vrai choc, autant le lui épargner. Mais mentir à l'un, à l'autre… Le premier mensonge de Margaux en avait hélas entraîné beaucoup d'autres et, pour sortir de ce cercle vicieux, il ne fallait plus rien dissimuler.

— Hier, avec maman… commença-t-elle courageusement.

— Attention !

La route grimpait et face à eux un camion était en train de glisser dans la descente, sa remorque en travers, le chauffeur ayant sans doute perdu le contrôle de son véhicule. Margaux avait anticipé dès qu'elle avait vu que le poids lourd prenait toute la largeur de la route. Impossible de le croiser sans être percuté. D'un coup de volant bien mesuré, elle monta sur le bas-côté enneigé tout en rétrogradant avec son moteur sans toucher au frein. L'arrière du camion, qui dérapait toujours, comme au ralenti, frôla la voiture sans la toucher. Margaux s'arrêta un peu plus loin et se laissa aller contre l'appuie-tête avec un profond soupir de soulagement.

— Putain, il n'est pas passé loin, souffla-t-elle.

À moitié retourné, Axel suivait des yeux la course lente du camion, qui finit par s'immobiliser en bas de la pente.

— Qu'est-ce qui lui est arrivé ?

— La route est très glissante, il a été entraîné par son poids dans la descente et il a dû freiner trop sec, du coup sa remorque s'est déportée…

Le chauffeur était sorti de sa cabine et leur adressait de grands signes de reconnaissance, heureux d'avoir évité l'accident grâce aux réflexes de Margaux.

— Tu viens d'amortir le prix de ton stage sur circuit, déclara Axel en la prenant dans ses bras.

Embarrassés par leurs ceintures de sécurité, ils restèrent pourtant de longues minutes enlacés.

— Tu imagines l'horreur d'un Noël à l'hôpital ? murmura Margaux.

— Et pas de chien sous le sapin !

Ils furent secoués d'un rire nerveux qui les fit se détacher l'un de l'autre. Puis Margaux baissa sa vitre et passa la tête à l'extérieur. En bas de la côte, le camion s'était redressé et avait repris sa route.

— Tout est en train de geler, la température descend encore, constata-t-elle.

— On fait demi-tour ?

— Nous sommes près du but, ce serait trop bête de renoncer maintenant. Je vais y aller doucement, promis.

Elle désigna l'écran du GPS qui indiquait trois kilomètres avant la destination.

— D'accord, vas-y, mais il y aura le retour, ma chérie !

— Avec une petite boule de poils sur tes genoux, qui sera peut-être malade en voiture, ironisa-t-elle.

La montée d'adrénaline qu'ils venaient de vivre les avait rapprochés. Ils se sentaient unis, complices, et ce n'était vraiment plus le bon moment pour parler de la rencontre avec Gabriel.

*

Grâce à la complicité de Viviane et Maurice, chez qui Axel et Margaux avaient déposé le chiot, le suspense resta entier pour les enfants jusqu'au soir. En apprenant la – fausse – nouvelle que leurs parents avaient dû faire demi-tour après avoir frôlé un accident, Angélique et Rodolphe s'étaient montrés très déçus, voire boudeurs. En traînant les pieds, ils acceptèrent néanmoins de mettre un couvert de fête avec le service de Limoges marqué des initiales ASS.

— Pour l'instant, il est à papa, mais il me le donnera quand je me marierai ! affirma Angélique.

Son frère, qui installait des bougies dans les chandeliers, leva les yeux au ciel.

— C'est bien un truc de fille ! Si tu savais à quel point je m'en fiche, de la vaisselle.

— Tant mieux, puisque de toute façon j'ai l'initiale et pas toi.

— Sauf que le jour de ton mariage tu changeras de nom de famille, pauvre idiote !

Rodolphe éclata d'un rire gras d'adolescent avant d'envoyer une bourrade dans le dos de sa sœur.

— Et puis, d'ici à ce que tu trouves un mec disposé à t'épouser, on aura ébréché tout le service…

— Vous n'allez pas vous disputer un soir de Noël ? protesta Margaux en entrant.

— Waouh ! Maman, tu es superbe ! s'extasia Rodolphe.

Margaux avait mis une robe noire, simple mais élégante et égayée d'une broche scintillante, avec des escarpins à hauts talons, et elle était coiffée et maquillée comme si elle avait un rendez-vous important. Ses enfants ne l'avaient pas vue apprêtée de cette façon depuis des mois.

— Je file me changer, décida Angélique.

— Dépêche-toi, Viviane et Maurice ne vont plus tarder.

— Je peux rester comme ça ? plaida Rodolphe.

Sa mère le toisa et secoua la tête.

— Avec un vieux jean sale et un pull informe ? Sûrement pas. Nous allons tous faire honneur au réveillon.

Elle gagna le salon où Axel et Sacha disposaient les cadeaux sous le sapin. Ils avaient fait un effort vestimentaire eux aussi, ce qui attendrit Margaux.

— Messieurs, vous êtes magnifiques !

— Pas autant que toi, ma chérie, déclara Axel en la détaillant de la tête aux pieds.

— J'ai toujours dit que tu ne la méritais pas, persifla Sacha.

La plaisanterie mit Margaux mal à l'aise tandis qu'Axel se contentait de sourire. Maurice et Viviane firent alors une entrée à pas feutrés, chargés de grands sacs et suivis de Philippe et de Louise.

— Nous sommes tous passés par la porte de la cuisine pour être discrets, expliqua Maurice.

Il déposa des paquets sous le sapin, puis sortit un panier d'osier garni d'un gros coussin.

— La petite chose est endormie, mais ça ne va pas durer, avertit Viviane.

Elle tenait le chiot dans ses bras, enroulé dans une couverture, et elle l'installa avec précaution sur le coussin.

— Elle n'attendra pas l'ouverture des cadeaux à minuit, c'est certain.

— Qu'elle est mignonne ! s'exclama Louise.

— Nous aussi, quand nous étions petits, nous voulions un chien, fit remarquer Sacha.

— Qui s'en serait occupé ? répliqua Philippe. Sûrement pas toi, qu'on a toujours eu du mal à sortir du lit le matin !

— Taisez-vous, lança Axel, voilà les enfants.

En pénétrant dans le salon, Angélique et Rodolphe ne remarquèrent d'abord rien, toujours persuadés que leurs parents n'avaient pas pu se rendre chez l'éleveur. Mais Angélique fut la première à découvrir la surprise qui les attendait.

— Elle est là ! Elle est là ! trépigna-t-elle.

Elle se précipita vers le panier, Rodolphe sur ses talons, et ils tombèrent à genoux ensemble devant le chiot. Dans la cacophonie d'exclamations qui suivit, la petite Samba se réveilla, bâilla, s'étira puis se mit à frétiller.

— L'éleveur nous a donné un cahier de recommandations que vous devrez lire tous les deux, annonça Axel. Il y a beaucoup de choses à apprendre et je compte sur vous pour que notre chienne soit vite bien élevée. Maintenant, c'est l'heure du champagne, on va arroser l'arrivée de Samba.

— Je rappelle que c'est surtout celle de Jésus que l'on fête à Noël, dit Viviane à mi-voix.

Margaux en profita pour faire les présentations, espérant que ses parents pourraient vite sympathiser avec Viviane et Maurice.

— Voilà enfin l'oncle et la tante dont Axel nous a tant parlé ! s'exclama Philippe.

Une encourageante entrée en matière, estima Margaux en prenant la coupe que son mari lui tendait. Ils échangèrent un regard, un sourire et un clin d'œil.

— À ma pilote préférée, souffla Axel avant de boire une gorgée.

Puis il vint la prendre par la taille, d'un geste tendre et familier. Était-il possible qu'ils soient en train de redevenir le couple qu'ils avaient été ? Que le fossé qui les séparait se comble enfin, au moins en partie ? Margaux reprenait espoir, cherchant à se convaincre qu'un jour prochain Axel aurait de nouveau confiance en elle. Mais ce ne serait plus jamais une confiance aveugle.

Assis de part et d'autre du panier, les enfants discutaient à voix basse pour ne pas réveiller Samba qui s'était rendormie. Cette soirée de Noël semblait être celle de la paix et du bonheur d'être en famille. Tout ce à quoi Margaux avait failli renoncer en envisageant la possibilité de quitter son foyer. Une folie à laquelle elle n'avait heureusement pas succombé. Restait à ne plus penser un seul instant au regard désespéré de Gabriel, la veille, tandis qu'ils se faisaient face sur ce trottoir. Non, elle ne regrettait rien, elle avait fait le bon choix.

7

Le surlendemain, Maurice avait accompagné Axel à La Maison du Vin, un caviste chez qui ils pensaient trouver de quoi arroser le 31 décembre. Après avoir fait leur choix, Maurice proposa de partager la note.

— C'est vous qui recevez, il est normal qu'on vous aide, expliqua-t-il.

— Mais Viviane prépare déjà un jambon en croûte au madère et mes beaux-parents nous offrent un plateau de fruits de mer ! protesta Axel.

— Eh bien, ce sera ma participation.

— Non, je t'assure que…

— Ne me prends pas pour un idiot, Axel. Je vois bien que vous avez de gros frais aux Engoulevents, et la période des fêtes coûte cher.

Il n'ajouta rien, par discrétion, néanmoins Axel se sentit visé car il était devenu sensible à toute allusion concernant ses revenus. Devant eux, une jeune femme attendait à la caisse et lorsqu'elle se retourna, une fois ses achats réglés, elle poussa une exclamation de surprise.

— Axel ! Quel plaisir de vous rencontrer !

En reconnaissant Clémence, Axel eut un sourire un peu embarrassé. Il avait promis de passer à la médiathèque pour découvrir les photos agrandies des Engoulevents et il avait complètement oublié.

— Il faut que vous veniez me voir, les clichés sont formidables et je vous en ai mis un de côté que vous pourrez faire encadrer.

— Alors, malgré la pluie ce jour-là, c'est réussi ?

— Absolument ! La bonne surprise est justement cette lumière hivernale. Elle donne un côté mystérieux et majestueux au manoir. J'ai hâte de vous montrer tout ça.

Son enthousiasme était convaincant et elle ne cachait pas le plaisir que lui procurait cette rencontre imprévue.

— Je ferai un saut la semaine prochaine, dit-il.

Il la salua et la contourna pour rejoindre Maurice qui était en train de payer.

— Non ! protesta-t-il. Nous avions dit que…

— Tu arrives trop tard, voilà ce que c'est que d'être abordé par une jolie fille.

— Tu la trouves jolie ?

— Oui, mais j'espère que tu t'en fiches et qu'elle ne t'intéresse pas…

Son oncle le scruta quelques instants avant d'ajouter :

— Ta femme aussi est très jolie.

Ils prirent chacun un sac et sortirent du magasin. Une fois dehors, Maurice poursuivit son idée tout en marchant vers sa voiture.

— Tu sais, quand on est marié, on n'a jamais intérêt à regarder ailleurs. On doit pouvoir se faire confiance et aussi respecter l'autre. Tous ces types qui trompent leur femme pour en prendre une plus jeune et plus fraîche, ça me dégoûte. En travaillant dans le bâtiment, j'en ai vu, des histoires avec les gars qui cavalaient ! La plupart du temps, ça finissait par un divorce, avec le pavillon vendu et les mômes en garde alternée… Mais ce ne sont pas les principes que nous avons essayé de t'inculquer, Viviane et moi. Parce que ta mère brillait par son absence et ne te parlait sûrement pas de morale ou de valeurs. Quant à ton pauvre père… Bon, je ne veux pas le critiquer, paix à son âme, au moins c'était un mari fidèle car il était fou de sa femme. Faible, d'accord, mais honnête.

Ulcéré, Axel s'arrêta net.

— Pourquoi tout ce discours, Maurice ? Moi aussi, je suis un mari fidèle ! Ce n'est pas parce qu'une fille me fait du charme que je vais tromper Margaux.

Tout, dans ce qu'il venait d'entendre, lui rappelait douloureusement que son couple avait failli voler en éclats, or ce n'était pas lui le responsable. Le mot même de « tromper » lui était odieux parce que Margaux l'avait trahi et qu'il essayait de ne plus s'en souvenir.

— Quelque chose ne va pas ? demanda Maurice, surpris par le ton vif d'Axel.

— Laisse tomber…

Axel résista à la brusque tentation de se confier à son oncle. Même si celui-ci représentait pour lui la véritable figure paternelle, le mettre dans la confidence était hors de question.

— Tu sais, commença Maurice qui voulait sans doute changer de sujet, depuis votre arrivée, mon opinion sur ta femme a beaucoup évolué. J'étais méfiant, je la croyais trop parisienne et trop délicate pour se plaire ici, mais elle a l'air de très bien s'adapter. Elle est aussi beaucoup plus chaleureuse que je ne le pensais, elle apprécie les réunions familiales et Viviane l'adore ! Tu as vu sa joie quand on a découvert le plafond ? Elle est en train de s'attacher aux Engoulevents, tu as de la chance. Et elle en fera une maison magnifique, maintenant j'en suis certain.

Chanter les louanges de Margaux et soupçonner Axel d'infidélité était si paradoxal qu'il y avait de quoi rire. Un rire amer. Mais Maurice faisait de son mieux, avec sa droiture et son affection habituelles, et Axel ne pouvait pas lui en vouloir. Levant les yeux vers le ciel sombre, il espéra qu'au moins il n'allait pas se remettre à neiger.

*

— Vous avez de belles références et de chouettes réalisations, ma p'tite dame !

Son interlocuteur parlait fort et Margaux baissa le son du téléphone. Elle n'avait pas l'habitude qu'on l'appelle « ma p'tite dame » mais elle choisit de s'en amuser plutôt que de s'offusquer.

— Bon, poursuivit-il, je suis pressé, alors si vous êtes disponible pour venir voir de quoi il s'agit, n'attendons pas la Saint-Glinglin.

— Nous avons rendez-vous en janvier.

— Oui, le 10. Pourquoi perdre deux semaines, je vous le demande ? Je sais que le temps est moche mais vous pourriez prendre un train, il y a des directs Granville-Caen, je me suis renseigné.

— Monsieur Lorieux, nous sommes en période de fêtes et…

— Juste une journée, quoi ! Tenez, demain c'est le 29, ça pourrait coller, non ?

— Pourquoi êtes-vous si pressé ?

— Parce que je veux ouvrir le plus tôt possible, tiens donc ! Et je vous préviens, il faudra mener rondement les travaux, n'embauchez pas des entrepreneurs qui traînassent. D'ailleurs, je vous donnerai des noms, des boîtes sérieuses, sauf si vous en connaissez de meilleures.

En réalité, Margaux ne savait pas trop à qui s'adresser dans la région de Caen et elle s'empressa de retenir la proposition. Pour elle aussi, obtenir un chèque le plus tôt possible était tentant et elle ne voulait surtout pas que son futur client s'adresse à quelqu'un d'autre.

— D'accord pour demain ? insista-t-il de sa voix de stentor. Je vous envoie les horaires par mail et je vous attendrai devant la gare. Ça va comme ça ?

Comprenant qu'elle n'avait pas le choix, elle accepta à contrecœur. Les enfants étaient très occupés avec le chiot et leurs grands-parents pourraient veiller sur eux. Elle ne comptait pas sur Sacha, trop désinvolte pour prendre en charge ses neveux toute une journée, et elle tenait à ce qu'Axel puisse travailler en paix. Il avait l'air totalement absorbé par le roman qu'il écrivait, s'enfermant dans son bureau dès qu'il le pouvait. Mais cette fois, il en sortait réjoui, presque exalté, alors que lorsqu'il écrivait à Paris il semblait presque toujours morose ou insatisfait. Elle espérait que sa nouvelle orientation lui permette enfin de se réaliser et elle refusait d'envisager un échec. Si ce roman, une fois publié, faisait un flop, Axel risquait de ne pas s'en remettre. Or il allait mieux, leur couple aussi, et Margaux elle-même se sentait mieux.

Elle traversa le rez-de-chaussée, levant les yeux vers le plafond en passant dans le salon. Dès que leurs finances seraient à flot, elle pourrait commencer quelques rénovations et elle piaffait d'impatience. Elle avait dressé un ordre de priorités, déjà établi des budgets, esquissé quelques plans. Peut-être faudrait-il des années pour tout mener à bien mais c'était un projet passionnant et désormais Margaux s'était vraiment approprié Les Engoulevents. Parfois, elle songeait avec attendrissement au petit garçon qu'avait été son mari, ne pouvant pénétrer en secret que dans le jardin pour regarder la façade d'un lieu interdit et déserté. Quelle belle revanche pour lui que d'y être installé aujourd'hui !

Axel et Maurice étaient en train de faire du café lorsqu'elle entra dans la cuisine. Sur le comptoir, elle vit une dizaine de bouteilles de vin et de champagne.

— Vous avez dévalisé un caviste ?

— C'est un cadeau de Maurice qui n'a pas voulu que je paie, expliqua Axel. Et devant nous, à la caisse, il y avait Clémence, tu sais, la fille de la médiathèque. Il paraît que les photos des Engoulevents sont superbes, il faudrait aller les voir sur place et elle est prête à nous offrir un agrandissement.

— Trop aimable, railla Margaux.

Mais la facilité avec laquelle Axel racontait cette rencontre lui fit honte. Son mari n'était pas un menteur, il ne dissimulait rien.

— J'ai eu le type de Caen au téléphone, je vais être obligée de faire un aller-retour demain car il veut pouvoir ouvrir son magasin au plus vite.

— Un client à Caen ? s'enthousiasma Maurice.

— Mon premier Normand.

— Il y en aura beaucoup d'autres, vous verrez ! Pour ma part, je parle de vous autour de moi. Nous avons pas mal d'amis dans la région et j'ai gardé des contacts professionnels, alors, on ne sait jamais…

Margaux vint vers lui et lui déposa un baiser sonore sur la joue.

— Vous êtes trop gentil, Maurice.

— Les enfants ont emmené tes parents se promener vers la pointe du Roc, annonça Axel. Ils voulaient voir les vieilles maisons des rues Saint-Jean et Notre-Dame, et peut-être manger une crêpe au coin du feu à L'Échauguette.

— Avec le chiot ? s'inquiéta Margaux.

— Non, il fait trop froid. Ils l'ont déposé sur le lit de Sacha qui dort encore.

— Ils vont lui donner de mauvaises habitudes.

— À ton frère ou à Samba ?

Margaux ignora la moquerie et se tourna vers Maurice.

— Je voudrais qu'elles retrouvent un bel aspect, expliqua-t-elle en désignant les tomettes rectangulaires et bombées qui composaient le sol de la cuisine. Mais j'ai peur de faire des bêtises, elles semblent très anciennes.

— Sûrement d'origine, avec leurs joints larges… Essayez donc un mélange d'huile de lin et de térébenthine, mais il faudra passer plusieurs couches.

— Qui m'a collé cette bouillotte dans le cou ? demanda Sacha en entrant.

Hirsute et vêtu d'une grosse robe de chambre, il tenait Samba dans ses bras.

— Elle a des pattes, laisse-la marcher, suggéra Axel.

— Mademoiselle ne voulait pas descendre l'escalier, il a bien fallu que je la porte.

Il déposa la petite chienne sur les genoux de Margaux et alla se servir un café.

— Quel est le programme, aujourd'hui ?

— Moi, je monte travailler, j'ai plein d'idées pour mon prochain chapitre !

Axel se dépêcha de quitter la cuisine tandis que Maurice se levait et prenait congé, promettant à Margaux de lui trouver les produits adéquats.

— Il est vraiment sympa, ce tonton Maurice, déclara ironiquement Sacha dès qu'il fut sorti. Mais il n'est plus tout jeune, ménage-le…

— Tu te moques de lui ? Tu as tort, d'abord il est très gentil, et surtout bien plus malin que tu ne l'imagines.

— Le bon sens paysan ?

— Mais enfin, Sacha, tu mélanges tout, ce n'est pas un paysan, il était artisan ! Et arrête de prendre les gens de haut, ça ne te grandit pas.

— Holà… Serais-tu de mauvaise humeur, petite sœur ?

— Non, mais je dois aller à Caen demain pour rencontrer ce type dont tu m'as donné les coordonnées.

— Tu vois, je sers à quelque chose !

Il l'avait dit avec un peu d'amertume et Margaux s'en étonna.

— Bien sûr, assura-t-elle gentiment. Tu m'as rendu un grand service.

— Tant mieux. Pour une fois… Tu sais quoi ? C'est difficile d'exister en famille.

— Pourquoi ?

— Vous avez tous une sorte de… d'identité et d'utilité bien définies. Maurice était artisan, papa et maman sont brocanteurs, ton mari écrit et les enfants sont collégiens : bref, chacun a son étiquette. Alors que moi, quand on me demande ce que je fais, j'ai du mal à répondre parce que je ne fais rien de précis. Je ne rentre dans aucune case, je suis dilettante, voire oisif.

— Et ça te pèse ?

— En réalité, la plupart du temps ça me plaît. Mais ici, au milieu de toute votre agitation, je me sens en décalage. En plus, vous allez tous par deux et je suis seul. Dans mon groupe d'amis qui compte de nombreux célibataires fêtards comme moi, je suis plus à l'aise.

Margaux posa une main affectueuse sur l'épaule de son frère. Il était généralement si désinvolte et si rieur que ces déclarations avaient de quoi la surprendre. Depuis des années, ils maintenaient un lien fraternel sans être vraiment proches, évoluant dans des sphères trop différentes.

— Sacha, si tu veux changer de façon de vivre, rien ne t'en empêche.

— Je crains de n'en avoir ni le courage ni l'envie. En revanche, je t'admire pour ton goût du travail bien fait et ton sens de la famille. Par exemple, avoir accepté de suivre ton mari dans ce trou : bravo ! Parce que votre manoir a beau être superbe, je m'y ennuierais à mourir.

— On ne s'ennuie pas quand on s'occupe des siens, de son boulot et de sa maison ! répondit-elle vertement.

— J'imagine… Et d'ailleurs, au fond, je t'envierais presque ! Tu as toujours réponse à tout, tu planifies tout, tu arranges tout… Il y a quelque temps, j'ai pourtant cru que ça n'allait plus très bien entre toi et Axel. Mais le soir de Noël, vous aviez l'air vraiment bien ensemble, alors je suppose que tu es heureuse ?

— Je le suis.

L'affirmation était sincère, même si Margaux avait encore des doutes dont elle ne voulait faire part à personne. Surtout pas à Sacha qui venait de lui donner la preuve de sa perspicacité.

— Bien, reprit-il en se secouant. Que puis-je faire pour toi aujourd'hui ?

— Quand tu seras habillé, descends donc ces bouteilles à la cave. Et n'en profite pas pour la transformer en cachette de fantômes pour les enfants !

Plus personne ne parlait du jour où Angélique et Rodolphe avaient failli se noyer et Sacha lui-même semblait avoir oublié. Margaux prit Samba dans ses bras et voulut la déposer dans son panier qui avait été installé à la cuisine. Mais la petite chienne était réveillée, à présent elle voulait jouer. Margaux décida qu'elle avait bien quelques minutes à lui accorder et elle alla chercher une balle pour la lui lancer.

*

Dans l'après-midi, après la longue balade avec leurs grands-parents, Angélique était venue discuter dans la chambre de son frère.

— Emmène-moi, insista-t-elle.

— Je n'ai aucune envie de traîner ma petite sœur derrière moi, répéta-t-il, buté. Tu n'as qu'à y aller avec tes copines.

Il s'était enfin fait quelques amis après des débuts difficiles au collège. L'un d'entre eux, Vincent, plaisait beaucoup à Angélique qui cherchait une occasion de le rencontrer ailleurs que dans la cour, où les classes ne se mélangeaient pas.

— Ange, poursuivit-il plus gentiment, tu as douze ans, tu ne vas tout de même pas te mettre à draguer ?

— Je ne drague pas ! protesta-t-elle, outrée. Ce serait juste pour le plaisir d'être avec des garçons plus grands… Dans ma classe, ce sont tous des bébés ! Et les filles sont mûres plus vite. Tiens, moi, je fais plus que douze ans, non ?

Il la détailla comme s'il ne la connaissait pas et hocha la tête.

— Admettons. Mais ça ne change rien. J'ai eu assez de mal à me faire accepter, je ne veux pas d'une gamine dans mes pattes, même si elle est mignonne.

Sourcils froncés, Angélique réfléchissait à toute vitesse.

— Si tu m'emmènes, je saurai convaincre Sacha de nous déposer avec son superbe coupé devant Boules et Billes où tes copains t'attendront. Allez, Rody…

La proposition était tentante pour l'adolescent car la voiture de leur oncle pouvait en jeter plein la vue.

— Bon, essaie. Si tu y arrives, tu pourras venir avec moi. Mais une fois là-bas, ne t'accroche pas à moi, garde tes distances, tu trouveras bien des filles avec qui jouer ou discuter.

Le bowling de Granville était le repaire des jeunes de toute la ville et Rodolphe y laissait une partie de son argent de poche.

— Et dépêche-toi, ajouta-t-il en enfilant un sweet-shirt à capuche, l'heure tourne !

*

Axel se redressa et se massa la nuque. Il tapait sur son clavier depuis des heures, il avait même refusé de descendre déjeuner tant son inspiration le portait. Son chevalier Vital Saint-Sauveur vivait des aventures palpitantes au fil des pages et chaque événement en amenait tout naturellement un autre.

Il prit les feuilles qui venaient de sortir de l'imprimante et les relut pour les corriger, intégrant ses modifications directement sur l'écran. Il avait déjà écrit huit chapitres, ce qui représentait une grosse somme de travail. Il approchait de la fin de l'histoire, il devait maintenant dénouer les fils des intrigues qu'il avait tissées. Mais d'abord, avant de poursuivre, il voulait l'avis de son éditeur sur le travail en cours. Avec une certaine inquiétude, il lui envoya un mail avec le fichier en pièce jointe.

— Bonne chance… soupira-t-il en fermant son ordinateur.

Sur le bureau, le plateau apporté par Margaux était intact, il n'avait bu que le café, délaissant le sandwich. Il le prit et se mit à le dévorer. La nuit tombait, l'après-midi se terminait, et la seule lampe qu'il avait pensé à allumer laissait partout des ombres. Comme il n'avait toujours pas trouvé le temps de l'arranger un peu, la pièce n'était pas gaie. Son petit bureau Louis XVI disparaissait sous l'imprimante, l'ordinateur, des papiers épars. Et les livres étaient toujours dans des cartons empilés au sol. En cinq mois, il n'avait rien fait pour rendre le cadre agréable, mais il s'en fichait. D'abord, il s'était occupé de Tournepierre, puis il avait eu cette idée de roman historique et depuis il s'y consacrait. Sur les murs nus, il voyait des chevauchées, des duels, des diligences et des chapeaux à plumes. Quand il voulait détendre ses jambes ou ses épaules ankylosées, il allait d'une fenêtre à l'autre, regardait le jardin et, au-delà, la mer où il imaginait un brick de corsaires gréé en voiles carrées.

Il se leva, éteignit et dévala les deux étages jusqu'au rez-de-chaussée.

— Tu n'as pas choisi le plus pratique en t'installant là-haut ! lui lança Margaux qui traversait le hall d'entrée.

— C'est mon nid d'aigle, j'y suis très bien. Tu as fini de travailler ?

— J'ai réuni un peu de documentation sur divers matériaux pour l'aménagement de ce magasin à Caen.

— Tu es toute seule ? Où sont les autres ?

— Sacha est parti avec les enfants et mes parents se reposent à Tournepierre. Je les connais, ils viendront à l'heure de l'apéritif !

— Alors nous pouvons prendre un verre rien que nous deux ?

— Nous trois, avec Samba, dit-elle en désignant la petite chienne qui la suivait pas à pas.

— Les enfants devaient s'en occuper, non ?

— Ils sont en vacances, laisse-les se balader. De toute façon, il faudra attendre le rappel de la vaccination pour emmener Samba en ville. Et je t'annonce que nos enfants ne veulent plus qu'on les appelle comme ça.

— Enfants ? On ne va pas dire les rejetons ou les héritiers !

— Disons plutôt… je ne sais pas… les jeunes ?

— Ces jeunes qui sont nos enfants et qui le resteront, même adultes, s'amusa-t-il.

Dans la cuisine, il vérifia le bol d'eau de Samba avant de servir deux verres d'un crémant de Touraine.

— Je suis très content de mon manuscrit, annonça-t-il. Reste à savoir ce que mon éditeur va en penser. J'espère surtout qu'il ne prendra pas trop de temps pour me répondre.

— Tu as terminé ?

— Presque. J'ai même envie de ralentir un peu pour la fin tant je prends du plaisir à écrire. Si jamais ça marche, je me lancerai dans une suite sans attendre !

Sa joie était communicative mais tout dépendrait maintenant de l'avis des professionnels. Or, même si celui-ci était positif, resterait à plaire aux lecteurs. Axel n'étant pas un auteur connu, il n'y aurait probablement pas d'investissement de publicité et de communication sur son nom, mais le bouche-à-oreille pouvait fonctionner, comme cela avait été le cas pour Margaux dans son métier. Le talent et le travail finissaient toujours par payer, du moins voulait-elle le croire.

— J'aimerais bien le lire, proposa-t-elle.

Il parut surpris de sa demande puisqu'elle attendait toujours qu'un livre de son mari soit publié pour s'y plonger.

— Avec plaisir ! Et tu me diras franchement ce que tu en penses.

— Promis. Mais je ne suis pas une grande lectrice, je n'ai jamais le temps…

Une manière de s'excuser de s'être si peu intéressée au travail d'Axel jusque-là. Ils savourèrent leur première gorgée puis elle déclara :

— De mon côté, j'aimerais bien te soumettre quelques idées pour nos Engoulevents. Des esquisses de projets que nous ne pourrons pas mettre en œuvre avant un bon moment, mais déjà voir si nous sommes d'accord. Et puis c'est agréable de rêver, de se projeter.

Axel lui adressa un vrai sourire de gamin heureux.

— Tu viens de dire « nos » Engoulevents, c'est formidable !

Elle éclata de rire au moment où la porte s'ouvrait sur Sacha et les enfants. Leur air piteux n'annonçait rien de bon et Angélique tamponnait sur sa bouche un mouchoir ensanglanté. Aussitôt Margaux s'alarma.

— Mais qu'est-ce qui s'est passé ?

— Un petit souci, commença Sacha. Rien de grave…

— À savoir ?

— Eh bien, d'abord c'est ma faute.

— C'est *toujours* ta faute ! ragea Margaux.

— Ne te mets pas en colère, il n'y a pas mort d'homme.

— Encore heureux, marmonna Axel.

— Voilà, j'ai fait deux ou trois parties de billard avec Angélique, pendant que Rodolphe jouait avec ses copains. Ensuite, en quittant Boules et Billes, j'ai voulu faire un saut au supermarché pour acheter des trucs et, comme c'était quasiment l'heure de la fermeture, le parking était désert. C'est un très grand parking, vous le connaissez…

Il reprit son souffle, posa une main protectrice sur l'épaule de Rodolphe avant de poursuivre.

— J'étais le dernier client, il n'y avait vraiment plus personne quand nous sommes sortis. Et là, j'ai eu une idée marrante. J'ai proposé à Rodolphe de faire un petit essai au volant.

— Au volant ? répéta Margaux, incrédule. De ta voiture de location ? Mais Rodolphe n'a jamais conduit !

— Je voulais en quelque sorte lui donner sa première leçon.

— Et puis ? Accouche ! s'emporta Axel.

— Au début, tout allait bien, je lui disais comment faire, mais il a accéléré d'un coup sans le vouloir, il a dû confondre les pédales, le truc du débutant, et… Et ce super coupé est nerveux comme un pur-sang, il réagit au quart de tour, alors nous avons heurté un poteau. Mais comme vous voyez, tout le monde va bien, il n'y a pas de drame.

— Tu es cinglé, soupira Margaux. Dans quel état est la voiture ?

— Une aile enfoncée. Je dirai au loueur que c'est moi qui conduisais.

— Évidemment ! Ils ne sont pas assurés pour qu'un gamin de treize ans prenne le volant !

Elle regarda son fils, puis sa fille, avant de demander :

— Je suppose que vous avez eu peur ?

— Très… bredouilla Rodolphe. Enfin, pour la bagnole.

— J'ai eu peur aussi au moment du choc, avoua Angélique. J'étais à l'arrière et j'ai heurté le dossier, je me suis fendu la lèvre.

— Donc, en plus, tu n'avais pas ta ceinture ?

— Je me suis détachée pour voir comment Rodolphe s'y prenait parce que, après, normalement c'était mon tour…

Au lieu de s'énerver contre ses enfants, Margaux passa sa fureur sur son frère, seul responsable.

— Arrête de leur faire faire n'importe quoi, ça me rend dingue !

Elle se leva si brusquement que sa chaise se renversa. Elle alla droit au réfrigérateur où elle prit des glaçons qu'elle mit dans un torchon propre avant de le tendre à sa fille.

— Mets ça sur ta lèvre.

Rodolphe fit alors un pas vers elle et murmura :

— Maman, n'engueule pas Sacha, ce n'était pas son idée, c'est moi qui lui ai demandé et j'ai beaucoup insisté.

Margaux prit le temps de redresser sa chaise avant de lui faire face. Qu'il ait le courage de s'accuser était plutôt positif, et que Sacha ait voulu le couvrir l'était aussi.

— Rodolphe, tu es irresponsable, et ton oncle autant que toi. Il aurait dû refuser.

Mais sa colère s'était évanouie. Elle ajouta, plus calmement :

— Dans deux ans tu travailleras ton code et dans trois ans tu auras l'âge de la conduite accompagnée. D'ici là, ton père et moi t'interdisons de toucher à un volant. C'est clair ?

Comme elle avait inclus Axel, celui-ci se contenta d'approuver en décrétant :

— Allons voir cette voiture.

Dehors, à la lumière des lanternes extérieures, le coupé semblait très abîmé.

— Il va payer une sacrée franchise, fit remarquer Axel.

— Bien fait pour lui. La prochaine fois, ce sera quoi ? Il les saoulera au whisky pour leur faire prendre leur première cuite ? Avoir un frère pareil, c'est…

Elle se tut en apercevant ses parents qui remontaient la pelouse vers eux.

— Sacha a eu un accident ? s'inquiéta aussitôt Louise.

— Il te racontera ça mieux que moi, maman. Car, pour tout te dire, il avait mis Rodolphe au volant.

— Il est fou ! s'emporta Philippe. De toute façon, il n'a jamais eu la tête sur les épaules et ça ne s'arrange pas avec l'âge.

— Philippe…

— Ne prends pas sa défense, c'est exaspérant. Imagine qu'il ait tué notre petit-fils, hein ?

Voyant que ses parents allaient se disputer comme souvent lorsqu'il était question de Sacha, Margaux voulut temporiser.

— En fait, c'est Rodolphe qui a insisté.

— Et alors ? Tu cèdes aux caprices des gamins, toi ? J'espère bien que non ! Mais ta mère, oui, elle lui a toujours tout passé et regarde ce qu'il est devenu.

— Papa, ne t'énerve pas, tu vas accabler Rodolphe s'il te voit en colère. Il a dû se montrer très persuasif avec Sacha. Rentrons, vous allez avoir froid.

Mais la neige avait fondu, les températures remontaient malgré un vent fort venu de la mer.

— Je prendrai la voiture, demain, décida Margaux. Je n'aime pas le train et il n'y a pas beaucoup de directs. Comme ça, je rentrerai quand je veux.

Le rendez-vous à Caen serait peut-être long et elle voulait se sentir libre. Tandis qu'ils regagnaient la maison, Louise s'était mise à réfléchir à la manière dont elle allait aider son fils à payer les dégâts. Le loueur de voitures allait sans doute demander pas mal d'argent pour cet accident, or Sacha n'en avait pas. Elle pourrait lui en donner, à condition que Philippe ne l'apprenne pas. Depuis longtemps ils étaient en désaccord au sujet de leur fils aîné qui, certes, multipliait les bêtises mais auquel son cœur de mère restait attaché en dépit de tout. Il était si charmeur, savait si bien la cajoler qu'elle ne résistait jamais. Oui, c'était décidé, elle le prendrait à part pour lui remettre discrètement un chèque. Un petit accord de plus entre eux deux car il y avait eu des précédents. Par chance, elle était prévoyante et s'était constitué quelques économies au fil des années en gérant au mieux son modeste pécule de jeune fille. Elle n'avait pas honte de les avoir dissimulées à son mari, persuadée que dans un couple chacun devait garder un jardin secret. Même Margaux, pourtant si droite, avait fait bien plus grave avec sa liaison.

Se rendant compte qu'elle était restée seule en arrière, elle jeta un dernier coup d'œil à la carrosserie enfoncée et se dépêcha de rejoindre les autres.

*

Gabriel, après avoir passé un Noël solitaire, avait fini par dîner avec des amis le 26 et le 27. Mais, quoi qu'il fasse, il demeurait obsédé par Margaux. C'était lancinant et douloureux, il ne cessait de penser à elle, de la revoir sur ce trottoir granvillais, avec son air apeuré parce que sa mère se trouvait dans les parages, ses yeux merveilleux rivés sur lui et la neige qui tombait tout autour.

Dans son loft ou dans son bureau du théâtre, il remâchait l'échec de sa visite surprise en Normandie. D'autant plus qu'il avait cru percevoir une légère faille chez Margaux, comme une ombre de crainte ou de regret. Avait-il alors trouvé les mots adéquats, fait les bons gestes ? Sans la présence inopportune de cette mère, elle aurait sûrement accepté de boire un chocolat ou un thé avec lui et il aurait pu plaider sa cause. Mais peut-être se serait-elle enfuie de toute façon. Comment démêler ses véritables désirs ? Elle affirmait vouloir sauver sa famille, son couple ; s'en faisait-elle un devoir en renonçant à ses envies profondes ? Elle ne lui avait pas semblé heureuse ou épanouie, mais uniquement volontaire, butée dans sa décision. Et tandis qu'elle lui redisait que tout était fini, il ne pensait qu'à la prendre dans ses bras.

En ruminant, en réfléchissant, Gabriel finissait par se demander s'il ne devrait pas tenter d'avoir une conversation d'homme à homme avec le mari. Axel était, à l'évidence, l'obstacle majeur. Si Gabriel pouvait l'affronter face à face, au moins il aurait une idée plus précise de l'homme qui parvenait à retenir Margaux. Ce mari qu'elle avait trompé, qu'elle aurait pu quitter, qui était-il ? Pourrait-il comprendre qu'il faisait le malheur de sa femme en la gardant ? Qu'il ruinait ainsi sa carrière et sa joie de vivre ?

L'idée fit vite son chemin. Au point où il en était, Gabriel n'avait plus de cartouches, celle-ci serait la dernière, mais si c'était la bonne ? Il voulait le croire, supportant mal de rester impuissant, et toujours incapable d'accepter sa défaite. Restait à trouver de quelle manière s'y prendre. Retourner à Granville et y guetter Axel ? Il pourrait le reconnaître grâce à la photo au dos de son livre et l'aborder au culot. Un plan qui avait tout d'une tentative désespérée. Il pouvait aussi l'appeler carrément et demander à le rencontrer, c'était plus viril et ce serait plus efficace. Sauf qu'il n'avait pas son numéro de portable… Toutefois, il suffisait de joindre son éditeur, de raconter qu'il souhaitait proposer à Axel Saint-Sauveur l'écriture d'une pièce de théâtre et il obtiendrait ses coordonnées. Il était assez connu sur la place de Paris pour qu'on le prenne au sérieux.

Persuadé qu'il venait de choisir la meilleure option, en homme d'action il décida aussitôt de contacter la maison d'édition.

*

Comme elle l'avait prévu, Margaux partit tôt en voiture le matin du 29. En passant par Villedieu-les-Poêles puis en récupérant l'A84, elle mettrait environ une heure et demie pour arriver à Caen. Elle avait prévenu son client et devait le retrouver dans le centre, devant son magasin.

Après tous les bons moments vécus en famille, agréables mais fatigants, elle était contente de se retrouver un peu seule, d'autant plus qu'elle aimait conduire et en profitait souvent pour réfléchir. Durant ces derniers jours, Axel s'était montré affectueux, il lui parlait plus volontiers, plaisantait, multipliait les gestes envers elle comme s'il avait besoin de ce contact. Noël les avait rapprochés et Margaux se félicitait d'avoir su en faire une belle fête. Comparé au petit sapin blanc qu'ils achetaient traditionnellement à Paris, le grand épicéa coupé chez eux et installé sous le plafond à caissons avait une tout autre allure. Le feu de cheminée, l'arrivée de la petite chienne, la neige immaculée dans le jardin : tout avait concouru à une merveilleuse soirée. Elle en avait profité pour oublier la présence indésirable de Gabriel à Granville. Définitivement, elle avait tiré un trait sur leur aventure, ne voulait plus s'en souvenir. D'ailleurs, toute cette histoire avait pris beaucoup trop de place. Elle avait failli perdre Axel, été contrainte de changer de vie… Et depuis, tandis qu'elle s'acharnait à reconstruire son couple, s'occupait-elle suffisamment de sa fille et de son fils ? Faisaient-ils assez de sport, avaient-ils assez d'amis ? Elle devrait aussi prendre le temps de rencontrer leurs professeurs, cesser d'y envoyer Axel à sa place sous prétexte d'être débordée de travail. Et surtout, il devenait urgent de consacrer un moment privilégié à chacun et d'éviter aussi de les englober sous l'appellation « les enfants » qu'ils rejetaient désormais.

Arrivée à Caen, elle utilisa son GPS pour trouver le local de son client, du côté du port de plaisance, lequel permettait aux bateaux, grâce aux quatorze kilomètres du canal, de rejoindre la mer. L'homme qu'elle devait rencontrer l'attendait derrière des baies vitrées masquées de peinture blanche et il la fit entrer dans un vaste magasin désaffecté.

— Et voilà ce qui vous attend, ma p'tite dame ! lança-t-il fièrement. Deux cents mètres carrés à aménager avec une déco haut de gamme. Ce sera une boutique consacrée aux hommes, pour une fois. Vêtements chics, cachemires de luxe, cravates de marque, un peu de maroquinerie, des montres connectées… Vous voyez le genre ? Il n'y a pas ça dans toute la ville, c'est un créneau à prendre. Et je veux ouvrir début mars, vous avez huit semaines pour me faire un truc qui en jette !

La personnalité du bonhomme n'allait pas du tout avec son projet. Intriguée, elle demanda :

— Vous comptez vous en occuper vous-même ?

— De la comptabilité, c'est sûr ! Et j'aurai un œil sur votre chantier, évidemment. Mais pour accueillir les clients, je vais devoir recruter une jolie vendeuse élégante et maniérée. Et même deux, si ça marche bien.

Tout en parlant, il lui fit visiter le rez-de-chaussée, le sous-sol, puis il la regarda prendre des mesures et des photos.

— Je veux un décor qui claque, précisa-t-il au bout d'un moment.

— Nous devrions plutôt opter pour quelque chose de classique, de feutré, à la manière de certains magasins anglais. En utilisant du bois clair comme du chêne naturel, peut-être avec une moquette écossaise et des comptoirs de drapier sur lesquels poser quelques pièces pour les mettre en valeur. Il faudra soigner les éclairages… On pourrait aussi envisager un coin détente, près des cabines d'essayage, en installant de gros fauteuils club destinés à ceux qui accompagneront vos clients.

Médusé, il la scruta quelques instants avant d'émettre un sifflement qui se voulait flatteur.

— Alors, là, je crois que j'ai eu la main heureuse en vous faisant venir ! On m'avait bien dit que vous aviez beaucoup travaillé à Paris, alors vous savez ce qui est classe, vous… On va leur en mettre plein la vue !

Malgré sa défiance des premières minutes, elle finissait par le trouver sympathique.

— Quel est votre budget ? demanda-t-elle en souriant.

— Vous avez carte blanche. Mais établissez-moi un devis détaillé, j'aime savoir où je vais.

À côté de la si snob Laureen, ce client était bien fruste. Qu'il veuille s'attaquer à un marché dont il ignorait les usages pouvait paraître risqué, mais il était malin, possédait à l'évidence le sens du commerce et il avait déjà dû monter un certain nombre d'affaires. Margaux eut la certitude qu'ils allaient bien s'entendre, voire s'amuser sur ce projet.

— Je vous donne une avance, déclara-t-il en sortant un chéquier de sa veste.

— Vous pouvez attendre les premières ébauches.

— Non, non, tout travail mérite salaire, vous n'allez pas bosser là-dessus pour des prunes, c'est malsain.

Elle se mit à rire, égayée par leur échange et soulagée à la perspective de cette rentrée d'argent plus rapide que prévu.

— Maintenant, allons déjeuner, je vous emmène dans un bistrot où vous allez vous régaler !

La prenant par l'épaule, il ne lui laissa pas la possibilité de refuser son invitation.

8

Axel était d'abord resté sans voix, estomaqué par le culot de ce Gabriel Maréchal qu'il détestait. Ensuite, son premier réflexe avait été de refuser tout net la rencontre proposée. Se voir ? Quelle idée ! Pour quoi faire ? Mais finalement, il avait cédé, poussé par la curiosité, et peut-être aussi par un besoin de revanche qu'il ne s'était pas avoué jusque-là. Lui qui croyait l'histoire enterrée, voilà qu'elle revenait de la façon la plus absurde qui soit et le replongeait dans l'un des pires moments de sa vie. Du bout des lèvres, il avait donc accepté en y mettant ses conditions, à savoir qu'il n'irait pas plus loin que devant le portail de sa propriété. Cette obligation n'avait pas découragé celui qu'il considérait comme son *ancien* rival, prêt à prendre la route sur-le-champ.

Perplexe, puis soucieux, Axel avait passé le reste de la matinée enfermé dans son bureau, après avoir sommé Sacha d'avoir un œil sur les enfants et surtout de s'abstenir de toute nouvelle initiative malheureuse. Quand Margaux l'avait appelé pour lui annoncer qu'elle déjeunait à Caen avec son client et ne rentrerait qu'en fin de journée, il avait été soulagé. Elle ne serait donc pas là quand Gabriel arriverait et ne risquerait pas d'interrompre leur face-à-face. Mais était-ce elle qui avait donné à Gabriel son numéro de portable ? En cas d'accident, à l'époque de sa liaison ? Pas récemment, en tout cas, elle avait vraiment rompu, de ça il était certain. À peu près certain… Il décida de retourner voir, sur Facebook, le profil de Gabriel, mais il n'y trouva rien de nouveau, hormis quelques photos sur lesquelles il ne s'attarda pas.

Comme il fallait près de quatre heures pour venir de Paris, en attendant, Axel avait essayé de travailler, sans y parvenir. Pas plus qu'il ne trouvait de raison à cette demande de rencontre. Le mari et l'ex-amant n'avaient rien à se dire. Dans la bataille dont Margaux avait été l'enjeu, Axel considérait qu'il avait gagné, point final.

Lassé de tourner en rond, il finit par descendre et trouva la famille attablée dans la cuisine. Pour ne pas montrer sa nervosité, il s'obligea à grignoter un peu de l'omelette aux pommes de terre préparée par Louise. Comme d'habitude, Sacha chahutait avec Rodolphe et Angélique tandis que Samba courait inlassablement après sa balle, mais l'ambiance joyeuse du repas ne réussit pas à distraire Axel.

Une fois ses beaux-parents partis se reposer à Tournepierre et les enfants installés devant un film avec Sacha, il commença à regarder sa montre toutes les cinq minutes. Il était pressé, maintenant, d'affronter cette rencontre et de s'en débarrasser avant le retour de Margaux. Quand enfin sur son téléphone il reçut le message de Gabriel annonçant qu'il était arrivé, Axel quitta la maison et traversa le jardin d'un pas décidé.

De loin, il vit Gabriel descendre d'une Porsche noire arrêtée devant le portail. Exactement le type de voiture qu'un homme dans son genre se devait d'avoir ! La panoplie du séducteur avec son long pardessus bleu nuit et son écharpe blanche. Il le rejoignit, les mains enfoncées dans les poches de sa parka, et ils se regardèrent en silence quelques instants, chacun jaugeant l'autre.

— Bonjour, lâcha enfin Gabriel.

Axel se dispensa de salutations et alla droit au but.

— Vous vouliez me voir, alors allez-y, dites-moi pourquoi.

— Pour vous parler de Margaux, bien sûr.

— Bien sûr… Et puis ?

— Eh bien, je ne pense pas qu'elle soit heureuse en ce moment, ni avec vous, ni ici, loin de tout.

— Qu'en savez-vous ? Vous la voyez encore ?

— Non.

Comme il avait marqué une légère hésitation, Axel insista.

— Vous lui téléphonez ?

— Non plus. Mais je la connais. Peut-être mieux que vous.

— Foutaises ! explosa Axel.

Le calme et l'assurance de Gabriel l'exaspéraient et ce qui suivit n'arrangea pas les choses.

— Votre maison paraît belle, néanmoins vous êtes très isolés. En éloignant Margaux de Paris et en la retenant ici, vous la privez de sa carrière, d'une existence qu'elle aimait, vous…

— Je ne la *retiens* pas, figurez-vous ! Elle est libre et elle a choisi de rester avec moi. Elle m'a choisi.

— À cause de vos enfants.

— Pas seulement. Et je ne comprends toujours pas ce que vous cherchez.

— Je voulais que vous sachiez que Margaux n'a pas été qu'une aventure pour moi. Elle est la femme de ma vie.

— Elle a pourtant décidé de vous rayer de la sienne !

La phrase parut porter, le visage de Gabriel se ferma.

— Vous devez l'ignorer mais elle voulait vous dire la vérité, arrêter de se cacher… Et elle était prête à venir vivre avec moi. Vous avez réussi à l'en dissuader, sans doute en la culpabilisant.

— Elle s'est culpabilisée toute seule. Les mensonges et la trahison lui pesaient.

— Vous le lui ferez payer à un moment ou à un autre. Ce jour-là, elle regrettera.

— Quoi ? Vous ? ricana Axel qui sentait monter la colère. Vous n'avez pas le beau rôle dans cette histoire et en ce moment je vous trouve ridicule. Vous avez fait tout ce chemin pour quoi exactement ? Vous pensiez repartir avec elle ? Margaux est ma femme, elle m'aime, vous devriez vous en aller.

— Elle vous aime ? Pourtant, elle a eu envie de quelqu'un d'autre. Ça ne vous fait pas réfléchir ? Elle était bien avec moi, elle riait, elle vivait intensément. Et vous exigez égoïstement qu'elle reste là, sans comprendre que vous faites son malheur. L'avenir me donnera raison.

— Je me passe volontiers de vos leçons et de vos prédictions.

Axel était en train de perdre son sang-froid, l'affrontement risquait de déraper et de devenir violent.

— Maintenant, gronda-t-il, cassez-vous !

Il aurait pu choisir de tourner les talons et de rentrer chez lui mais il ne voulait pas avoir l'air de fuir. Comme Gabriel ne bougeait pas, il fit un pas vers lui.

— Allez-vous-en. Compris ?

— Axel, vous cherchez la bagarre ?

Que l'autre l'appelle par son prénom le mit hors de lui, et sans même l'avoir décidé, cédant à une envie trop longtemps contenue, il lui envoya un direct en pleine figure. La riposte fut fulgurante, Gabriel lui balança dans l'estomac un violent coup de poing qui lui coupa le souffle. La seconde d'après, ils se jetèrent l'un sur l'autre.

*

Le film de science-fiction choisi par ses neveux ne passionnait pas Sacha. Il préférait les thrillers ou les films d'épouvante mais il ne voulait pas être tenu pour irresponsable une fois de plus.

Ayant complètement décroché de l'intrigue, il avait fini par se lever pour se dégourdir les jambes et s'était machinalement approché d'une fenêtre. Depuis qu'il séjournait aux Engoulevents, il aimait beaucoup regarder la mer et les couleurs changeantes du ciel. Car même pour quelqu'un comme lui qui n'était pas très contemplatif, le paysage était vraiment envoûtant. Mais ce qu'il vit d'abord fut son beau-frère en train de se battre avec un inconnu. Stupéfait, il s'assura d'un coup d'œil que ses neveux étaient toujours captivés par l'écran puis il se précipita dehors et traversa la pelouse en courant.

Sans réfléchir, il se jeta entre les deux hommes pour les séparer.

— Arrêtez, vous êtes fous !

Son intervention parut doucher l'agressivité des combattants qui s'éloignèrent l'un de l'autre, cherchant à reprendre leur souffle. Axel avait une arcade sourcilière ouverte, l'inconnu saignait du nez.

— Qu'est-ce qui se passe ? demanda Sacha à Axel. Qui est-ce ?

Son beau-frère secoua la tête d'un air buté avant de planter son regard dans celui de son adversaire.

— Personne… finit-il par dire.

L'homme parut ne pas comprendre et hésita. Il fixa longuement Axel puis se détourna et rejoignit la Porsche noire garée à proximité. Il démarra en douceur, reprit la route et disparut au premier tournant.

— Mais enfin, mon vieux, s'indigna Sacha, tu peux m'expliquer ça ?

Devant son silence obstiné, il le prit par le bras pour l'entraîner vers le manoir.

— Il faut te soigner, peut-être te recoudre. Tu ne veux vraiment pas me raconter pourquoi tu te battais avec ce type ?

Le temps de remonter toute la pelouse, Axel put réfléchir. Pas question de parler de Gabriel comme de l'ancien amant de Margaux et de mettre ainsi la famille au courant d'un secret qui ne concernait que lui et sa femme. Cependant, il devait vite trouver une raison valable, l'inventer au besoin.

— C'est un Parisien, lâcha-t-il enfin. Il avait repéré Les Engoulevents et il s'était mis en tête de les acheter à n'importe quel prix. Il insistait, le ton est monté, il m'a menacé, injurié…

— Et vous en êtes venus aux mains ? Je ne te savais pas bagarreur ! Tu connais son nom, au moins ?

— Il me l'a dit mais je ne l'ai pas retenu. C'est sans importance.

— Tu pourrais porter plainte.

— Non, il ne reviendra pas.

Axel était quasiment certain que Gabriel ne tenterait plus rien. S'il avait pu craindre que, devant Sacha, Gabriel mette Margaux en cause pour s'expliquer, il devait reconnaître qu'il n'en avait rien fait. Une attitude quasiment solidaire, autant lui reconnaître ce mérite. Subsistait une grave question : que dire à Margaux ce soir ? La vérité, car c'était toujours la meilleure solution, et il respectait trop sa femme pour lui mentir. En revanche, vis-à-vis de toute la famille, l'incident devrait rester comme un différend avec un parfait inconnu.

*

Margaux arriva en fin de journée, alors que la nuit était déjà tombée. Axel l'avait guettée pour l'intercepter avant tout le monde et il la rejoignit dans sa voiture au moment où elle coupait le contact. Passé la surprise de voir son mari avec un pansement au-dessus de l'œil, elle écouta en silence le récit qu'il lui fit sans rien omettre.

— C'est moi qui ai frappé le premier, je le reconnais, précisa-t-il. Je n'en pouvais plus de l'entendre parler de toi comme d'une femme malheureuse que je retiens par pur égoïsme. Il m'a poussé à bout. Est-ce qu'il était là pour ça ? Nous nous détestons, évidemment… Il comptait sans doute sur ta présence, même s'il avait demandé une explication d'homme à homme. Au moins, devant Sacha, il ne t'a pas citée, je crois qu'il a compris que le silence valait mieux.

Margaux n'en revenait pas. Malgré tout ce qu'elle avait pu lui dire, Gabriel était revenu à la charge, il avait carrément demandé à rencontrer Axel ! Croyait-il avoir encore une chance ? Et avait-il évoqué le fait qu'il s'était déjà rendu à Granville une première fois pour la guetter, la trouver et lui parler ? Elle regrettait soudain d'avoir écouté sa mère et décidé de cacher la rencontre. Elle avait pourtant failli l'avouer à Axel le jour où ils étaient allés chez l'éleveur, mais après la frayeur du camion en travers, elle avait préféré attendre et n'y avait plus pensé. Une fois encore, elle était prisonnière de ses mensonges.

— Il a reconnu qu'il ne te voyait plus, ne te téléphonait plus.

— J'ai bloqué ses appels.

— Mais mon numéro, comment l'a-t-il eu ? Tu le lui avais donné ?

— Bien sûr que non !

— Il a dû trouver un moyen. Je suppose qu'il est très têtu.

— Très.

Ils se turent quelques instants puis Axel prit la main de Margaux.

— Il faut vraiment que nous arrivions à oublier tout ça. Tu es d'accord ?

— Oh oui…

Évidemment, elle l'était. Et même si l'oubli était un objectif trop dur à atteindre, ils devaient enterrer définitivement toute l'histoire. Gabriel n'aurait jamais dû venir défier Axel, en le faisant il avait mis Margaux en danger. Avec ses enfants et ses parents qui n'étaient pas loin, qui auraient pu sortir pour s'en mêler et découvrir ainsi la vérité. Ils avaient frôlé la catastrophe et elle en voulait à Gabriel. Mais qu'aurait-elle fait à sa place, sinon jouer sa dernière carte ? Elle eut une pensée pour lui, imaginant son retour solitaire vers Paris et sa déception d'avoir échoué. Cependant, elle ne devait pas le plaindre, ni le trouver courageux, encore moins se sentir flattée d'être aimée avec tant de passion.

— Je suis tellement désolée, murmura-t-elle.

— Tu n'y peux plus rien.

— Ton arcade, c'est grave ?

— Non, il y avait des Steri-Strip dans notre armoire à pharmacie et Sacha en a posé deux après avoir désinfecté.

Margaux eut une pensée reconnaissante pour son frère, et pas seulement parce qu'il avait soigné Axel mais parce qu'il l'avait séparé de Gabriel. Sans son intervention rapide, jusqu'où les deux hommes auraient-ils pu aller ?

— Rentrons, maintenant, proposa-t-elle.

— Et souviens-toi, il s'agissait seulement d'un acheteur mal embouché, arrogant et provocateur…

Elle eut enfin un sourire. Axel la protégeait et se protégeait lui-même avec cette fable. Au moins, la famille resterait à l'écart d'un secret qu'ils refusaient de révéler.

— Je ne parle que de moi et j'ai oublié de te demander comment s'est passé ton rendez-vous.

— Bien ! Mon client est plutôt brut de décoffrage, il a un vocabulaire très familier, mais il m'a invitée à déjeuner dans un excellent restaurant. Et on va s'entendre car il n'hésite pas à payer largement les gens qui travaillent pour lui.

Sortant le chèque de son sac, elle le lui mit sous le nez.

— Ah oui !… Viens, ma chérie, on va fêter ça. Tu es la meilleure !

Il n'avait plus utilisé cette expression depuis des mois et elle se sentit rassurée. Était-il concevable que l'affrontement direct avec Gabriel les ait paradoxalement rapprochés ? Il lui avait tout raconté avec une spontanéité remarquable, comme s'ils avaient un ennemi commun, comme s'ils étaient forcément dans le même camp. Était-ce le cas ?

Ils quittèrent la voiture et se dirigèrent vers le perron main dans la main.

*

Gabriel avait dû s'arrêter en chemin. Il avait besoin de se reprendre, en proie à une tempête intérieure qui le rendait nerveux, bien loin du calme qu'il avait affiché en remontant dans sa voiture devant Les Engoulevents. Garé sur une aire de repos, il tentait de digérer ce qu'il venait de vivre. Donc, d'une part, le mari ignorait que Gabriel avait revu Margaux quelques jours plus tôt, et d'autre part, il ne tenait pas à ce que le type arrivé pour les séparer apprenne qu'elle avait eu un amant. Sans doute quelqu'un de la famille ? Gabriel, bon prince, s'était tu pour préserver Margaux.

Mais maintenant il devait admettre qu'il avait perdu. Non pas la bagarre, car il aurait fini par avoir le dessus, étant plus sportif que son adversaire, mais perdu Margaux définitivement. Axel semblait si sûr de lui en affirmant qu'il ne retenait pas sa femme, qu'elle était libre et qu'elle l'avait choisi… Oui, si elle l'avait voulu elle serait partie, quitte à emmener ses enfants avec elle, pourtant elle était restée avec Axel puis l'avait suivi en Normandie. Et elle ne reviendrait pas en arrière, Gabriel connaissait son caractère volontaire.

Ainsi, elle était sortie de sa vie. Un dénouement inimaginable pour un homme habitué à gagner. Jusque-là, son existence avait été jalonnée de succès, avec les femmes ou en affaires, au point qu'il avait pu se croire invincible, persuadé qu'en y mettant les moyens on finissait toujours par obtenir ce qu'on voulait. Margaux lui administrait la preuve du contraire, il était forcé de s'incliner.

Il décida de balayer les petites questions insidieuses : était-elle présente à ce moment-là, avait-elle tout vu sans se montrer, qu'avait raconté Axel pour expliquer l'incident ? Malheureusement, rien de tout cela ne modifierait la réalité. Le silence obstiné de Margaux était la réponse la plus évidente. À lui désormais de s'en accommoder. Après avoir essayé toutes les pistes, s'être même fait honteusement harcelant, il ne pouvait que sonner la fin de la partie.

Il se sentait abattu, désabusé, humilié, mais la tempête intérieure s'était calmée. Il reprit la route en se promettant de ne commettre aucun excès de vitesse pour ne pas ajouter un petit désagrément supplémentaire à cette épouvantable journée.

*

Durant le dîner, la conversation tourna principalement autour de l'incident de l'après-midi. Si Axel semblait à l'aise avec sa version fantaisiste, Margaux l'était beaucoup moins. Elle faisait semblant d'écouter et d'approuver mais elle ne disait rien. Que les choses aient pu dégénérer à ce point faisait resurgir un sentiment de culpabilité qu'elle avait pourtant réussi à refouler ces derniers temps. Et tandis que son père se scandalisait du culot de ce mystérieux acheteur, elle surprit le regard dubitatif de sa mère. Une des fenêtres de Tournepierre donnait sur le portail… Louise avait-elle vu et identifié Gabriel ? Heureusement, Sacha faisait diversion, se félicitant de son intervention. Les enfants écoutaient, bouche bée, le récit de la bagarre, pleins d'admiration pour leur père et pour leur oncle. Angélique finit par en conclure, d'un ton péremptoire, que Les Engoulevents suscitaient beaucoup de convoitise, ce qui était flatteur pour les heureux propriétaires. Margaux, qui savait ce que Gabriel pensait de ce « trou perdu », eut alors un sourire amer.

Vers onze heures, une fois montés dans leur chambre, ils essayèrent de parler d'autre chose, mais une sorte de gêne s'était installée, ruinant les efforts de rapprochement des semaines précédentes. Margaux traîna un peu sous la douche avant de venir se coucher, espérant trouver Axel endormi, mais il l'attendait.

— Sacrée journée, soupira-t-il.

Il avait abandonné la fausse gaieté affichée devant le reste de la famille, préférant sans doute ne plus jouer la comédie.

— Margaux, il y a quelque chose que je ne t'ai pas dit. Tout à l'heure j'étais pressé de te raconter l'essentiel mais…

Avant de poursuivre, il lui prit la main et la serra dans les siennes.

— Quand je me suis retrouvé en face de Gabriel, j'ai éprouvé de la colère, bien sûr, et aussi de la jalousie. Son attitude et ses mots m'exaspéraient et en même temps je me rendais compte de ce qu'il peut avoir de… séduisant pour une femme. Il est plutôt beau mec, sûr de lui, je comprenais qu'il ait pu t'attirer. Pour être franc, c'est ce qui m'a donné envie de lui taper dessus. Depuis, j'y repense, je t'imagine avec lui et je me demande comment il était avec toi.

— Comment ? répéta-t-elle sans avoir compris le sens de la question.

— Je ne peux pas m'en empêcher. Jusqu'à maintenant, j'avais réussi à repousser cette curiosité.

Lâchant sa main, il lui caressa l'épaule, écarta la veste en soie du pyjama.

— Pas de pyjama avec lui, je suppose…

Elle sursauta, s'écarta brusquement.

— Si tu as besoin d'avoir des détails sur cette relation dont tu étais exclu, je te dirai ce que tu veux mais rien qui concerne ça. Comment il faisait l'amour ? Avec quels gestes ? Jamais, Axel ! Je suis d'accord pour ne pas faire l'autruche, pour mettre honnêtement les choses à plat, d'accord pour qu'on s'explique, pour te rassurer, mais pas d'accord pour ce genre de confidences qui ne te donneront rien d'autre que du ressentiment. Tu veux savoir ce qui m'a plu chez lui ? Je te l'ai déjà dit, j'ai eu l'impression de revivre à travers un regard plein d'admiration. Il disait que j'avais davantage de talent que son décorateur de théâtre le plus doué, c'était un sacré compliment venant d'un connaisseur. Il me faisait rire quand tu étais renfrogné à la maison, m'ouvrait des horizons que j'avais crus perdus. Cette part-là, je peux te la livrer, tu y as droit, mais pas le reste, ce serait trop sordide.

Elle avait les larmes aux yeux, consciente de la fragilité de leur reconstruction. La venue de Gabriel, loin de clarifier les choses, avait tout embrouillé.

— Combien de temps mettrons-nous à réparer les dégâts, Axel ? On ne peut pas vivre sur des décombres ! Je suis seule responsable, d'accord, toi tu n'as rien fait, seulement j'en ai marre de m'excuser, d'être coupable, de porter ce poids. Marre, si tu savais ! Soit nous repartons sur des bases neuves, que nous étions censés trouver ici, soit nous n'en sortirons jamais. Pourquoi as-tu accepté de rencontrer Gabriel ? Pourquoi ne l'as-tu pas envoyé au diable ? Parce que tu n'es pas capable de clore le chapitre ? Que voulais-tu apprendre de lui ? Découvrir qu'il est séduisant ? Évidemment ! Mais tu l'es aussi, regarde cette petite Clémence qui se pâme devant toi ! Ah, bien entendu tu n'as pas cédé, tu n'es pas un traître, tandis que moi…

De gros sanglots la secouaient, elle en bafouillait.

— Je m'en fous, d'être inoubliable ! Son acharnement ne me flatte pas, il complique ma vie, qui n'est pas si facile…

Elle eut beau résister et se débattre, Axel l'attira à lui.

— Margaux, doucement, calme-toi.

Vaincue, elle se laissa aller et ils restèrent l'un contre l'autre un moment sans rien ajouter.

— On va y arriver, chérie, ne pleure pas.

— Nous n'avons pas voulu nous séparer, rappela-t-elle d'une voix enrouée. Nous étions d'accord.

— Nous le sommes toujours ! Te quitter me serait insupportable quoi qu'il arrive.

Il n'ajouta pas qu'elle était la femme de sa vie parce que Gabriel avait employé l'expression et l'avait ainsi dévalorisée.

— Je n'aurai plus de curiosité mal placée, promis, mais j'ai une question différente à te poser. Est-ce que j'ai vraiment ruiné ta carrière en te faisant quitter Paris ?

— Je peux exercer n'importe où. Et ma carrière, comme tu dis, ne passe pas avant toi.

— Tu ne regrettes rien ?

— Notre appartement au loyer hors de prix ? Non. Ni les bouchons, les travaux à longueur d'année, le bruit, les manifestations tous les week-ends, le métro bondé ou en grève. Vraiment, non. Je me plais aux Engoulevents, ils m'ont adoptée et ils sont pleins de promesses. Une vraie page blanche pour y dessiner l'avenir, au propre et au figuré !

Revenue sur un terrain plus neutre, elle s'apaisait peu à peu. Axel s'était mis à lui masser doucement la nuque et les épaules, ce qu'il aimait faire pour la détendre.

— J'ai un tout dernier truc à te demander, chuchota-t-il à son oreille. Tu n'es pas obligée de me répondre, et d'ailleurs ce n'est peut-être pas le moment mais… Est-ce que tu me désires encore ?

— Je crois te l'avoir prouvé il n'y a pas si longtemps. Tu me plais toujours, Axel.

— Et là, tout de suite ?

Il eut soudain une folle envie d'elle. Envie de la toucher, de la sentir, de se fondre en elle. Comme chaque fois qu'il se rappelait qu'il aurait pu la perdre, il devenait plus aimant. Il la vit enlever sa veste de pyjama et tendre les bras vers lui.

*

Le 31 décembre, comme pour fêter la fin de l'année, un soleil radieux illumina la journée. Louise et Philippe en profitèrent pour s'offrir une longue marche sur la plage, un peu tristes de quitter bientôt leur famille puisqu'ils devaient regagner Paris dès le lendemain. La découverte des Engoulevents et de ses alentours avait été pour eux une bonne surprise, ils étaient tombés sous le charme du manoir et de sa proximité avec la mer. Leur fille vivait dans un bel endroit où ils seraient ravis de revenir au printemps, d'autant plus que le confort et l'indépendance de Tournepierre rendaient le séjour agréable.

— Mais ne privons pas Axel de ses clients lors des week-ends, fit remarquer Philippe.

— On viendra en semaine, quitte à fermer trois jours le magasin.

— Et on en profitera pour faire le tour des brocantes de la région. Je suis sûr qu'on peut dénicher quelques belles pièces, et les prix ne sont pas les mêmes ici qu'à Paris, on s'y retrouvera en les rapportant.

Bras dessus, bras dessous, ils avançaient sur le sable, tout au plaisir de respirer l'air iodé.

— Tu vois, reprit Philippe, tu n'as plus de soucis à te faire pour Margaux. Elle est bien dans sa peau, ce changement de vie lui a réussi !

Louise n'en était pas persuadée mais elle garda ses doutes pour elle. D'après ce qu'elle avait vu l'avant-veille, l'homme avec lequel Axel s'était battu était bien le même que celui qu'elle avait aperçu sur le trottoir de Granville, à savoir l'ex-amant. Margaux n'avait pas dû croire à l'histoire du pseudo-acheteur, alors de quelle façon le couple avait-il géré l'incident ? L'histoire était-elle réellement terminée comme l'avait prétendu Margaux ? Et pourquoi s'était-elle mise dans une telle situation ? Pourrait-elle retrouver un jour la confiance de son mari ? Quel dommage que ce beau couple si solide se soit retrouvé confronté à un adultère…

Philippe s'arrêta soudain et se tourna vers la mer.

— On va faire un vœu, proposa-t-il.

— Bonne idée !

— Que le livre d'Axel lui apporte enfin le succès.

Ce n'était pas ce à quoi elle s'attendait, sachant que Philippe n'était pas particulièrement attaché à son gendre.

— Crois-tu que ça les aiderait ? demanda-t-elle en songeant à leurs difficultés sentimentales dont Philippe ignorait tout.

— D'un point de vue financier, évidemment ! Il ne leur manque que quelques rentrées d'argent pour être parfaitement heureux.

Elle se mordit les lèvres afin de ne pas se trahir en protestant. Ils firent leur vœu face au soleil qui commençait à disparaître derrière la ligne d'horizon puis ils reprirent la direction des Engoulevents.

*

Viviane déposa sur le plan de travail son jambon entier désossé, qu'elle avait emballé avec soin dans un torchon immaculé.

— J'aurais pu le cuisiner chez moi, expliqua-t-elle à Margaux, mais après, pour le transporter en voiture, avec la sauce à part…

— Trop compliqué ! Et c'est plus agréable de préparer le dîner ensemble. Je vais vous regarder et j'essaierai de me souvenir de tout.

— Oh, il n'y a rien de bien difficile dans ma recette ! Je vais commencer par faire la pâte, il m'en faut un bon kilo.

— Où avez-vous appris tout ça ? Votre mère cuisinait ?

— Pas très bien. Je devais avoir quatorze ou quinze ans quand mes parents ont été obligés de se séparer de notre cuisinière, une brave dame à notre service depuis plus de dix ans ! Comme je vous l'ai dit, mon père n'était pas seulement économe, il devenait pingre. Ma mère a dû se mettre aux fourneaux mais les résultats étaient toujours décevants, alors j'ai essayé de faire mieux qu'elle. Elle en a profité pour m'abandonner le rôle ! Du coup, je me suis rodée, et quand j'ai épousé Maurice, j'ai pu lui préparer tout ce qu'il aimait. Nourrir un homme du bâtiment, ce n'est pas rien…

Elle eut un petit rire, sans doute égayée par ces souvenirs de jeunesse.

— Vous avez toujours été bien avec Maurice ?

Margaux se sentit indiscrète d'avoir posé une question aussi directe mais Viviane répondit posément :

— Nous avons eu beaucoup plus de hauts que de bas. Nous étions d'accord sur la plupart des sujets importants, dont le premier était Axel, bien sûr, et il l'a tout de suite aimé. Mais vous savez, je n'aspirais qu'à une vie calme et joyeuse. De ce point de vue, Maurice m'a comblée. Il ne s'énerve jamais contre moi, il est gai, bon vivant mais sobre, en plus il m'a laissée gérer notre maison et notre budget à mon idée.

Elle posa son rouleau sur la boule de pâte qu'elle venait de former.

— Et vous, Margaux, vous êtes toujours bien avec Axel ?

Elle lui retournait naïvement sa question, mais s'apercevant de l'indiscrétion, elle se reprit aussitôt.

— Je veux dire que, avec deux enfants, il y a sûrement des épisodes mouvementés !

— Ni l'un ni l'autre n'ont été difficiles, mais les bébés demandent beaucoup et font passer des nuits blanches à leurs parents… Et puis Axel est patient, sauf quand il écrit !

Parler des enfants éloignait le danger d'évoquer des problèmes de couple. Qu'aurait donc pensé Viviane si elle avait appris la vérité ? Son attachement profond pour Axel lui aurait ôté toute indulgence, le neveu adoré ne pouvant pas être un mari trompé.

— Et vos parents à vous, Margaux, comment étaient-ils quand vous étiez petite ?

— Très gentils, mais passablement occupés avec leur magasin. Par chance, nous habitions juste au-dessus, ils pouvaient monter nous voir, Sacha et moi, pour interrompre une bagarre ou pour jeter un coup d'œil à nos devoirs. Je descendais souvent traîner au milieu des meubles et des objets, j'adorais ça ! Je les changeais de place, je créais déjà des décors et mes parents me laissaient jouer parce que ces arrangements plaisaient aux clients et faisaient vendre. C'est là que j'ai eu la révélation de ce que je voulais faire plus tard comme métier.

— Et votre frère ?

— Sacha était complètement dispersé. Il n'aimait que s'amuser et était très touche-à-tout. En grandissant, il n'a pas beaucoup changé d'attitude, ce qui désespère mon père.

— À chacun sa nature, fit remarquer Viviane avec sa bienveillance habituelle.

La porte de la cave, en s'ouvrant brusquement, fit sursauter Margaux.

— Et voilà le travail ! lança Maurice.

Il émergea, un casier à bouteilles bien chargé dans les bras.

— Vous étiez là ? s'étonna Margaux qui s'était crue seule avec Viviane.

— Depuis un moment, oui. Un dératiseur vous aurait pris trop cher, alors j'ai installé des pièges dans des endroits stratégiques. Ne vous inquiétez pas, j'irai les relever et je vous en débarrasserai, mais je ne voulais pas mettre de poison à cause de la petite chienne, s'il lui prend l'envie de descendre. Et j'en ai profité pour remonter les bouteilles.

— Vous êtes notre bon génie, sourit Margaux, admirative. N'ayant pas vécu à la campagne, je n'ai jamais eu affaire à des rats.

— Ce sont de sales bestioles qui détruisent tout. Mais je crois savoir qu'il y en a aussi des colonies dans les égouts parisiens.

— Pas dans les appartements, Dieu merci ! Nous avions juste un problème de cafards...

Ils rirent ensemble puis Viviane enveloppa son jambon dans la pâte feuilletée sur laquelle elle traça quelques dessins avec la pointe d'un couteau. Puis elle roula des morceaux de papier d'aluminium et forma avec deux cheminées dans la pâte.

— À cinq minutes de la fin de la cuisson, je verserai un petit verre de madère là-dedans, expliqua-t-elle à Margaux. Maintenant, je vais m'occuper de la sauce.

Tout en émincant les champignons, elle s'adressa à son mari :

— Tu sais, ça me fait drôle de cuisiner ici, entre ces murs, ça me rappelle ma jeunesse parce que nous venons d'en parler, avec Margaux.

— Son père n'était pas commode, fit Maurice avec un petit sourire. Il ne m'a jamais invité à dîner, pas même offert un verre quand je suis venu lui demander la main de Viviane.

— Mais il vous l'a accordée ?

— Je l'ai menacé d'une fugue ou d'une grève de la faim, indiqua Viviane.

Elle éclata de rire, aussitôt imitée par son mari.

— Je n'étais pourtant pas rebelle, ajouta-t-elle en reprenant son sérieux. À l'époque, on ne défiait pas ses parents, seulement j'étais très amoureuse et je voyais enfin une porte ouverte sur la liberté. Parce que, après le départ de mon frère Henri, qui avait fait un « beau » mariage en épousant Lucile, j'avais compris que je finirais ici en bonne à tout faire, entre deux êtres aigris et sinistres qui n'avaient aucune considération pour moi, à défaut d'affection.

Margaux commençait à comprendre pourquoi Viviane avait si facilement cédé sa part des Engoulevents à son frère, bien décidée à ne pas y remettre les pieds. Et pourquoi elle n'avait pas encouragé Axel, enfant, à en forcer la porte.

— La manière dont se mêle l'histoire d'une famille et d'une maison me fascine, dit-elle d'un ton rêveur. J'ai beau être une pièce rapportée, je me sens de plus en plus concernée.

— C'est normal, vous redonnez vie à cet endroit, répliqua Maurice.

Il l'énonçait comme une évidence, ce qui procura à Margaux une bouffée de fierté. Deux minutes plus tard, Axel entra, chargé du plateau de fruits de mer commandé par Philippe.

— Mets-le dehors sur l'appui de la fenêtre pour qu'il reste au frais, lui conseilla Viviane.

En le suivant des yeux, Margaux constata qu'il avait maigri, ce qu'elle n'avait pas remarqué lorsqu'ils avaient fait l'amour. Mais ils étaient allés trop vite, pressés d'oublier toute la pénible explication qui avait précédé. Vite et agrippés l'un à l'autre, de nouveau comme des rescapés. Entre eux, les choses n'étaient pas redevenues parfaites, il leur faudrait encore du temps. Et si Margaux admettait qu'elle devait être patiente, en revanche elle refuserait désormais d'évoquer Gabriel. Ce chapitre devait se clore, et pour avancer il leur fallait cesser de gratter cette plaie. Les Engoulevents auraient pu être un lieu magique et bienfaisant sans cet adultère qui compliquait tout. Mais si rien n'était arrivé, jamais Margaux et Axel n'auraient eu l'idée de s'y installer. Un mal pour un bien, vraiment ?

— Maman, on ne trouve plus Samba ! cria Rodolphe en faisant irruption.

Il était suivi d'Angélique, en larmes, qui précisa :

— On l'a mise sur la pelouse pour qu'elle fasse ses besoins et elle a disparu dans la nuit. On a beau l'appeler, elle ne revient pas.

Axel et Margaux suivirent les adolescents dehors. Les lanternes extérieures n'éclairaient que les abords immédiats du perron, le reste du jardin se perdant dans l'obscurité. Maurice sortit à son tour mais il avait pensé à se munir d'une torche.

— On a refait le mur, on a retendu les grillages, elle ne peut pas s'être échappée, se lamenta Rodolphe.

Il était tout autant attaché à la petite chienne que sa sœur. Il était même capable de redescendre en pleine nuit pour la consoler s'il l'entendait gémir au pied de l'escalier.

— Un labrador, ça sait creuser, annonça Maurice qui promenait le faisceau de sa lampe un peu partout. Pour peu qu'elle ait trouvé de la terre meuble au pied d'un grillage… Et si elle est fugueuse, vous aurez du mal à la garder.

Axel lui posa la main sur l'épaule pour le faire taire.

— Elle ne peut pas être bien loin, dit-il à ses enfants d'un ton rassurant.

Mais la torche de Maurice n'éclairait qu'une pelouse vide. Comme tout le monde appelait Samba, Sacha, alerté par les cris, finit par les rejoindre.

— Puisque tu n'y es pour rien pour une fois, aide-nous à chercher avant que ça tourne au drame, lui glissa Margaux à l'oreille.

Elle n'imaginait pas le réveillon du Jour de l'an dans les larmes, pourtant la soirée serait irrémédiablement gâchée si on ne retrouvait pas la petite chienne. Au bout d'un moment, elle envoya Sacha récupérer des lampes électriques et ils se répartirent tout l'espace du grand jardin pour le quadriller. Mais, au bout de dix minutes, ils durent s'avouer bredouilles, ils cessèrent leurs appels et Angélique se remit à pleurer.

Puis deux silhouettes se détachèrent dans l'ombre. Louise et Philippe avaient quitté Tournepierre pour gagner le manoir.

— La petite vaurienne est venue nous quémander un biscuit, lança Louise d'un ton amusé. Elle était trop mignonne à gratter à la porte. Mais que faites-vous tous dehors ?

Maurice l'éclaira aussitôt, découvrant Samba blottie dans ses bras.

— Bon sang, vous n'avez rien entendu ? protesta Sacha, furieux.

— Entendu quoi ? Avec le double vitrage… C'est bien, d'ailleurs, ça protège des bruits et du froid.

Elle posa à terre la chienne qui frétillait et qui fila vers le perron.

— Maman… soupira Margaux.

Pour éviter de se mettre en colère, elle choisit de se taire mais elle avait eu peur. Peur de l'angoisse et du chagrin de ses enfants, peur pour la petite boule de poils qu'elle s'était mise à aimer elle aussi, peur que l'année finisse si mal. Elle sentit la main d'Axel dans son dos, entendit sa voix rassurante.

— On ne peut pas leur en vouloir, laissons tomber, nos enfants sont trop heureux.

Tandis que tout le monde regagnait la maison, Margaux s'arrêta et se retourna vers Axel.

— Et nous ? Sommes-nous heureux ? Arrives-tu à l'être ?

Il hésita un peu avant de répondre mais il le fit d'une voix paisible.

— Tout ne peut pas se résoudre en un jour. L'année qui se termine n'a pas été facile, pourtant nous avons réussi à faire les bons choix. On va aller de l'avant, ma chérie.

Des phrases en demi-teinte, qui n'étaient pas aussi rassurantes que Margaux l'aurait souhaité. Ils étaient toujours face à face, à peine éclairés par les lanternes. Axel se pencha vers elle et l'embrassa sur la bouche avant de murmurer :

— Tu es là, c'est ce qui compte le plus, je m'arrangerai du reste.

Un futur proche ? Lointain ? Il fallait donc encore attendre, supporter la fin du châtiment et guetter la guérison, mais au moins le spectre d'un échec était en train de disparaître.

9

Le début du mois de janvier fut assez beau. Rodolphe et Angélique avaient repris le chemin du collège, Louise et Philippe étaient rentrés à Paris, suivis de peu par Sacha qui devait conduire sa voiture dans un garage agréé par le loueur pour les réparations.

Margaux avait travaillé d'arrache-pied sur le projet de son client caennais, auquel elle proposa un nouveau rendez-vous. Ce chantier l'amusait, tant l'écart était grand entre la boutique et son propriétaire. René Lorieux, c'était son nom, se reposait entièrement sur elle pour ce qu'il appelait le « bon goût », dont il se savait dépourvu. Une liberté qui avait permis à Margaux de proposer un aménagement élégant et feutré qui devrait plaire à la clientèle visée.

Comme lors de leur première rencontre, il l'avait invitée à déjeuner après avoir approuvé ses plans, qu'il avait étudiés avec soin. Pour lui faire visiter Caen, il l'avait emmenée en voiture dans les quartiers ouest. Une fois garé, il lui avait fait prendre à pied la rue Froide jusqu'à la place Saint-Sauveur.

— Et voilà ! Il y a une rue, une place et une église dont vous portez le nom !

S'amusant de sa surprise, il la laissa admirer les hôtels XVIIe et les maisons anciennes.

— Moi, déclara-t-il d'un air blasé, ces vieux trucs ne me passionnent pas. Mais vous, avec un mari historien, ça doit vous parler.

— Comment savez-vous que mon mari est historien ? s'étonna-t-elle.

— Je me suis renseigné avant de vous engager, tiens ! Je veux toujours savoir à qui j'ai affaire. Et dites-moi, historien, ça rapporte ?

— Pas vraiment…

Elle avait répondu simplement, sachant qu'il ne serait pas dupe. Il hocha la tête et l'entraîna vers un restaurant italien, *La Buona Tavola*.

— Si vous appréciez cette cuisine, vous allez vous régaler, promit-il en s'attablant.

Après avoir étudié la carte, elle choisit un risotto à la milanaise tandis qu'il optait pour un saltimbocca à la romaine. En dégustant les calmars frits de l'apéritif, ils commencèrent par parler budget et artisans.

— Je ne connais peut-être pas les codes de la bonne société, mais je sais compter, assura-t-il en riant. J'examinerai tous les devis à la loupe !

Il était joyeux, direct, et partager un repas avec lui était une vraie récréation.

— Monsieur Lorieux, protesta-t-elle alors qu'il voulait lui resservir du vin, je ne peux pas boire un deuxième verre, je conduis.

— Appelez-moi donc René, et je vous appellerai Margaux, d'accord ? Vous feriez mieux de prendre le train quand vous venez ici parce que j'ai d'autres bonnes adresses à vous faire découvrir, et bien manger sans bien boire, c'est dommage ! Surtout avec ce vin de Toscane…

Sa réflexion rappela à Margaux tous les déjeuners partagés avec Gabriel. Lui aussi, au début, voulait l'emmener dans des restaurants qu'elle ne connaissait pas, puis ils avaient fini par préférer Salento pour sa cuisine italienne et son cadre intime. Là-bas, il s'était donné beaucoup de mal pour la conquérir et elle n'avait pas compris en se prenant au jeu tout ce qu'elle allait mettre en péril. Des souvenirs jusqu'ici teintés d'une certaine nostalgie pour leur intensité, mais qui lui apparaissaient aujourd'hui comme une faiblesse, une erreur. Heureusement, René Lorieux n'avait rien de séduisant pour elle, avec lui elle ne risquait rien. Profitant de son inattention, il l'avait resservie malgré tout et elle se sentit obligée de boire une petite gorgée de l'excellent Lilium Governo dont il semblait se régaler.

— Alors, Margaux, est-ce que la vie de province vous convient ?

— Tout à fait.

— Tant mieux, parce que si je suis content de vous, je pourrai vous recommander à des tas de gens. Pour l'instant, tout ce que je veux, c'est que mon magasin fasse parler de lui. J'organiserai un cocktail d'inauguration et je convierai la presse régionale. Ensuite, ce sera des flyers dans les boîtes aux lettres, mais en ciblant les quartiers chics.

— Pas de flyers, à mon avis. Ce genre de publicité n'est pas adaptée aux gens que vous voulez toucher.

Vous ne faites pas du discount, vous visez le haut de gamme.

— Pas bête…

— Mettez plutôt un bel encart avec photo dans un hebdomadaire masculin.

Il eut un large sourire et tapa du plat de la main sur la nappe en s'exclamant :

— Décidément, je vous aime bien !

Sa spontanéité la fit rire et acheva de la mettre à l'aise. Travailler avec des gens comme lui était valorisant, au contraire de certains clients hautains, versatiles et jamais satisfaits. De même, le rapport de Margaux aux artisans avait changé depuis qu'elle connaissait Maurice. Au lieu de vouloir leur imposer une idée farfelue ou peu réalisable, mieux valait parfois écouter leur bon sens et leur expérience.

Contents l'un de l'autre, ils burent deux cafés chacun avant de quitter les lieux, puis René déposa Margaux à sa voiture et elle reprit la route de Granville.

*

L'attente était difficile à vivre pour Axel mais, son éditeur ne l'ayant pas encore contacté, il essayait de ne pas y penser. Comme toujours avant un verdict, il était sur des charbons ardents et n'osait pas terminer son manuscrit, par superstition. Se sentant désœuvré, pour tromper son impatience il avait passé un moment à Haussecol, qui servait de remise aux outils et aux divers matériaux. Plus petit mais plus abîmé que Tournepierre, le bâtiment serait coûteux à rénover, toutefois ses murs étaient solides et sa toiture en assez bon état. Qu'en faire dans l'avenir ? Un avenir lointain puisque les premiers travaux concerneraient forcément le manoir, à commencer par le chauffage.

Axel était conscient des contraintes inhérentes à une propriété telle que Les Engoulevents. Restaurer, entretenir, améliorer : il y aurait toujours quelque chose à faire mais il fallait commencer par rattraper le retard accumulé à cause de la négligence de ses grands-parents. Et si redonner son lustre au manoir était un but exaltant, ce serait aussi un gouffre financier. Pour lui qui retrouvait ici ses origines, le défi méritait d'être relevé, mais pour Margaux, la tâche n'était-elle pas trop lourde ?

Bien qu'elle l'ait démentie, l'affirmation de Gabriel trottait toujours dans la tête d'Axel. Car même si le fait d'avoir quitté Paris ne « ruinait pas sa carrière », il la modifiait forcément. Elle devait se constituer une nouvelle clientèle, très différente, et accepter des contrats sans doute moins lucratifs. Pourtant, elle ne se plaignait pas, semblait ne rien regretter.

Il quitta Haussecol et se dirigea vers Tournepierre. En entrant, il constata que sa belle-mère avait laissé les lieux impeccables, elle avait même changé les draps. Les prochains clients, attendus pour la fin de la semaine, pourraient arriver n'importe quand. Avec un petit sourire, il se remémora tout le travail qu'il avait accompli ici avec Maurice et Viviane. En tant qu'historien, il s'était toujours considéré comme un intellectuel et n'aurait jamais imaginé pouvoir si bien travailler de ses mains et en tirer une telle satisfaction. Margaux aurait peut-être arrangé cette petite maison différemment, toutefois elle l'avait laissé faire sans s'en mêler, devinant qu'il voulait se débrouiller seul pour gagner au plus vite un peu d'argent.

Margaux l'avait toujours compris, épaulé, respecté, jusqu'à l'irruption dans sa vie d'un autre homme. Et cet autre avait failli les détruire. Toutes ces semaines à rester hébétés ou à pleurer sans fin, incapables de se quitter… Une parenthèse de cauchemar qui tardait à se refermer.

Il se secoua, ne voulant plus ressasser le passé, puis jeta un coup d'œil à sa montre. Les enfants devaient avoir terminé leur cours au club canin où ils avaient inscrit Samba, il était temps d'aller les chercher. En arrivant près du terrain où s'ébattaient toutes sortes de chiens à l'heure de la récréation, Axel aperçut la voiture de Margaux garée le long de la clôture. Elle avait donc eu la même idée que lui. Il la chercha des yeux et la découvrit à quelques mètres, appuyée à une barrière. Le plaisir qu'il en éprouva le surprit lui-même. Il se sentit ramené des années en arrière, lorsqu'ils avaient rendez-vous à la terrasse d'un bar ou devant un cinéma. Le temps semblait n'avoir pas eu de prise sur elle, sa silhouette restait mince, sa coupe de cheveux n'avait pas changé, ses vêtements étaient toujours aussi bien choisis, adaptés à la situation. Depuis qu'ils avaient emménagé à Granville, elle s'habillait de façon plus sportive mais restait élégante, et pour lui tellement séduisante, désirable… Au même instant, elle se retourna, le vit et eut aussitôt un grand sourire.

— Tu es venue aussi ? demanda-t-il en la rejoignant.

— Voir les progrès de Samba… et le degré d'implication de nos enfants ! J'ai pu échanger quelques mots avec l'éducateur, qui trouve notre petite chienne joyeuse et toute disposée à obéir. Mais ce n'est pas la seule chose que j'ai apprise.

— Quoi d'autre ?

— Observe Angélique, suggéra-t-elle.

Axel regarda sa fille qui parlait avec son frère et un autre garçon sans pouvoir s'empêcher d'arranger sa frange et de rire trop fort.

— Un copain de classe de Rodolphe, expliqua Margaux, sur lequel elle a flashé depuis quelque temps. Il s'appelle Vincent.

— Elle te raconte ses coups de cœur ?

— Un bon rapport mère-fille, ça existe ! Au moins pour l'instant. Et elle m'a avoué en confidence qu'elle est amoureuse, c'est bien normal à son âge.

— Mais ça t'inquiète ?

— Non, ça me donne à réfléchir. Nos enfants sont devenus des adolescents et nous allons sans doute connaître une période un peu compliquée, ensuite ils partiront faire leurs études ailleurs et nous nous retrouverons seuls aux Engoulevents.

— Eh bien, un huis clos avec toi ne m'effraie absolument pas ! C'est le lot de tous les parents de voir leurs enfants grandir et s'en aller.

— À Paris, ils auraient continué à vivre chez nous en allant à la fac.

— Ce qui les aurait peut-être empêchés de devenir indépendants.

— Tu prends les choses du bon côté, tant mieux.

— Parce que nous avons quelques années devant nous pour y penser, et d'ici là notre maison sera devenue un tel paradis que nos enfants l'investiront chaque week-end avec leurs copains et copines. Il y aura la queue sur le perron !

Une perspective qui fit sourire Margaux, et elle appuya son épaule contre celle d'Axel. Pour les gens du club canin, ils devaient donner l'image d'un couple uni, heureux. L'étaient-ils enfin ?

Angélique et Rodolphe les rejoignirent avec Samba, suivis de Vincent qui tenait un chiot griffon en laisse. Le garçon adressa un signe de tête à Margaux et à Axel avant de s'éloigner en hâte. Angélique, les joues rouges, le suivit d'un regard déçu. Axel s'interdit de rire devant l'air dépité de sa fille. Elle connaissait ses premiers émois, qu'il devait respecter.

— Je ramène Rodolphe, et toi Angélique, lança-t-il gaiement à Margaux.

Après tout, Rodolphe avait peut-être lui aussi des secrets à confier, même si les garçons s'épanchaient moins que les filles. Il y eut une petite dispute pour savoir qui gardait Samba, mais Margaux trancha en désignant le vieux break d'Axel qu'ils avaient acheté d'occasion peu de temps après leur arrivée à Granville, conscients que deux voitures seraient nécessaires.

— La mienne est propre et je tiens à ce qu'elle le reste, dit-elle à Angélique.

Elles s'installèrent mais, à peine assise, l'adolescente se tordit le cou pour apercevoir l'élu de son cœur qui partait avec ses parents.

— Il est mignon, ce petit griffon… glissa Margaux.

Sa fille se tourna vers elle, la dévisagea avant d'éclater de rire.

— Maman !

Leur complicité était réelle et Margaux se prit à espérer qu'elle durerait. Depuis les fêtes de fin d'année, elle était plus attentive à ses enfants, ayant décidé qu'elle devait reléguer au second plan ses problèmes de couple. D'ailleurs, y avait-il encore un problème ? Elle démarra, écoutant avec bienveillance le récit du cours canin et, bien entendu, les exploits de ce Vincent avec son chiot. Ce discours, rafraîchissant, lui rappelait sa propre jeunesse, ses coups de tête pour un acteur de cinéma, un maître-nageur, un professeur d'histoire-géo en troisième. Et puis les flirts, les emballements, les déceptions, tout ce qu'Angélique ne tarderait plus à connaître. Cette succession de souvenirs lointains la conduisit jusqu'à Axel, sa plus belle rencontre, identifiée comme telle dès le début. Elle avait su très vite qu'elle allait partager sa vie avec lui, et jamais elle n'aurait cru remettre un jour en question leur union. Car elle ne l'avait pas seulement trompé, elle avait pensé le quitter…

— Maman ? Pourquoi es-tu triste ?

Elle ne s'était pas surveillée, n'avait pas senti les larmes monter.

— Non, se défendit-elle, j'ai une poussière dans l'œil.

Avec un sourire rassurant, elle s'essuya d'un revers de main. Une fois encore, sa trahison l'avait rattrapée, elle se jura que c'était la dernière.

*

— Le type qui a peint ça était un barbouilleur de première, ronchonna Maurice.

À la demande de Margaux, il venait d'examiner attentivement les crémones des fenêtres et il était outré.

— Les tiges sont en fonte et les poignées en cuivre, très ouvragées. Ce serait bien de les décaper l'une après l'autre pour retrouver leur aspect d'origine, mais on ne pourra le faire que lorsqu'il fera plus chaud parce qu'il faut tout démonter.

Il était arrivé tôt, toujours content quand Margaux faisait appel à lui et réclamait son avis.

— Pour avoir aussi grossièrement badigeonné sa peinture, il faut que ce soit un de ces hommes à tout faire, souvent sans emploi, que mon beau-père sous-payait.

Margaux réprima un sourire, sachant le peu de considération que Maurice avait eu pour les parents de Viviane.

— On attend l'été et vous vous en chargerez ? demanda-t-elle.

— Avec plaisir !

Ce n'était pas une formule de politesse, participer aux travaux des Engoulevents était un bon dérivatif au spleen de la retraite. Margaux n'hésitait plus à lui demander son aide car elle savait que l'inaction lui pesait.

— Viviane prend plaisir à cuisiner, à s'occuper de la maison, à coudre, pour elle rien n'a changé, mais moi ? En vous donnant un coup de main, je me sens encore un peu utile.

— Pas un peu, énormément ! Sans vous, Maurice, je n'aurais jamais attaqué le plafond du salon toute seule et Axel n'aurait pas pu s'en sortir aussi bien à Tournepierre. Sans parler des rats de la cave et de tout le reste. Vous restez déjeuner ?

— Volontiers. Viviane a justement préparé…

— Non ! J'ai des pizzas dans le congélateur et votre femme a le droit, pour une fois, de simplement s'asseoir à table.

— Des pizzas surgelées ? répéta-t-il avant d'éclater d'un rire tonitruant. Margaux, laissez donc faire Viviane, elle aime partager ses petits plats. Et accompagnez-la au marché un mercredi ou un samedi, il y a vraiment de bons produits.

— Excellente idée ! Cours de bricolage avec vous et cours de cuisine avec Viviane.

— Désolé, je ne voulais pas vous vexer.

— Je ne le suis pas, c'était sincère. J'ai encore des réflexes de citadine pressée, comme quand nous étions à Paris, mais c'est inadapté ici.

— Vous aviez beaucoup de travail, n'est-ce pas ?

Il avait posé sa question en hésitant, et elle vint lui taper amicalement sur l'épaule.

— Oui, je gérais plusieurs projets à la fois. J'avais de nombreux clients, mais je suis sûre d'en retrouver ici. Ce que je vais réaliser à Caen devrait m'aider à faire mon chemin dans la région. D'ailleurs, vous m'aviez dit avoir gardé quelques relations qui pourraient avoir besoin de mes services, et…

— Je n'osais plus vous en parler.

— Pourquoi ?

— Ce ne seront peut-être que de petits trucs sans intérêt pour vous.

— Enfin, Maurice, vous me prenez pour qui ? Tout m'intéresse !

— Mais au début, quand vous êtes arrivée, vous repartiez à Paris pour votre travail, alors j'ai cru que vous vouliez absolument garder des affaires là-bas, sans doute plus lucratives.

— Je ne faisais que finir ce que j'avais commencé. Aujourd'hui, ma vie est ici.

Elle songea à Laureen qui l'avait récemment rappelée pour de prétendues modifications dans son duplex et qu'elle avait éconduite en lui exposant ses raisons. D'une part, elle estimait avoir pleinement rempli son contrat avec elle, d'autre part, elle ne voulait en aucun cas prendre le risque de retomber sur Gabriel. Le cri du cœur de Laureen avait alors été : « Vous avez gâché sa vie ! » Margaux s'était contentée de lui indiquer un de ses confrères avant de raccrocher.

Maurice la regardait toujours avec bienveillance et elle finit par lui sourire.

— N'hésitez pas à me mettre en contact avec tous les gens qui voudraient changer de décor.

— Je le ferai, comptez sur moi.

Margaux entendit l'arrivée d'un message sur son téléphone. Il émanait d'Axel qui lui demandait de le rejoindre à la médiathèque pour y choisir enfin une des belles photos des Engoulevents prises par Clémence. Elle faillit lui proposer de décider seul, n'ayant aucune envie de revoir la jeune fille et d'être obligée de la remercier, mais ce n'était pas gentil pour Axel et elle s'y résigna à contrecœur.

— Je vous laisse, prévint-elle Maurice, j'en ai pour une heure. Vous faites signe à Viviane ?

— D'accord, et en vous attendant je vais entreprendre un petit tour d'inspection pour voir s'il n'y aurait pas de petits travaux qu'on pourrait réaliser cet hiver.

— Profitez-en pour regarder les tomettes de la cuisine. J'ai passé une couche de térébenthine hier soir avant de monter me coucher, mais je ne suis pas sûre d'avoir bien fait les choses.

De nouveau, Maurice éclata de son rire sonore et communicatif.

— Ah, vous êtes impayable, Margaux ! Bravo !

Il s'éloigna après un clin d'œil appuyé. Son implication dans la rénovation du manoir était non seulement touchante mais surtout indispensable. Sans son inépuisable bonne volonté et ses conseils de professionnel, Margaux aurait peut-être fini par se décourager devant la multitude des tâches. Elle se souvint de la manière dont Axel lui avait parlé de son oncle bien des années plus tôt, le matin de leur mariage. « Tu verras, c'est un homme formidable ! Parfois un peu ours, mais il a un cœur d'or et il sait tout faire. » Elle n'avait pas vraiment prêté attention à Maurice et Viviane en les rencontrant ce jour-là. Il y avait beaucoup d'invités et ce couple s'était fait très discret, comme intimidé. Aujourd'hui, elle regrettait de ne pas les avoir mieux accueillis, et de ne pas avoir cherché non plus à les connaître davantage. Elle aurait dû le faire puisqu'ils étaient la seule famille d'Axel, et elle se prit à espérer que sa distraction n'était pas passée pour du dédain.

Ramassant son sac, elle se décida à partir pour rejoindre son mari.

*

Alors qu'il allait pousser la porte de la médiathèque, Axel reçut un appel de son éditeur. Fébrile, il redescendit les larges marches du perron et s'éloigna de quelques pas pour répondre. Les premiers mots qu'il entendit lui donnèrent un coup au cœur.

— L'air de la mer vous fait du bien, mon vieux ! J'ai beaucoup aimé ce que j'ai lu, dépêchez-vous d'écrire la fin. Si vous y arrivez pour début mars, on pourra envisager une parution fin mai. Qu'en dites-vous ?

Axel eut besoin d'avaler sa salive pour répondre, mais son interlocuteur enchaîna sans lui en laisser le temps :

— Le roman historique a le vent en poupe, ça distrait les gens et ils en ont besoin. Quelle bonne idée vous avez eue de vous… Comment dirais-je ? De vous reconvertir, voilà. Vous vous adressez ainsi à un public bien plus large et dans cette démarche je peux vous soutenir. Mieux que lors de nos précédentes collaborations. Alors dites-moi, votre héros, ce Vital, il a existé ?

— Non, je l'ai créé. Je reste dans la stricte réalité de son époque, du contexte historique et régional, mais j'ai inventé ses aventures.

— Quelle imagination ! Eh bien, si ça marche, vous pourrez toujours faire une suite parce qu'il a l'étoffe d'un personnage récurrent. En tout cas, j'y crois. Ne me décevez pas avec les dernières pages, et surtout, ne le tuez pas !

— Aucun risque, je me suis attaché à lui.

— Bon. J'attends donc la suite et on se verra à Paris pour la signature du contrat. À très vite.

Quand il raccrocha, le cœur d'Axel continuait de battre comme un tambour fou. Il dut prendre deux profondes inspirations pour se calmer. Puis il sentit qu'une main se posait sur son épaule. Faisant volte-face, il découvrit Clémence qui le couvait d'un regard inquiet.

— Tout va bien ? demanda-t-elle.

— Oh que oui ! Le roman que je suis en train d'écrire semble beaucoup plaire à mon éditeur, c'est fantastique…

— Voilà une merveilleuse nouvelle, Axel… Je suis très heureuse pour vous. Quand je pense que vous avez fait vos recherches ici, je suis vraiment flattée d'avoir pu vous aider. Ah, je vous embrasse !

Spontanément, elle se jeta à son cou. C'était une étreinte chaste, avec deux baisers pudiques sur les joues, mais au même instant Axel avisa Margaux qui venait d'arriver et qui les regardait d'un air interdit. Il s'écarta aussitôt de Clémence pour se précipiter vers sa femme.

— Tu ne devineras jamais ! s'écria-t-il.

— C'est pourtant très clair, répliqua-t-elle sèchement.

— Quoi ? Clémence ? Mais non, elle me félicitait, je viens d'avoir l'appel de mon éditeur et il est emballé !

De loin, la jeune fille les observait, apparemment très embarrassée. Elle prit la décision de s'approcher d'eux et tendit la main à Margaux qui l'ignora.

— Je partageais la joie de votre mari, il a eu cette bonne surprise juste sur le parvis de notre médiathèque, là où il a trouvé sa documentation.

L'explication ne provoqua qu'une moue dubitative de la part de Margaux. Puis elle fit un effort pour déclarer, d'un ton glacial :

— Je venais pour les photos, je ne pensais pas tomber en pleine effusion.

— Ah oui, les photos… bredouilla Clémence qui percevait très bien l'animosité de Margaux. Venez, je les ai mises de côté, vous pourrez choisir celles que vous voudrez mais j'en ai fait agrandir une à votre intention, c'est la plus réussie à mon avis.

Margaux la suivit à l'intérieur de mauvaise grâce. Elle était bien obligée d'accepter l'explication, sans doute sincère, mais avoir trouvé son mari dans les bras d'une autre la hérissait et elle se souciait peu, à cet instant, de savoir si elle avait le droit d'être en colère. Tandis qu'ils patientaient dans le hall, Axel lui prit la main.

— Ne fais pas cette tête-là, il ne s'est rien passé. Elle était contente pour moi, c'est tout.

Margaux se contenta de le toiser sans indulgence mais elle ne s'attendait pas à ce qu'il ajoute, à mi-voix :

— Tu ne m'as rien dit pour… pour cette bonne nouvelle qui me comble. Tu boudes, et moi j'ai envie de sauter de joie.

La fureur de Margaux disparut instantanément.

— Je suis plus heureuse pour toi que cette fille, parce que je suis plus concernée qu'elle, figure-toi. Désolée pour ma mauvaise humeur. Et, crois-moi, nous allons fêter ça dignement !

— Je dois encore écrire la fin.

— Une formalité pour toi.

Clémence revenait, une grande enveloppe à la main. Elle parut soulagée de les trouver souriants, néanmoins elle prit la précaution de tendre l'enveloppe à Margaux plutôt qu'à Axel. À l'intérieur se trouvaient quelques photos très réussies en petit format et l'agrandissement d'un cliché exceptionnel. Les Engoulevents y apparaissaient majestueux dans leur austérité, avec quelque chose d'envoûtant, de mystérieux. On distinguait parfaitement les fenêtres à meneaux, les ardoises de la toiture qui brillaient de pluie et la tour carrée se détachant sur un ciel d'orage. C'était juste au début de l'averse et Clémence avait saisi l'instant idéal.

— Elle est magnifique, soupira Margaux, conquise malgré elle.

— Je vous en fais cadeau. Les petites aussi, je les ai en double.

Se tournant vers Axel, elle lui demanda si elle pouvait en accrocher une dans la médiathèque.

— Sans citer le nom des Engoulevents, bien sûr. On mentionnera simplement qu'il s'agit d'un manoir de la région, typique du XVIIIe.

Il accepta, ravi, mais il aurait pu accepter n'importe quoi tant il était encore sous l'émotion de l'appel de son éditeur. Dans son enthousiasme, il attrapa Margaux par le cou et l'embrassa goulûment sur la bouche. Quand il la relâcha, un peu gêné, il s'aperçut que Clémence avait disparu.

— Devant ton comportement de hussard, ironisa Margaux, elle a filé dans son bureau.

— On devrait aller la remercier, non ?

— On lui fera envoyer des fleurs. Mais c'est moi qui m'en charge ! Peut-être un cactus, ou une plante carnivore…

Devant l'air outré d'Axel, elle lança en riant :

— Je plaisante, chéri !

Ils quittèrent la médiathèque main dans la main, Margaux tenant l'enveloppe des photos.

— Je passe chez l'encadreur puis chez le fleuriste, annonça-t-elle, et je te retrouve à la maison. Maurice et Viviane déjeunent avec nous, dis-leur de mettre du champagne au frais !

Il la raccompagna jusqu'à sa voiture, mais avant d'y monter elle lui posa les mains sur les épaules.

— Je suis très fière de toi, vraiment. Et tu verras, cette fois, le succès sera au rendez-vous, je suis prête à en prendre le pari.

Sa mauvaise humeur en découvrant Axel et Clémence enlacés sur le parvis avait tout à fait disparu, il ne lui restait plus qu'un sentiment d'antipathie pour la jeune fille. Celle-ci avait surtout été la première à apprendre la bonne nouvelle et à féliciter Axel, alors qu'elle-même avait mal réagi. Mais elle était persuadée qu'elle n'avait pas lieu d'être jalouse. La manière dont Axel l'avait embrassée avec fougue tout à l'heure, oubliant où il était et qui pouvait les regarder, lui faisait comprendre que leur couple était resté solide malgré la tempête qu'ils avaient traversée. Le meilleur était-il enfin devant eux ?

Avant de démarrer, elle ressortit la photo agrandie des Engoulevents, qu'elle examina avec minutie avant de murmurer avec une sorte de ferveur :

— Porte-nous bonheur, beau manoir, nous sommes venus pour ça !

*

Les jours suivants, Axel se remit au travail avec application, s'obligeant à ne rien bâcler malgré sa hâte de finir son manuscrit. Il ne s'interrompit que le temps de recevoir les clients de Tournepierre et de valider sur son site les réservations à venir.

Quand Margaux lui montait un café, il lui accordait deux minutes d'attention puis se replongeait dans l'histoire de Vital Saint-Sauveur pour bien la conclure. À l'occasion de ces brèves incursions dans l'antre de son mari, elle se demandait pourquoi il n'avait strictement rien arrangé dans son bureau. Il y avait encore des cartons pleins, alignés contre un mur, des piles de livres en équilibre et les fenêtres n'avaient pas de rideaux. Songeant à l'énergie qu'il avait déployée pour rénover Tournepierre ou même pour repeindre la cuisine, elle savait qu'il aurait pu s'aménager un endroit un peu plus accueillant. Manque d'argent ? Manque de temps dès lors qu'il s'était jeté dans l'écriture de son roman historique ? Ou avait-il attendu qu'elle lui propose son aide pour la décoration ? Elle n'y avait pas pensé, respectant son choix de s'isoler au second pour travailler en paix et peut-être pour avoir un endroit bien à lui. Elle se promit de lui en parler puisqu'ils semblaient avoir retrouvé leur complicité. Pour sa part, elle avait fini par se débarrasser de la table de verre rapportée de Paris et qui lui avait servi au début mais qui était définitivement incongrue dans son bureau du rez-de-chaussée. À la place et pour le prix qu'elle en avait tiré, elle s'était offert une vieille table de ferme en chêne brut qu'elle avait poncée puis vernie et qui s'accordait mieux aux boiseries. Elle n'avait pas renoncé pour autant à son goût de l'ultramoderne mais les mélanges de style devaient se faire pas à pas, avec discernement.

L'encadreur de Granville, qu'elle avait supplié de faire vite, venait de lui rendre la photo des Engoulevents, bien mise en valeur par de fines baguettes d'acier brossé.

Accrochée dans le hall d'entrée, elle attirait le regard et les enfants s'étaient extasiés en la découvrant.

Ce matin de février, Maurice avait accompagné Margaux chez une femme d'une quarantaine d'années qui venait d'acquérir une petite maison de pêcheur située près du port. Ayant demandé au notaire à qui elle pouvait s'adresser pour les travaux qu'elle prévoyait, il avait cité quelques noms d'artisans, dont celui de Maurice, précisant qu'il était peut-être à la retraite. Contacté par cette dame, Maurice avait saisi l'occasion. Il était allé la voir, lui annonçant qu'en effet il ne travaillait plus mais qu'en revanche il pouvait lui présenter une excellente architecte d'intérieur qui pourrait organiser et gérer son chantier à venir, car il y avait beaucoup à faire.

Tous trois venaient de parcourir la maison et, en sortant, Margaux proposa d'aller prendre un café pour discuter. Une fois qu'ils furent installés dans un bar, la femme, qui s'appelait Colette Beauval, prit la parole sans attendre.

— Je suis tombée amoureuse de cette maison malgré son aspect un peu… délabré. Je voudrais la rendre douillette, mais sans la dénaturer parce que je trouve qu'elle a une âme.

— Comptez-vous l'habiter ?

— Pas tout de suite. J'en ferai d'abord ma villégiature. Comme ça, j'ai le temps pour les travaux.

— Quel genre d'intérieur voudriez-vous ?

— Clair ! Minimaliste. Elle est petite, on ne doit pas la surcharger.

— Les pièces sont un peu exiguës, pour les deux chambres ce n'est pas grave, mais voudriez-vous qu'on agrandisse le séjour ?

— Comment ?

— En y intégrant la cuisine, par exemple, et même la petite buanderie.

— Ah, c'est une idée !

Colette Beauval adressa un sourire confiant à Margaux en avouant :

— Moi, je n'en ai pas beaucoup. Je ne sais pas par où commencer et j'ai peur de prendre de mauvaises décisions.

— Dans un premier temps, je peux vous proposer quelques dessins.

— Volontiers mais… Est-ce que vos honoraires… ?

— Pas pour des croquis. S'ils vous inspirent, on ira plus avant et on parlera d'argent à ce moment-là. Sinon, vous ne me devrez rien.

Maurice alla régler les cafés pendant que la future cliente de Margaux lui laissait ses coordonnées. Ils se séparèrent sur le trottoir. En repartant, Maurice félicita Margaux.

— Vous avez du doigté, vous savez prendre les gens.

— Sa petite maison me plaît bien, je vois exactement ce qu'on peut en tirer. Et cette femme est sympathique. Elle est perdue parce qu'elle a acheté sur un coup de tête, mais disposée à tout envisager.

— Ça doit vous changer de vos clients parisiens.

— Agréablement. Elle n'est pas snob, elle n'est pas sûre d'elle, et le plus intéressant est qu'elle sait que les maisons ont une âme.

— Vous y croyez ? s'étonna Maurice.

— Bien sûr ! Regardez Les Engoulevents.

— Ils ont un passé, oui, mais…

— La mémoire des murs, Maurice !

Dubitatif, il n'ajouta rien. Pour un homme comme lui, simple et très pragmatique, un mur n'était jamais qu'un assemblage de pierres ou de briques. En revanche, Margaux captait toujours l'atmosphère d'un lieu, qu'elle jugeait plus ou moins accueillant, voire bénéfique. Elle avait même refusé, quelques années plus tôt, de travailler dans un appartement où elle avait senti trop de mauvaises ondes. Pour elle, il ne s'agissait pas de superstition ou de fantasmagorie, plutôt d'une perception instinctive de l'atmosphère ambiante. Cette sensibilité lui permettait de s'adapter parfaitement à un lieu et d'en tirer le meilleur.

Devinant qu'elle n'arriverait pas à le convaincre, elle voulut le remercier de son aide.

— En tout cas, Maurice, comme toujours vous avez été…

— Votre allié, la coupa-t-il. Ne me dites pas merci tout le temps, je le fais aussi pour moi et pour Viviane. Nous avons très envie que vous restiez à Granville et que vous vous y plaisiez définitivement. Je trouve qu'Axel va mieux qu'en arrivant, Les Engoulevents lui réussissent. Et je crois que c'est pareil pour vous, non ?

Il avait donc remarqué qu'au moment de leur emménagement il régnait une certaine tension entre eux. Tout comme il voyait que le couple allait mieux, était plus serein.

— Oui, reconnut-elle en souriant, pour moi c'est pareil.

Une réalité dont elle prenait pleinement conscience. Ces six derniers mois avaient été déterminants, l'orage semblait désormais derrière eux. Du moins l'espérait-elle, refusant d'envisager une rechute comme celle qu'ils auraient pu connaître avec l'irruption de Gabriel, mais qu'ils avaient évitée. À l'évidence, Les Engoulevents leur portaient bonheur.

10

Le début du mois de mars laissa augurer un printemps précoce. La mer prenait une couleur d'émeraude sous un ciel d'azur, illuminant la côte. Angélique et Rodolphe, inscrits au centre régional nautique de Granville, commençaient leurs cours de voile. D'abord réticente, se souvenant trop bien qu'ils avaient failli se noyer, Margaux s'était laissé convaincre par Axel qui, dans son enfance, avait été encouragé par Maurice à se confronter à la mer en naviguant à bord de petits bateaux et en pêchant au large.

De retour de Caen où elle avait une fois de plus déjeuné avec René Lorieux dans un bon restaurant, elle venait de s'installer à son bureau lorsqu'elle reçut un appel de son frère.

— Bonjour, la plus belle ! la salua-t-il joyeusement. Il paraît que vous avez un temps de rêve sur votre pointe normande ?

Connaissant Sacha, elle se demanda aussitôt ce que cette entrée en matière pouvait bien signifier. Mais il poursuivit sans lui laisser le temps de répondre, sans doute peu enclin à discuter de la météo.

— Figure-toi qu'il m'arrive un drôle de truc.

— Qu'entends-tu par « drôle » ?

— Un concours de circonstances qui pourrait se révéler une opportunité, mais ça va dépendre de toi.

— Moi ? Pourquoi ?

— Je t'explique. J'ai un copain qui…

— Ah, un de tes innombrables copains !

— Écoute-moi d'abord sans m'interrompre. Un copain, oui, Étienne.

— Connais pas.

— C'est normal, tu n'en connais aucun. Celui-là est d'ailleurs plus un ami qu'un copain. Bref, il vient de m'annoncer qu'il a racheté un bar. Et devine où ? À Granville, ma jolie, dans ton fief ! Situé en plein centre, à l'angle de deux rues commerçantes. Maintenant, tiens-toi bien, car c'est là que ça devient fou, il m'offre un job de barman chez lui !

— Barman ? répéta-t-elle, sidérée.

Parmi les nombreux emplois éphémères tenus par Sacha ces dernières années, il y avait bien eu une période barman lorsqu'il avait arrêté ses études, mais c'était un souvenir déjà lointain.

— Tu veux repartir là-dedans ?

— J'en ai de bons souvenirs. Je vais réviser les recettes de quelques cocktails et le tour sera joué. Étienne veut en faire le rendez-vous de la jeunesse du coin, donc il a besoin d'un type d'expérience et plein d'entrain, alors il me voit bien dans le rôle.

— Admettons. Mais moi, dans cette histoire ?

— Je vais être franc avec toi, sœurette, au début la paie ne sera pas mirobolante, alors s'il faut que je me trouve un logement…

— Je vois, lâcha-t-elle prudemment.

— Les premiers mois, si je peux habiter chez vous aux Engoulevents, ce sera tout bénéfice pour moi. En plus, j'aurai les joies de la famille, tu sais que j'adore mes neveux.

— Et eux adorent toutes les bêtises que tu leur fais faire.

— C'est de leur âge, je leur offre un peu de fantaisie.

Margaux hésitait, surprise par la demande inattendue de Sacha, et elle se réfugia derrière une réponse convenue.

— Je dois d'abord en parler à Axel.

— Oui, fais-le, mais dis-lui bien que ce n'est que provisoire. Je ne compte pas faire ma vie avec vous !

Il partit d'un rire léger qui n'amusa pas Margaux. Dans la vie de Sacha, tout semblait en effet provisoire, sans jamais aboutir à quoi que ce soit de durable ou de sérieux. Elle mit fin à la communication après lui avoir promis de le rappeler rapidement. L'éventualité de cohabiter avec son frère durant plusieurs mois la laissait très songeuse. Au bout d'un moment, elle se leva et partit à la recherche d'Axel afin d'en discuter avec lui.

*

À Paris, dans le magasin de ses parents, Sacha rangea son téléphone dans la poche arrière de son jean.

— Et voilà ! lança-t-il triomphalement.

— Ta sœur va t'héberger ?

— Bien sûr. Il faut juste qu'Axel soit d'accord, mais il le sera.

Philippe ne paraissait pas très convaincu, ni très enthousiaste.

— Margaux est très accueillante, dit-il du bout des lèvres.

Pour lui, Sacha avait encore choisi une solution de facilité. En habitant chez sa sœur, il s'épargnait la peine de trouver un logement et n'aurait qu'à mettre les pieds sous la table. Comme toujours, il profitait des autres au lieu de prendre ses responsabilités.

— Ce sera provisoire, affirma Sacha qui devinait les réserves de son père. Et puis, on ne peut pas dire qu'ils manquent de place aux Engoulevents ! Je récupérerai ma chambre du second, je rappelle que c'est moi qui l'ai repeinte. D'ailleurs, je continuerai à donner un coup de main, vu tout ce qu'il y a à faire chez eux…

— En tout cas, ne mets pas la pagaille avec les enfants, recommanda Louise.

Elle l'avait dit pour avoir l'air de sermonner un peu son fils mais en réalité elle était ravie de cet arrangement. Ainsi, à chacun de ses séjours là-bas, elle aurait toute sa famille réunie sous le même toit. Ce serait aussi l'occasion de profiter plus souvent de Sacha car, dans la vie parisienne chaotique qu'il menait, elle le voyait très peu et toujours en coup de vent. Mieux encore, il allait enfin avoir un salaire, un emploi qu'elle espérait stable. Douchant son enthousiasme, Philippe marmonna :

— Barman, franchement… Si tu n'avais pas arrêté tes études, tu aurais pu prétendre…

— Oh, on ne va pas répéter toujours la même chose ! s'interposa-t-elle.

— C'est un métier agréable, papa, contrairement à ce que tu crois. On voit du monde, on discute, aucune journée ne ressemble à une autre. En plus, je serai au bord de la mer et la belle saison va arriver.

Il s'interrompit car un client venait d'entrer. Laissant ses parents s'en occuper, il en profita pour fureter dans le dédale des objets à la recherche d'un cadeau pour Margaux. Ne pas arriver les mains vides serait un bon début et il comptait sur sa mère pour le laisser emporter sans payer ce qu'il allait choisir. Il eut un petit sourire satisfait en pensant à son ami Étienne, auquel il avait affirmé pouvoir se rendre sur place immédiatement, sachant où loger. Par pure vanité, il avait ajouté qu'une des plus belles propriétés de la région appartenait à sa petite sœur. Mais au fond, c'était vrai. Même si les vieilles pierres le laissaient assez indifférent, il n'avait pas échappé au charme des Engoulevents, et y passer quelques semaines – voire quelques mois, ce serait toujours ça de gagné – ne lui déplaisait pas du tout. Quant à l'accord d'Axel, il était quasiment certain de l'obtenir. Son beau-frère serait très ingrat s'il ne se souvenait pas que Sacha s'était interposé entre lui et cet inconnu venu le narguer devant le portail. Lors de cet incident, il avait découvert Axel sous un jour différent, capable de se mettre en colère, de se battre, loin de son image d'homme calme et réfléchi. Pour Sacha, en revanche, se jeter dans la mêlée avait été tout naturel. Il ne redoutait pas les affrontements, s'étant même révélé un adolescent bagarreur.

— Margaux adorerait ça ! s'exclama-t-il devant un long collier accroché à une lampe Tiffany.

Philippe était en grande discussion avec le client, Louise le rejoignit.

— C'est un sautoir en argent, expliqua-t-elle, sans doute assez ancien. Oublié au fond du tiroir de cette jolie petite table, là-bas. Il avait noirci et j'ai passé du temps à le nettoyer pour lui faire retrouver son éclat. Tu as raison, Margaux apprécie ce genre de bijoux.

— Tu me fais un prix ? demanda-t-il ingénument.

Sa mère s'assura d'un coup d'œil que Philippe était toujours occupé avant de décider :

— Prends-le. Après tout, puisque c'est pour Margaux, ton père sera d'accord.

Elle ne résistait jamais aux manœuvres de Sacha, et il le savait. Il mit le sautoir dans sa poche, embrassa sa mère et adressa un signe d'au revoir à Philippe sans le déranger.

*

Le soir même, Margaux profita du dîner pour discuter avec Axel et les enfants de l'éventuelle venue de Sacha. Rodolphe et Angélique étaient évidemment partisans de l'accueillir, clamant à l'unisson qu'ils seraient ravis d'avoir leur oncle à demeure.

— Il a tout le temps des trucs drôles à raconter, fit remarquer Angélique.

— Et il sait se rendre utile ! ponctua son frère.

— Utile ou insupportable, soupira Margaux. Il dit peut-être des trucs drôles, mais il a aussi des idées folles, comme celle de vous faire conduire.

— Au moins, c'est le plus marrant de la famille…

Axel et Margaux échangèrent un regard, conscients l'un et l'autre de ne pas toujours être de joyeux drilles ni suffisamment disponibles pour leurs enfants. D'autant plus que Rodolphe acheva, d'un ton blasé :

— Vous deux, vous travaillez tout le temps.

Devant la mine penaude que prenait Axel, Margaux réagit aussitôt.

— Et nous en sommes fiers ! Nous travaillons aussi pour vous, pour votre avenir. Vous préféreriez avoir des parents au chômage ? Le travail est une chance, un moyen de s'accomplir et de servir à quelque chose.

Rodolphe baissa la tête, tandis qu'Angélique s'exprimait à son tour.

— Mais justement, maman, Sacha a trouvé un travail. Autant l'aider à le garder, non ?

Margaux esquissa un sourire devant la pertinence de sa fille. Elle se tourna vers Axel, attendant qu'il prenne position, ce qu'il fit de bonne grâce.

— C'est ton frère, il est normal de lui donner un coup de main. D'ailleurs, tu aimes bien quand la maison est pleine.

Le constat était vrai. Pouvoir réunir toute la famille dans une grande maison était très agréable pour Margaux. On se retrouvait nombreux devant une flambée ou autour d'un repas, des moments animés par des discussions et des fous rires. Dans la journée, chacun vaquait à ses occupations, on se croisait, on prenait un café avec l'un ou l'autre pour mettre au point les menus à venir, et on se partageait les corvées. Durant la période des fêtes de fin d'année, Margaux avait beaucoup apprécié cette convivialité.

— Donc, ça ne te gêne pas, appuya-t-elle, tu n'as vraiment aucune réserve ? Je ne veux rien t'imposer, et je sais que Sacha peut être pesant, il n'a pas que des qualités.

— Pas que des défauts non plus.

L'attitude d'Axel était claire, il ne s'opposait pas à la venue de son beau-frère. Bien qu'encore un peu réticente, Margaux finit par s'incliner.

— Très bien. Je l'appellerai demain matin.

— Tu peux lui envoyer un texto ce soir, suggéra Rodolphe.

L'insistance de ses enfants ne la surprenait pas. Avant qu'ils n'aient l'idée de le faire eux-mêmes en cachette, elle prit son téléphone dans sa poche et tapa rapidement quelques mots. Angélique attendit qu'elle envoie son message, puis elle déclara, d'un ton railleur :

— Pas de portable à table, maman !

Une règle qu'ils respectaient tous les quatre pour avoir le loisir de bavarder tranquillement pendant les repas et de se raconter leurs journées. Axel réprima un sourire et Margaux leva les yeux au ciel. Puis un bip sonore annonça la réponse immédiate de Sacha, mais au lieu de la lire, Margaux rangea ostensiblement son téléphone.

— Tu as raison, ma chérie, pas de portable à table.

Devant le concert de protestations, elle éclata de rire.

*

Trois jours plus tard, Axel mit le point final à son manuscrit. En relisant ses dernières pages, il estima avoir fait du bon travail.

— De toute façon, quand c'est bien, on le sait, dit-il à voix haute. Quand c'est médiocre aussi…

Il ne voulait pas crier victoire, il attendrait pour ça d'avoir en main le premier exemplaire. D'ici là, il essaierait de ne plus penser à Vital Saint-Sauveur ni à toutes les aventures qu'il pourrait continuer à lui inventer entre les murs de son bureau. D'un geste décidé, il envoya le fichier complet à son éditeur.

Avant d'éteindre l'ordinateur, il vérifia les demandes sur le site de Tournepierre. Les mois de juillet et d'août étaient quasiment complets, il n'avait plus à proposer que de rares week-ends en mai et juin. Le bouche-à-oreille avait parfaitement fonctionné, les clients satisfaits en parlaient beaucoup autour d'eux. Quel chemin parcouru depuis l'arrivée aux Engoulevents, huit mois plus tôt ! Leur couple avait-il suivi la même trajectoire ascendante ? Certains jours, il le croyait, d'autres il en doutait, par exemple lorsque Margaux se rendait à Caen. Il faisait bonne figure mais ne pouvait s'empêcher de penser qu'elle avait pu être séduite par un client. Quasiment certain que Gabriel Maréchal était sorti de leur vie, il peinait à se persuader que nul autre ne pourrait y entrer. René Lorieux, dont Margaux avait parlé à plusieurs reprises, ne semblait pas être un rival potentiel, cependant il y en aurait d'autres dans l'avenir. Le problème résidait donc dans la confiance qu'il avait du mal à retrouver. En revanche, il reconnaissait sa part de responsabilité, admettait qu'il aurait dû être plus attentif à sa femme, plus vigilant devant ses changements d'humeur ou d'attitude. Au moins pouvait-il repenser à la période noire qu'ils avaient traversée sans ressentir de colère ni de désespoir. Était-il en voie de guérison ou seulement anesthésié ?

Il se leva, jeta un coup d'œil circulaire et se promit d'arranger bientôt son bureau. Margaux n'avait pas fait de commentaire afin de le laisser travailler, mais chaque fois qu'elle poussait la porte, une tasse de café à la main, il remarquait qu'elle faisait la grimace. En réalité, s'il n'avait rien tenté pour rendre cette pièce plus confortable, c'était peut-être parce qu'il avait voulu se punir d'être incapable de gagner de l'argent avec ses écrits. Toutes les autres dépenses lui avaient semblé plus urgentes et plus utiles que d'aménager le bureau de « l'écrivain » tout en haut. Un cliché flatteur qu'il ne méritait pas. Mais il était temps de se débarrasser de ces scrupules et de s'atteler à la tâche. Ce qu'il avait fait pour Tournepierre, il pouvait bien le faire pour lui-même.

Comme l'une des fenêtres était entrouverte, il entendit la voiture de Margaux s'arrêter devant le perron. Elle revenait de la gare où elle était allée chercher Sacha, et ils riaient en traînant une grosse valise sur le gravier. L'arrivée de son beau-frère rappela à Axel l'altercation avec Gabriel. Il s'était senti déchaîné en lui envoyant son poing dans la figure, un geste dont il ne se serait jamais cru capable. L'uppercut reçu en retour lui avait coupé le souffle et, sans l'intervention de Sacha, il ne serait pas sorti vainqueur de la bagarre. Il en éprouvait une certaine reconnaissance, et il se souvenait que c'était aussi Sacha qui avait trouvé le premier client normand de Margaux. Vraiment, il était le bienvenu.

Quittant son bureau, Axel dévala les deux étages le sourire aux lèvres.

*

Après avoir installé son frère, Margaux l'avait laissé avec Axel. Elle avait promis à Rodolphe et Angélique d'aller les chercher au centre nautique, mais le temps était si doux qu'elle voulait d'abord s'offrir une promenade solitaire en bord de mer. Fouler le sable à marée basse, pieds nus et face au vent, lui permettait de réfléchir à ses projets en cours, à sa vie, à l'avenir. Elle pouvait suivre, au loin, la progression des petits dériveurs en fibre de verre à bord desquels ses enfants apprenaient les rudiments de la voile. À Granville, ils avaient tant de possibilités pour pratiquer tous les sports de plein air ! Quant à elle qui aimait marcher, la digue ou la plage offraient d'autres plaisirs que le bitume parisien.

Elle s'arrêta, se tourna vers la mer et prit une profonde inspiration. Quand Axel avait suggéré de déménager, de s'installer ici, elle avait eu peur, elle s'en souvenait très bien. Peur d'une vie différente, qui ne lui conviendrait pas, peur de s'enfermer, de ne plus évoluer dans son métier. Elle s'était néanmoins sentie obligée d'accepter pour tenter de réparer les dégâts qu'elle avait provoqués, mais sans être convaincue du bien-fondé de ce départ de Paris. N'emmenait-on pas ses soucis dans ses valises ? Et il avait fallu déraciner Rodolphe et Angélique, s'éloigner de ses amis, de sa famille et de sa réussite professionnelle. Un saut dans le vide, subi à contrecœur malgré un enthousiasme feint. Axel y voyait leur salut, une chance de repartir de zéro, elle n'y voyait qu'un renoncement, une inutile fuite en avant.

Et pourtant… Les Engoulevents avaient tout changé. Parce qu'ils n'avaient pas pu s'y installer confortablement, ils s'étaient occupés d'autre chose que de leur problème de couple, mobilisés qu'ils étaient par des urgences domestiques. Aujourd'hui, elle se rappelait, amusée, le sentiment de vide éprouvé dans cette pièce froide et nue où elle avait installé sa table en verre, certaine de ne jamais pouvoir travailler là. Au début, le manoir l'avait effrayée, écrasée, elle avait cru qu'elle ne pourrait pas vivre là bien longtemps. Et puis, un jour après l'autre, elle s'était approprié cette architecture de pierre et d'ardoise, séduite par tous les matériaux nobles qu'elle découvrait à l'intérieur : parquets, cheminées ou plafonds. Plus fascinant encore, ce somptueux paysage qu'on pouvait contempler à loisir depuis les fenêtres à meneaux. Pour la première fois de sa carrière, elle se trouvait au cœur d'un lieu où tout était à faire et où, paradoxalement, tout avait déjà été fait. Tandis que ses enfants, surmontant les difficultés d'adaptation des premiers mois, s'épanouissaient, de son côté elle avait appris à connaître Maurice et Viviane, dont l'aide et l'affection s'étaient révélées si précieuses. Un bouleversement complet dans sa façon de vivre.

S'apercevant que les petits voiliers revenaient vers le port, elle fit demi-tour.

*

Devant l'air ébahi d'Axel et de Sacha, Maurice eut envie de rire.

— Ce n'est pas une rareté, affirma-t-il. J'en ai vu quelques-uns moi-même. Celui-là doit descendre et déboucher en haut de la plage. Je ne sais pas de quand ça date, mais c'était sûrement une issue de secours !

Axel hocha la tête avant de déclarer :

— Granville était une place forte, il reste une partie des remparts qui la protégeaient. D'après les documents que j'ai pu consulter lors de mes recherches à la médiathèque, le manoir a été construit sur les ruines d'un fort, il y a environ deux cent vingt ans. En l'édifiant, le choix a pu être fait de conserver le souterrain qui permettait aux soldats de s'échapper en cas d'attaque ou de siège. Mais à un moment ou à un autre, l'entrée a été murée.

— Ce qui était une bonne idée, approuva Maurice, parce que si on peut sortir, n'importe qui peut aussi entrer… En revanche, celui qui l'a bouchée a fait du travail de cochon !

Ils étaient tous les trois au fond de la deuxième cave, devant un mur où l'on distinguait des briques, grossièrement cimentées, qui tranchaient sur les pierres.

— Comment se fait-il que je n'aie pas remarqué ça plus tôt ? demanda Axel. J'ai pourtant visité ces caves ! Il faut dire qu'il y avait peu de lumière.

— Il y avait surtout de vieilles clayettes en métal placées devant. Je les ai bougées tout à l'heure parce que j'avais glissé un piège à rat en dessous. Mais il est vide… Je pense avoir attrapé toutes ces sales bêtes ! Et comme elles sont malignes, elles ne devraient pas revenir, elles iront chercher ailleurs un habitat plus accueillant. Enfin, au cas où, je laisse tout de même un piège dans chaque cave.

— Vous n'allez pas abattre ces briques ? s'étonna Sacha. Ah, vous n'êtes vraiment pas curieux !

— Pour trouver quoi ? ronchonna Maurice. Un souterrain à moitié éboulé, rempli de chauves-souris et sans doute de vase à cause des grandes marées ?

Contrarié, Sacha se tourna vers Axel, espérant son appui.

— Tu n'as pas envie de savoir ce qui se cache derrière ?

— Sans doute ce que vient de décrire Maurice. Pour aller à la plage, ce ne serait pas le chemin le plus agréable, et les enfants refuseraient de l'emprunter.

— Mais s'il y avait un trésor ?

— Bien sûr que non. Tu lis trop de bandes dessinées.

— D'ailleurs, ces briques de fabrication mécanique ont moins de cent ans, ajouta Maurice, elles ne remontent pas au temps des pirates ! Tu sais ce que je crois, Axel ? Tes grands-parents, qui couraient toujours après l'argent, ont dû l'explorer puis le faire reboucher. Et personne n'était au courant, Viviane ne m'en a jamais parlé.

Déçu, Sacha haussa les épaules. Il aurait adoré se livrer à une exploration, brûlant de savoir ce qui se cachait derrière les briques, mais Maurice avait certainement raison et mieux valait oublier cet ancien souterrain.

— Plutôt que passer des heures à tout casser et à tout reconstruire ensuite, il y a des choses plus urgentes à entreprendre, conclut Axel.

Avant la parution tant attendue de son roman historique, il ne voulait pas perdre de temps et comptait s'attaquer à son bureau. Poncer et nourrir le vieux parquet de chêne, repeindre les murs puis poser des étagères pour ranger ses livres et ses dossiers.

— Je vous préviens, déclara Sacha, je ne pourrai pas souvent participer aux travaux, je vais être très occupé au bar.

— Oh, il te restera toujours le dimanche ! ironisa Axel.

— Le jour du Seigneur est un jour de repos. Et je ne sais pas comment vous faites pour ne pas vous décourager. Il y a tellement de trucs à retaper ici que vous n'en verrez jamais le bout.

Sa prédiction fit sourire Maurice qui perdait rarement sa bonne humeur. Aider à la réfection du manoir lui procurait une activité salutaire ainsi que le plaisir de passer de longs moments avec son neveu.

— Quand je pense, reprit Sacha, qu'un cinglé voulait t'acheter Les Engoulevents à n'importe quel prix ! À ta place, je les lui aurais vendus sans hésiter.

Axel se retint de rire en songeant à cet acheteur fictif auquel tout le monde avait cru.

— Si j'avais vendu, répliqua-t-il, où logerais-tu aujourd'hui ?

Ils quittèrent les caves pour regagner la cuisine où Sacha estima qu'ils avaient mérité un verre. Maurice déclina l'invitation, préférant rentrer chez lui où l'attendait Viviane. Dès qu'il fut sorti, Sacha s'exclama :

— Un couple modèle, ton oncle et ta tante ! Toujours prêts à rendre service, toujours très unis…

— Ils n'ont pas changé depuis mon enfance. M'être rapproché d'eux est un réel bonheur.

Quelques instants plus tard, en revenant du centre nautique avec les enfants, Margaux les trouva en train de siroter du muscadet et de bavarder. Elle avait emmené Rodolphe et Angélique manger des crêpes au Vieux Gréement après leur séance en mer, et ils étaient montés dans leurs chambres pour faire leurs devoirs.

— Je les ai inscrits à un stage de voile pour les vacances de printemps, annonça-t-elle à Axel.

— Tant mieux, ils vont adorer ça ! Quant à nous, ma chérie, devine à quoi nous nous sommes consacrés en ton absence ?

Devant sa mine interrogative, il acheva, d'un ton de conspirateur :

— À une visite approfondie des caves… Et nous y avons découvert, tout au fond, ce qui devait être l'entrée d'un souterrain mais qui a été muré.

— Ton mari ne veut même pas savoir ce qu'il y a derrière ! s'écria Sacha.

— D'après Maurice, qui était avec nous, sans doute rien d'intéressant à part des chauves-souris.

— Il a probablement raison, estima Margaux.

Elle alla ouvrir la porte à Samba qui demandait à sortir, puis elle réclama un verre à son tour.

— Maurice est toujours de bon conseil, souligna Axel. Quand j'étais gamin, je l'écoutais sans discuter. Il m'apprenait une foule de choses dont on ne me parlait pas chez moi. C'est vrai que mes parents étaient d'éternels absents, toujours en voyage ou occupés ailleurs. Ma mère n'avait aucun sens maternel et je n'ai eu une véritable relation avec mon père que durant ses derniers jours, sur son lit d'hôpital.

Il parut se perdre dans des souvenirs pénibles, mais comme Margaux et Sacha attendaient visiblement la suite, il reprit :

— Il était désespéré par la mort de sa femme, tuée sur le coup au moment de l'accident, et, sentant qu'il ne se remettrait pas de ses blessures, il voulait se confier. J'ai découvert un homme que je ne connaissais pas, qui s'était effacé devant son épouse, qui l'avait suivie dans ses caprices sans y trouver son bonheur. La manière dont il s'est mis à évoquer Les Engoulevents m'a bouleversé. Ma mère l'avait obligé à y renoncer parce qu'elle méprisait cet endroit, mais il y restait attaché malgré tout. Je lui ai avoué, ce que je n'avais jamais dit, que durant mon enfance j'allais traîner dans le jardin quand je venais à Granville, et j'ai vu son regard briller. Apprendre que j'étais fasciné a été une ultime joie pour lui. Il m'a dit que Les Engoulevents n'étaient pas qu'un tas de pierres et que je ne devais pas m'en séparer parce que toute l'histoire de ma famille était là.

La voix d'Axel venait de se casser sur les derniers mots. Margaux alla s'asseoir à côté de lui tandis que Sacha regardait ailleurs, faisant semblant de n'avoir pas vu l'émotion de son beau-frère. Elle posa sa main sur celle d'Axel, touchée par ce qu'il venait de raconter, d'autant plus qu'il ne parlait que très rarement de ses parents. Comme son père, et peut-être par fidélité aux dernières paroles que celui-ci avait prononcées, Axel s'était obstiné à conserver le manoir. Ironie du sort, il ne l'aurait probablement jamais habité sans l'adultère de Margaux. Pourtant, c'était seulement entre ces murs qu'il avait enfin trouvé, du moins l'espérait-elle, sa véritable vocation d'écrivain.

— Trinquons à la mémoire de ton père, dit-elle avec douceur, il t'a donné un bon conseil. La preuve, nous sommes là et nous y sommes très bien.

Axel lui adressa un regard reconnaissant. À cet instant, leur complicité redevenait évidente, ils se sentaient de nouveau soudés par une compréhension mutuelle.

— Chez nous, intervint Sacha, qui n'aimait pas s'attendrir, nos parents n'étaient jamais loin puisque nous habitions au-dessus du magasin. Ils veillaient sur nous mais se montraient plutôt tolérants.

— Parle pour toi ! s'esclaffa Margaux. Maman couvrait toutes tes bêtises, même quand tu séchais les cours du lycée.

— Et papa était en admiration devant toi, rétorqua son frère.

— Comme je le comprends ! approuva Axel.

— Et voilà, encore un homme qui s'extasie… ironisa Sacha. Bon, restez tranquillement à vous serrer l'un contre l'autre, je vais préparer le dîner.

— Quelle drôle d'idée ! Tu ne sais pas cuisiner, protesta Margaux.

— Toi non plus, ma jolie. Mais je compte faire ce que vos enfants adorent : des spaghettis carbonara.

— Parfait, je te laisse te débrouiller.

Elle se leva et alla rouvrir la porte en appelant Samba. Presque aussitôt, ils l'entendirent arriver ventre à terre.

— Ça marche ! s'exclama Margaux, ravie. Elle répond à son nom, l'éducation canine donne des résultats !

Elle se pencha pour caresser la petite chienne qui frétillait. Mais celle-ci, au lieu de se diriger vers son panier et de s'y coucher sagement, repartit aussi vite vers le hall d'entrée.

— Elle va grimper l'escalier quatre à quatre pour aller gratter à la porte d'Angélique ou de Rodolphe, prédit Axel, ensuite elle se roulera en boule sur un lit. Quelle vie de chien…

— Je passe dans mon bureau pour relever mes messages avant le dîner, annonça Margaux en quittant la cuisine.

La promenade sur la plage l'avait fatiguée et elle était affamée, elle ne comptait donc pas s'attarder devant son ordinateur, cependant l'un de ses clients pouvait lui avoir laissé un mot et elle mettait un point d'honneur à toujours répondre rapidement.

Elle parcourut les différents mails, des annonces publicitaires pour la plupart, mais elle s'arrêta sur l'un d'eux : une invitation à une première dans l'un des théâtres que dirigeait Gabriel. Il s'agissait d'un envoi automatique, Gabriel l'ayant inscrite un an plus tôt sur la liste des personnalités systématiquement conviées aux générales ou aux premières. Songeuse, elle avait les yeux rivés sur l'écran lorsque Axel entra.

— Je t'apporte ton verre, dit-il gaiement.

Au lieu de supprimer le message d'un clic comme elle l'aurait fait à l'époque de sa liaison, elle laissa Axel s'approcher. Il posa le verre sur le bureau et, machinalement, regarda l'écran.

— Ça n'a rien de personnel, c'est un envoi groupé, expliqua-t-elle.

Il resta silencieux, comprenant que Margaux avait conservé le message pour le lui montrer. Au bout de quelques instants, il demanda :

— Eh bien, que ressens-tu ?

— Pas grand-chose…

La réponse était sincère, elle s'étonnait même de sa propre indifférence.

— C'était dans une autre vie, ajouta-t-elle. J'en suis détachée.

Levant la tête, elle planta son regard dans celui d'Axel. Ils restèrent à se scruter durant une longue minute, puis Margaux supprima le message.

11

Comme prévu, le bar où Sacha travaillait devint en quelques semaines le rendez-vous de la jeunesse granvillaise. Très à l'aise derrière le comptoir, Sacha servait des bières ou des sodas l'après-midi, et durant les deux soirées du vendredi et du samedi, il préparait des cocktails. Sociable, bavard, il s'épanouissait au contact d'une clientèle aussi joyeuse que diverse. En semaine, le pic d'affluence se situait aux heures de sortie des lycées, et Sacha ne demandait jamais leur âge aux clients pour préserver le vent de liberté qui soufflait sur l'établissement. Le trouvant trop permissif, son ami Étienne avait dû le recadrer, mais dans l'ensemble les deux hommes s'entendaient bien, et leur collaboration se révélait fructueuse.

De son côté, Margaux avait soumis une série de dessins à Colette Beauval pour sa petite maison de pêcheur, et le contrat avait été signé séance tenante. Concernant son client de Caen, Margaux s'était rendue sur place à plusieurs reprises et le chantier, mené tambour battant, touchait à sa fin. René Lorieux avait prévu une réception pour l'inauguration de son magasin, où Margaux était évidemment conviée. Il lui avait fait valoir qu'à cette occasion elle pourrait sans doute rencontrer de futurs clients. Très satisfait de son travail, il n'avait pas attendu pour parler d'elle autour de lui, et elle avait déjà reçu deux demandes de rendez-vous. Se constituer une clientèle en Normandie serait peut-être moins difficile qu'elle ne l'avait craint.

Le mois d'avril était plutôt frais, un vent froid venu de la mer balayant la côte, mais à chaque éclaircie, un radieux soleil de printemps mettait de la gaieté dans l'air. Maurice en avait profité pour démonter une première crémone et la décaper afin de lui rendre sa belle couleur de cuivre doré, une opération longue qu'il fallait achever à la brosse métallique dans les volutes des poignées. Une fois l'ensemble remonté sur la fenêtre, Margaux avait été séduite par le résultat. Loin de se décourager devant cette restauration du manoir qui n'avançait que très lentement, faute d'argent et de temps, elle se félicitait de chaque amélioration, même minime.

Les finances du couple s'étaient un peu améliorées, grâce à Tournepierre et à Margaux ; de plus, Axel venait de signer son contrat pour la parution de son roman, et il avait touché une petite somme à valoir sur les ventes.

Ce matin-là, Margaux se trouvait devant l'évier, occupée à remplir d'eau un grand broc en étain pour y mettre quelques fleurs. Entré à pas de loup dans la cuisine, Axel s'amusa à l'effrayer en la saisissant brusquement par la taille. Surprise, elle poussa un cri et lâcha le broc qui envoya de l'eau partout. Copieusement aspergée, elle fit volte-face puis éclata de rire.

— Tu m'as fait peur !

— C'était le but.

— Regarde le résultat, mon tee-shirt est trempé…

Il la prit dans ses bras, la serra contre lui.

— Comme ça, nous voilà mouillés tous les deux.

— J'espère que le broc n'est pas cabossé, l'étain est un métal tendre.

— On s'en fiche, murmura Axel.

Sentir le corps de Margaux plaqué contre le sien provoquait en lui un brusque désir dont elle s'aperçut.

— Chéri, il est midi, on ne va…

Il l'embrassa pour la faire taire et leur baiser se prolongea. Quand enfin il s'écarta d'elle, il déclara :

— Si, si, on va monter, viens !

Tout en l'entraînant hors de la cuisine puis vers l'escalier, il éprouvait une sorte d'allégresse qui le rendait impatient. Une fois dans leur chambre, il claqua la porte et souleva Margaux pour la déposer sur le lit.

— J'ai très envie de toi, dit-il en commençant à se déshabiller.

— Serait-ce le printemps qui te rend…

— Amoureux, oh oui !

Il vint près d'elle, lui enleva son tee-shirt, la contempla.

— Margaux, tu es belle et je t'aime.

Cette phrase toute simple, qu'il n'avait plus prononcée aussi spontanément depuis longtemps, fut comme un signal pour Margaux. La gêne qui persistait parfois entre eux avait disparu, ils retrouvaient les mêmes élans et le même appétit de l'autre sans arrière-pensée. Ils savaient ce qui les conduirait au plaisir, ce que chacun aimait ou désirait. Ils firent l'amour en parfaite harmonie, unis et confiants, et quand ils se retrouvèrent étendus sur le dos, épaule contre épaule, reprenant leur souffle, un mélange de soulagement et de paix submergea Margaux. Erreur, mensonge, trahison : tout cela était derrière elle désormais. La parenthèse semblait s'être enfin refermée.

*

Un dimanche en fin de matinée, jour de la fermeture hebdomadaire du bar d'Étienne, Sacha s'affairait dans la cuisine, plusieurs bouteilles d'alcool et de jus de fruits posées devant lui. Angélique et Rodolphe suivaient ses gestes avec intérêt, curieux du résultat des mélanges que leur oncle testait.

— Et là, si j'ajoute un trait de citron vert…

Il trempa les lèvres dedans et s'exclama :

— Très original, très frais, c'est parfait !

Margaux entra et comprit d'un coup d'œil ce que son frère était en train de faire.

— Tu vides nos bouteilles pour tes mélanges ?

— Je t'en rachèterai. Mais figure-toi que je viens de mettre au point un nouveau cocktail délicieux. Reste à lui trouver un nom. Je compte sur vous pour me donner des idées, les jeunes !

— À quoi ça ressemble ? s'enquit Rodolphe. Par rapport à celui qu'on a goûté l'autre jour, c'est plus sucré ou plus…

— Tu as goûté à quoi ? lança Margaux d'un ton glacial.

— Rien qu'une petite gorgée, expliqua Sacha en hâte. Ils étaient passés me voir au bar et je leur avais offert un Coca, mais je préparais des mojitos, ça les intriguait beaucoup. Tout le monde parle des mojitos ! Alors j'en ai mis une cuillère à café dans un verre et Rodolphe a essayé, voilà.

— Moi, j'ai juste léché le verre, pour voir, renchérit ingénument Angélique.

Margaux regarda ses enfants l'un après l'autre, puis elle se tourna vers son frère.

— Tu es vraiment ingérable, Sacha.

— Ils essaieront un jour ou l'autre, et dans ton dos, se défendit-il. Quel ado n'a pas bu un peu de champagne lors des fêtes de famille ? Nous les premiers, souviens-toi ! Tu sais, à force de tout interdire, on crée d'irrésistibles envies.

— Et à force de tout permettre, on a une jeunesse en perdition.

— Tu dramatises. Est-ce qu'ils ont l'air d'alcooliques ? De rebelles ?

Il réussit à arracher un sourire à Margaux, ce qui détendit l'atmosphère.

— Bon, reprit-il, allez, on cherche un nom pour ma trouvaille.

— « Souffle de printemps », suggéra Angélique.

— « L'air du large » ? proposa Rodolphe.

Margaux, qui commençait à s'amuser, prit le verre de Sacha et but une petite gorgée.

— « Vent d'ouest », dit-elle après réflexion.

— Magnifique ! s'enthousiasma Sacha. Je le note avec ma recette.

Il adressa un clin d'œil à ses neveux, content d'avoir déminé la situation, puis il commença à écrire dans le carnet où il notait toutes ses idées de cocktail.

En le regardant faire, Margaux se demanda si, au bout du compte, Sacha n'allait pas enfin se stabiliser dans un métier. S'il s'y plaisait, s'il trouvait un petit appartement où s'installer… Mais ce n'était qu'une supposition, il pouvait très bien se lasser de son travail de barman, comme de tous ceux qu'il avait essayés jusque-là.

— Vous en êtes déjà à l'apéritif ? s'étonna Axel en entrant.

— Non, c'est seulement le laboratoire de Sacha, plaisanta Margaux. Il se livre à des recherches de produits dangereux.

— Avec nos bouteilles ?

— J'ai promis à Margaux de vous en rapporter, affirma Sacha.

Margaux fronça les sourcils. En « rapporter » ne sonnait pas comme en « racheter ».

— Pas de ton bar en tout cas, marmonna-t-elle. Va plutôt dans un supermarché.

— Pourquoi ? Je ne vais pas les subtiliser dans le dos d'Étienne si c'est ce que tu crois ! Je les lui paierai, évidemment, mais il bénéficie du tarif des professionnels dont il me fera profiter.

Sacha semblait vexé du sous-entendu de Margaux, et il rangea bruyamment les bouteilles et les verres.

— Tes expériences me donnent une idée, déclara Axel.

Se tournant vers Margaux, il précisa :

— Il est temps d'inviter des amis, non ? Nous n'en avons revu aucun depuis notre installation ici.

En pleine crise de couple, ils n'avaient eu envie de voir personne, puis ils avaient été mobilisés par les travaux, l'écriture, les chantiers de Margaux.

— Avec la belle saison qui arrive, personne ne refusera de venir passer un week-end au bord de la mer ! Pour ça, mieux vaut ne pas compter sur Tournepierre qui est quasiment complet jusqu'à la rentrée, mais ici nous avons au moins deux chambres à arranger et je peux demander l'aide de Maurice.

— C'est vraiment saint Maurice, soupira Margaux. Il est à la retraite, on ne devrait pas toujours le solliciter, surtout qu'il ne sait pas dire non quand il s'agit de te rendre service.

— Nous, on peut vous aider ! s'exclama Rodolphe. En s'y mettant tous…

— Je donnerai un coup de main le dimanche, proposa Sacha qui avait conscience d'occuper la seule chambre d'amis présentable.

— Ce serait formidable de renouer avec les vieux copains, dit Margaux d'un ton rêveur.

Elle réalisait qu'ils s'étaient plus ou moins coupés de tout depuis leur arrivée. Leur travail, leurs enfants, la famille et les soucis d'argent avaient été l'essentiel de leur vie, et aujourd'hui l'heure était venue de s'ouvrir à autre chose. Ils citèrent deux ou trois noms, tombèrent d'accord sur le couple qu'ils souhaitaient inviter en premier. Cette perspective réjouit Margaux, consciente de ce que Les Engoulevents pouvaient avoir de fascinant pour un visiteur, et elle s'aperçut qu'elle était très fière d'habiter là.

— Allez, je prépare le déjeuner, annonça-t-elle gaiement. Finis de débarrasser tout ton attirail, Sacha. Et vous, les jeunes, mettez donc…

— … le couvert, on sait, bougonna Rodolphe.

— Les tâches ménagères ne sont pas réservées aux filles, lui rappela Margaux.

Elle en faisait un principe non discutable, ce qu'Axel approuvait. Ils n'étaient d'ailleurs jamais en désaccord pour l'éducation de leurs enfants, qu'ils traitaient sur un pied d'égalité. Elle jeta un coup d'œil en direction de son mari qui, au même moment, tourna la tête vers elle et lui sourit.

*

— C'est étrange… déclara Viviane d'une voix hésitante. J'ai comme un flash, je revois une vieille image.

Elle s'approcha de la fenêtre, caressa la poignée de la fenêtre.

— Quand j'étais toute petite, c'était comme ça. Doré. Mais j'avais complètement oublié ! Papa a dû appeler un peintre à un moment donné, ensuite j'ai toujours connu les fenêtres blanches, quincaillerie comprise.

Maurice, tout heureux de sa réaction, affichait un air satisfait.

— Je crois que durant une bonne vingtaine d'années ton père a pris de mauvaises décisions concernant Les Engoulevents.

— Il était devenu avare, approuva Viviane.

— Heureusement, il n'a pas négligé la toiture ! Les anciens disaient que la ruine vient du ciel, ce qui est vrai.

— Par chance, intervint Axel, l'aïeul qui a construit le manoir n'avait pas lésiné, lui, sur les matériaux.

La charpente est en chêne, les parquets et les huisseries aussi.

— Il devait avoir un bon architecte, renchérit Maurice. Il a utilisé la pierre du pays de Caux, adaptée au climat marin.

Viviane jeta un coup d'œil amusé à son mari et déclara :

— C'est fou que tu t'intéresses de si près aux Engoulevents, alors que quand nous nous sommes mariés tu m'approuvais de ne plus vouloir y mettre les pieds.

— Tu t'étais mise à détester l'endroit, lui rappela-t-il. Après le décès de tes parents, tu n'en as pas voulu.

— Je préférais notre petite maison où je me sentais bien ! Et je savais que mon frère aimait le manoir, qu'il était content de le garder. Malheureusement pour lui, comme vous le savez, ma belle-sœur ne voulait pas en entendre parler. Après qu'elle l'a eu vidé de tout son mobilier, personne n'y venait jamais, le jardin était en friche, tout semblait à l'abandon, et moi j'avais tourné la page. Je souhaitais seulement que mon frère le vende avant qu'il ne soit trop dégradé, parce que je trouvais dommage qu'une propriété comme celle-là soit à l'abandon. Quand je voyais Axel, tout gamin, errer ici, ça m'attristait mais je ne pouvais rien y faire. J'ai vraiment pensé qu'on devait oublier Les Engoulevents une fois pour toutes.

— Ah, je ne me lasse pas de cette histoire ! dit Margaux en s'adressant à son mari. Il a fallu l'obstination de ton père, puis ton propre entêtement, pour que Les Engoulevents restent dans la famille Saint-Sauveur.

— Et il a aussi fallu… commença-t-il.

Après une hésitation, il ajouta :

— … que nous prenions la décision de venir l'habiter. Merci d'avoir accepté, ma chérie.

Le sourire qu'ils échangèrent fut plein de tendresse. Tous deux savaient exactement pourquoi ils étaient là.

— Margaux, intervint Maurice, vous qui croyez à la mémoire des murs, vous devez les imaginer reconnaissants de tout le mal que vous vous donnez pour eux !

— Pourquoi pas ? Il y a des lieux bénéfiques, celui-ci en est un. Je n'en aurais pas juré en arrivant, mais maintenant j'en ai la conviction.

Viviane, qui était restée devant la fenêtre, s'exclama soudain :

— Venez voir ce beau coucher de soleil !

Ils la rejoignirent et restèrent quelques instants muets devant la splendeur du spectacle.

— Ça vaut toutes les premières, non ? chuchota Axel à l'oreille de Margaux.

Qu'il s'amuse à faire cette allusion était le signe d'une confiance retrouvée. En elle, mais aussi en lui-même.

— On pourrait boire un verre dehors, proposa-t-il.

— Nous n'avons pas de meubles de jardin, fit remarquer Margaux.

— Eh bien, on s'assiéra sur les marches du perron ! trancha Maurice d'un ton joyeux.

Margaux jeta un coup d'œil à Viviane qui enfilait déjà son gilet, séduite par la proposition, et qui lâcha, en passant devant elle :

— Il ne faut jamais refuser un petit moment de bonheur !

*

Les vacances de printemps approchaient, et Axel était sur des charbons ardents en attendant la parution de son livre. Pour tromper son impatience, il s'échinait à repeindre les deux chambres laissées à l'abandon et destinées aux amis. Afin de l'aider, Margaux écumait les brocantes, décidée à y trouver des meubles ou des objets adaptés au manoir et à des prix intéressants.

Ce jour-là, en fin de matinée, lassé de respirer des odeurs de peinture, Axel avait fini par descendre dans le jardin. Le sécateur dans la poche ou dans la main, il aimait en faire le tour, avec Samba gambadant à ses côtés, et s'attarder devant un arbre ou une de ces fleurs sauvages que personne n'avait plantées. Maurice, parfois Sacha, se chargeait de tondre la pelouse, mais à certains endroits l'herbe avait laissé la place à la mousse, et un jour ou l'autre il faudrait retourner la terre et l'ensemencer. Comme tout ce qui concernait la propriété, la tâche paraissait énorme.

Il entendit arriver la voiture de Margaux et il lui fit signe, de loin, pour signaler sa présence au fond du jardin. Lui qui n'y connaissait pas grand-chose, comme la plupart des citadins, avait néanmoins retenu les leçons prodiguées par Maurice dans son enfance, et il savait distinguer un arbre d'un autre : les grands hêtres pourpres, les chênes pédonculés, les châtaigniers communs, les érables et les séquoias toujours verts. Il s'était attaqué au lierre qui enserrait le tronc d'un majestueux tilleul, sans doute tricentenaire, et qui l'étouffait.

Margaux traversa la pelouse en courant pour le rejoindre et annonça, hors d'haleine :

— J'ai trouvé des merveilles au marché d'antiquités-brocante de Coutainville ! Le vendeur m'a aidée à charger une petite commode et deux chevets dans la voiture, mais je te laisse te débrouiller avec. J'ai aussi déniché des chenets anciens pour notre cheminée, et je n'ai pas résisté…

— Et moi, j'ai trouvé ça, regarde !

Il lui désigna le tronc du tilleul, débarrassé de sa gangue de lierre. Margaux s'approcha pour déchiffrer l'inscription gravée dans le bois qu'Axel avait découverte.

— « V S S », lut-elle, et « A L »… Avec un cœur autour, c'est un truc d'amoureux, non ?

— Celui qui l'a inscrit a vraiment attaqué l'écorce, puis le bois, pour que sa déclaration ne s'efface jamais. Je pense que c'est très ancien. Pour le A et le L, je ne sais pas de qui il s'agit, mais je suis certain que « S S » signifie Saint-Sauveur.

— Et le V ? Comme Vital, ton héros ?

— J'aimerais le croire, ce serait un clin d'œil du destin, mais ça peut représenter Victor, Vincent, Valentin…

— Cherche dans les archives de ta famille puisque tu les as toutes !

— Je ne crois pas avoir vu d'épouse dont le nom de jeune fille commencerait par un L.

— Une histoire d'amour contrariée ?

— Peut-être. Et qui me donne des idées ! J'ai tellement hâte de me remettre à écrire…

Il semblait si content de sa découverte et de ce qu'elle allait lui inspirer que Margaux se sentit heureuse pour lui.

— Je viendrai chercher le tas de lierre que j'ai arraché avec une brouette. On fait le tour du jardin tous les deux ?

Main dans la main, et Samba les suivant, ils se dirigèrent vers deux tamaris de printemps déjà en fleur.

— Quand nous l'aurons bien arrangé, ce jardin sera féerique, se réjouit Margaux.

— Mais ça va prendre du temps, comme à peu près tout ce que nous entreprenons aux Engoulevents.

— Du temps, nous en avons, non ?

Elle s'arrêta, s'adossa au tronc argenté d'un bouleau et demanda, d'un ton solennel :

— À quel moment as-tu su que nous allions nous en sortir ?

— Il n'y a pas très longtemps. Je n'avais pas de certitude, c'est venu peu à peu. Nous pouvions échouer. Venir ici était l'option de la dernière chance, avec une part de risque.

— Sans nos enfants, qu'aurions-nous décidé ? Divorcer ? Se séparer et partir chacun de son côté ?

— Aujourd'hui, tu serais avec Gabriel.

— En pensant à toi, rongée de regrets.

— Parce que tu m'aimais toujours ?

— Oui.

— Mais tu l'aimais aussi. Comment faisais-tu cohabiter ces deux amours ?

— Douloureusement. Je ne savais plus où j'en étais. J'avais cru trouver en lui un souffle de liberté. Peut-être le besoin de tout recommencer ? La peur de vieillir ?

— Et nous ? As-tu cru que nous pourrions vraiment recommencer ou m'as-tu suivi par devoir ?

— Par espoir. Nous avions construit, Axel, et il fallait protéger l'édifice, lui offrir un étage de plus, c'est ce que j'ai choisi en t'accompagnant ici. Pourtant, je dois t'avouer que je n'étais pas très confiante au début. Cette bâtisse me faisait peur, je la trouvais trop froide, trop grande, trop étrangère et à l'abandon, figée dans un passé qui n'était pas le mien. Elle ne pouvait pas être la solution ! Et puis… Tu y étais si bien, comme apaisé. Tu as pris les choses en main, ce que tu ne faisais pas jusque-là. Tournepierre, ton roman historique : j'ai eu l'impression que tu revivais enfin. Mais tu continuais à te taire, et finalement il a bien fallu parler, crever l'abcès. Moi, pendant ce temps-là, j'ai commencé à me sentir concernée par Les Engoulevents, je n'étais plus en terrain hostile. Je comprenais que si nous étions restés à Paris on ne s'en serait pas sortis.

— Tu ne regrettes pas ta vie de Parisienne ?

— Contrairement à ce que j'avais pu craindre, non. C'est comme si on avait fait tomber les murs de notre appartement et qu'ils s'étaient ouverts sur la mer. Ici, il y a tellement d'espace où tout inventer ! Le manoir est un écrin, à nous de le tapisser de velours.

Il la regardait avec tant d'amour qu'elle reposa sa question sans crainte :

— Pari gagné ?

— De toute façon, je ne pouvais pas perdre, je t'aime trop pour ça. J'étais bien décidé à te garder pour toujours, quel que soit le prix à payer. Au pire, nous aurions essayé encore une fois, ailleurs. Parce que, sans toi, Les Engoulevents n'auraient pas suffi à mon bonheur.

Ce compliment, qu'elle n'attendait pas, l'émut profondément.

— Eh bien, dit-elle gentiment, aujourd'hui ils nous suffisent à tous les deux. Tous les quatre, puisque nos enfants y sont heureux aussi.

Ils repartirent à pas lents, la chienne leur tournant autour avec des jappements de plaisir.

— Tous les cinq ! lança Axel en riant.

Margaux le tenait par la taille, le bras d'Axel entourait ses épaules.

— Je te propose quelque chose, ajouta-t-il sans cesser de marcher. Comme il est peu probable que je le retrouve devant le portail, j'aimerais que nous ne parlions plus jamais de Gabriel.

— Entendu. On l'oublie.

— Tu l'oublies, et moi je l'envoie au diable. Ah, regarde, les enfants nous attendent…

Angélique et Rodolphe, que Viviane était allée chercher au centre nautique où ils effectuaient leur stage de voile, bavardaient devant le perron, racontant sans doute leurs exploits.

— Alors, les parents, leur lança Rodolphe, on se fait une balade en amoureux ?

Ils devaient en avoir l'air, ce qui les amusa.

— Te souviens-tu du prénom de ton grand-père ? demanda Axel à Viviane.

— Pas vraiment. Vivien, Valentin ? Je ne l'ai pas connu.

S'adressant à Margaux, elle lui fit remarquer, sur un ton plein de tendresse :

— Toujours perdu dans la généalogie, le passé de la famille !

— Ne t'inquiète pas, je trouverai qui était l'amoureux du tilleul, affirma Axel.

Devant sa moue interrogative, il alla l'embrasser sur la joue.

— Tu sais bien, la famille…

— Samba a faim, et nous aussi, décréta Angélique en grimpant les marches du perron, suivie de son frère et de la petite chienne.

Avant de les suivre, Viviane demanda soudain :

— À propos, Axel, tu ne nous as jamais dit pourquoi vous avez prénommé vos enfants Angélique et Rodolphe.

— Rodolphe, c'est mon idée, pour le drame de Mayerling sur lequel j'ai bâti une partie de ma thèse d'histoire. Et Angélique, c'est Margaux, pour la marquise des anges car elle adorait ces films.

— Vous êtes deux grands romantiques ! s'esclaffa Viviane.

— Pas autant que l'ancêtre féru d'ornithologie qui a baptisé Les Engoulevents, Tournepierre et Haussecol.

Mais, romantiques, oui, Axel et Margaux l'avaient été lorsqu'ils s'étaient rencontrés. Des petits dîners aux chandelles dans des restaurants intimes, des échanges de textos toute la journée, des mots doux laissés sur l'oreiller… Ensuite les enfants étaient nés, il y avait eu les nuits blanches des bébés qui font leurs dents, puis les pleurs de la première rentrée en maternelle, les fréquentes bagarres entre frère et sœur, les soucis d'argent car les livres d'Axel se vendaient mal, la carrière de Margaux qui décollait parce qu'elle mettait les bouchées doubles. Plus de place pour le romantisme avec la trivialité du quotidien. Les années avaient filé, quelque part ils s'étaient perdus. Enfin, la liaison de Margaux, le drame, les larmes. Et leur décision de changer de vie, l'emménagement, les nuits à essayer de parler et de faire l'amour sans arrière-pensée. Était-il possible qu'après toutes ces tempêtes, ils redeviennent un couple romantique qui s'aimait ?

Une fois dans la cuisine, Margaux regarda Viviane sortir de son panier une tarte aux poireaux et une mousse au chocolat. Elle arrivait rarement les mains vides et savait ce que son petit-neveu et sa petite-nièce appréciaient. Et de son côté, Margaux était bien consciente de tout ce qu'elle devait à cette femme et à son mari. Sans leur aide inestimable, aurait-elle pu surmonter les difficultés des premiers mois aux Engoulevents ? Avec eux, si chaleureux et serviables, la famille prenait tout son sens.

Axel rejoignit Margaux et lui passa un bras autour des épaules, de ce geste devenu habituel et qui les unissait. Tout en écoutant distraitement le récit des exploits nautiques de leurs enfants, il pencha la tête vers elle pour murmurer :

— Pari gagné.

Le chapitre était clos, les suivants restaient à écrire.

Composition et mise en pages
Nord Compo à Villeneuve-d'Ascq

Imprimé en France par

MAURY IMPRIMEUR
à Malesherbes (Loiret)
en avril 2022

POCKET - 92 avenue de France, 75013 PARIS

N° d'impression : 261870
S31675/01